JN079370

証言 ─ナガサキ・ヒロシマの声─2020

第34集

平和祈念式典会場に掲げられた書。長崎西高書道部による。
（写真提供　長崎新聞社）

被爆75年—8・9　ナガサキ

（上）平和祈念式典会場入り口（平和公園）。今年の式典はコロナ対策のために一般参列ができなかった。

（中）赤十字国際委員会（ＩＣＲＣ）などが主催したオンライン討論会。

（下）34回目のピースウィーク市民集会。爆心地公園にて。

（写真提供　長崎新聞社）

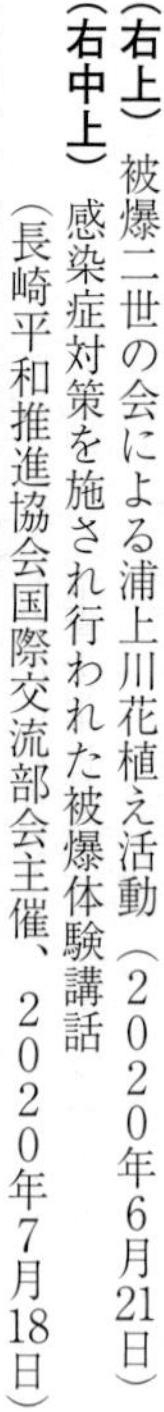

（右上） 被爆二世の会による浦上川花植え活動（２０２０年６月21日）
（右中上） 感染症対策を施され行われた被爆体験講話
（長崎平和推進協会国際交流部会主催、２０２０年７月18日）
（右中下） 平和祈念式典の設営（２０２０年８月３日）
（右下） オンラインで行われた被爆写真の解説
（長崎平和推進協会写真資料調査部会主催、２０２０年８月２日）

困難な時代にも続けられる慰霊・継承の取り組み

（撮影：草野優介）

（左上）「長崎の鐘」を鳴らしている鳴奏会
（左中）爆心地公園そば、下の川のキッズゲルニカ
（左下）長崎市青少年ピースボランティア育成事業による被爆者の言葉パネル展（平和公園）

被爆75年―8・6　ヒロシマ

（上）8月6日。間隔をあけて慰霊碑に参拝する人々。

（中）平和記念式典は新型コロナウイルス感染防止のため、一般参列席を設けずに開催された。

（下）平和公園内にある被爆建物のレストハウス。歴史、地域振興、観光など活動をつなぐ起点として、本年7月1日にリニューアルオープンした。

（撮影　堂畝紘子）

42回目の朝鮮人犠牲者追悼早朝集会（8月9日）
（写真提供　長崎新聞社）

証言

反核・平和運動

巻頭言

被爆75年と「長崎の証言」運動の課題

大矢　正人
（長崎の証言の会運営委員）

今年は広島、長崎への米国の原爆投下から75年の節目の年であり、第２次世界大戦の終結と国連創設の75周年、核不拡散条約（ＮＰＴ）発効の50年、リオ地球サミット宣言に続く気候変動枠組条約締約国会議（ＣＯＰ）の25周年です。２０１７年７月に国連で採択された核兵器禁止条約は本年10月24日、50カ国が批准し、1月22日に発効することが決まりました。核兵器廃絶の取り組みは新たなステージに入ることになります。

4月から5月、ニューヨークの国連本部で第10回ＮＰＴ再検討会議が開催される予定でしたが、新型コロナウイルスの世界的感染拡大によって延期されました。世界の新型コロナウイルスの感染者数は４３００万人、死亡者数は１１５万人（10月26日現在）を超えており、さらなる感染拡大が懸念されています。

ＮＰＴ再検討会議に合わせて、4月に開催される予定であった世界大会ニューヨークも中止になりました。この世界大会は昨年9月、「核兵器廃絶、気候の危機の阻止と反転、社会的経済的正義のために」をテーマに、世界の平和運動家19人と3団体が呼びかけたものです。代わってオンラインで開催された世界大会には１０００人以上が参加しました。世界大会が掲げた3テーマに加えて、感染症対策が人類の生存にとって緊急課題であることが明らかになりました。

世界の人々が新型コロナの感染拡大に立ち向かう中、緊急に求められるのは、「自国優先主義」の対立や分断ではなく、国際協調と連帯であることが明らかになっています。国連のグテーレス事務総長は「世界のあらゆる場所でグローバルな即時停戦」を呼びかけましたが、戦争と紛争をやめ、軍事費を削減し、コロナ対策、市民の生活、雇用・営業の支援が求められています。国民の命と健康、雇用と営業、暮らしと文化を守る姿勢を欠く政治に対して疑念や異論が数多く出され、「こんな社会でいいのか」という問いかけも各分野で始まっています。新型コロナの感染拡大は現代社会のもつ脆弱さ、不公正さなどを浮かび上がらせ、人々の日常の生活スタイル、さらには現代文明のあり方を見直すことも迫っています。夏の原水爆禁止世界大会で、中満泉国連軍縮問題担当上級代表は「新型コロナウイルスは、今、世界中で個人や社会に猛威を振るっていますが、私たちは国際社会として一丸となって立ち上がらなければなりません。もしこのコロナウイルスが私たちに何らかの教訓を与えたとするならば、それは、地球規模の問題には地球規模の解決策が必要であり、私たちは全ての人間の安全保障に焦点を当てなければならない、ということです」と述べています。

長崎の証言の会は昨年50周年を迎え、12月15日に「50周年記念の集い」を開催し、『長崎の証言50年半世紀のあゆみを振り返る』を発行しました。長崎の証言の会はその時々の国際情勢、国内情勢などを考えながら、運動の方向を確認してきました。『長崎の証言50年』の編集後記にあるように、これまでの情勢と運動を検討し、今後の方向を構想することが必要です。

「被爆50年」後の世界と国内の歩み

最初に、核軍縮を中心に「被爆50年」（1995年）当時とその後の25年間の世界と国内の歩みを振り返ります。

1995年は核不拡散条約（NPT）の無期限延長が決定された年でした。この年までに、米国とソ連が中距離核戦力（INF）全廃条約調印（1987年）、米ソ両国首脳が「冷戦終結」を宣言（89年）、東西両ドイツが国家統一（90年）、湾岸戦争、ソ連邦消滅（91年）が起こり、戦略兵器削減条約（START条約）が発効（94年）しました。湾岸戦争で米軍は劣化ウラン弾を初めて大量に使用しました。

湾岸戦争で強まった米国の日本に対する加担圧力のもと、日本ではPKO協力法（92年）が成立、国連PKO参加という形で自衛隊の海外派兵が始まりました。95年、平岡敬広島市長とともに参加した伊藤一長長崎市長は、国際司法裁判所（ICJ）で「核兵器の使用と威嚇は人道と国際法に反する」という証言と訴えを行い、96年、ＩＣＪは国連への勧告的意見として「核兵器使用は一般的には国際法に違反」と判断しました。98年、インド・パキスタンが地下核実験をし、２０００年、ＮＰＴ再検討会議は最終文書「自国核兵器の完全廃絶を達成するという全核保有国の明確な約束」を合意しました。

２００１年、米国で９・11同時多発テロ、米軍はテロへの報復としてアフガニスタンを空爆。03年、米英軍は大量破壊兵器が存在するとの理由でイラクを先制攻撃、イラク戦争反対のデモに約60ヵ国で１０００万人以上が参加。05年、ＮＰＴ再検討会議は合意文書を提出できず終了。06年、北朝鮮が地下核実験実施。

２０１０年、ＮＰＴ再検討会議は最終文書「核兵器のない世界の実現と維持のために必要な枠組みを創設する特別な努力を行うこと」を合意。12年、ＮＰＴ再検討会議準備会合で16ヵ国が核兵器の非人道性に関する共同声明を発表。13年、オスロで核兵器の「人道上の影響」に関する国際会議開催。15年、ＮＰＴ再検討会議は最終文書を合意できずに終了しましたが、国連総会は国連作業部会の開催を決定。16年、国連総会で核兵器を禁止する条約交渉会議の招請を決定し、17年、国連会議が核兵器禁止条約を採択しました。

２０１８年、米政権が「核戦略見直し」（ＮＰＲ）を発表、トランプ米大統領がイラン核合意からの離脱を発表。19年、米国とロシアの中距離核戦力（ＩＮＦ）全廃条約が失効。20年、米科学誌『ブレティン・オブ・ジ・アトミック・サイエンティスツ』は、核兵器と地球温暖化が人類にもたらす脅威により、「終末時計」を１９４７年開始以来最短である「残り１００秒」に設定しました。

このように、「冷戦終結」をはさみ、一定の核軍縮の進展がありましたが、９・11同時多発テロ、アフガン戦争、イラク戦争などがあり、戦争、テロリズムの嵐が吹き荒れ、地域紛争と冷戦思考が復活しました。核保有国の核兵器更新と近代化計画、北朝鮮の核・ミサイル開発が進み、トランプ米政権のもと、米ロの中距離核戦力（ＩＮＦ）全廃条約が失効し、最近は米中間の覇権争い・対立が激化しています。核保有国が核軍縮を先送りする中で、人類の生存と正義のために行動する諸国政府と市民社会の共同の努力によって、人類史上初めて核兵器を違法化する核兵器禁止条約の発効が決まり、国際社会は核兵器廃絶に向けて新たなステージに入ることになります。

国内の歩みでは、1995年、阪神淡路大震災、地下鉄サリン事件が起こりました。96年、日米安保体制の広域化を図る安保共同宣言。97年、日米防衛協力のための指針（新ガイドライン）決定。99年、新ガイドラインに伴う周辺事態法案など関連3法案、国旗国歌法が成立。東海村JCO東海事業所で臨界事故。2000年、最高裁で長崎原爆松谷訴訟が勝訴しました。

2001年、9・11同時多発テロ後、「テロ対策特別措置法案」などテロ3法案成立。03年、武力攻撃事態対処法などの有事法制関連3法、イラク復興支援特別措置法が成立。被爆者の原爆症認定集団訴訟開始。04年、自衛隊をイラク・サマワへ派遣。05年、自民党が「新憲法草案」を発表。06年、第1次安倍政権で改正教育基本法成立。07年、国民投票法成立。09年、鳩山民主党政権が発足。

2011年、東日本大震災、福島第一原子力発電所事故。12年、自民党が「日本国憲法改正草案」を発表。13年、第2次安倍政権で特定秘密保護法が成立。14年、集団的自衛権行使容認を閣議決定。15年、安全保障関連法成立、国会前を始め、全国各地で大きな反対運動が起こりました。16年、国内外9名のヒバクシャが「ヒバクシャ国際署名」を呼びかけました。17年、安倍首相が自衛隊明記の改憲提言。18年、テロ等準備罪（共謀罪）法成立。19年、20年度予算案で軍事費が6年連続過去最高。ローマ教皇が38年ぶりに来日し、長崎の爆心地で「核兵器についてのメッセージ」を発表。20年、海上自衛隊の護衛艦を中東へ派兵、自民党が「敵基地攻撃能力」保有について提言。安倍首相が病気で辞任し、安倍政治を継承する菅政権が発足しました。

このように、大震災、原発事故、臨界事故が起こり、日米安保体制の一層の強化、自衛隊の海外派兵が進み、安倍政権では権力の乱用、私物化、行政の歪みが深刻化しました。その一方で、安保法制成立後に「個人の尊厳を擁護する政治の実現」と「安保法制の廃止と立憲主義の回復」を求める市民と立憲野党との共闘が実現し、国民の命と暮らしを軸に据えた新しい政治の実現に向けた動きが起こっています。

「長崎の証言」運動の基本課題

「長崎の証言」運動は「被爆体験の記録や証言の発掘・作成・刊行を中心とする独自の市民運動」として始まり、「核廃絶を迫る証言と反核運動の展開」を基本課題としています。『時代を生きて　文集・鎌田定夫』（2006年）の「ナガサキ・七〇年代の記録と証言運動」（1971年）で、鎌田定夫は「長崎の証言」運動が追及する課題として、次の4点をあげています。

1、原体験の事実を語り原爆の悲惨と理不尽について証言すること、
2、被爆とその後の二十五年の体験（生活・健康・権利の全体にかかわる個人の戦後史）を記録し、それを通して原爆の四半世紀にわたる持続的害悪を告発すること、
3、これらの原爆体験の事実を押さえながら、広島・長崎への原爆投下の意味（社会科学的、文明史的意味と同時に人間学的な意味）を究明すること、
4、反原爆・被爆者救援運動や平和教育の実践とその理論化に関する考察と模索（核権力の犯罪性についての追及とともにわれわれ自身の戦争責任や戦後責任を明らかにすること、朝鮮人・中国人被爆者との連帯、等の問題を含めてそれを究明すること）

鎌田定夫は「『長崎の証言』三十年と今後を考える」（『長崎の証言30年』、1998年）の中で、「この三十年は、東西冷戦下、ベトナム反戦の高揚に始まり、七、八十年代の反核運動世界化による抵抗の拡大と緊張緩和、『冷戦』克服の過程」であったと述べ、「証言運動の今後の課題と展望」については、「体験記録や証言、あるいは文学や美術、音楽などのさまざまな表現を通して迫っていくこと、しかもそれを『二十一世紀を非核非戦の世紀に』という人類的課題と結びつけて実践すること」であるとし、核廃絶運動と証言運動に分けて論じています。

核廃絶運動については、「核廃絶への現実的で説得性のある構想と具体策を提示し、『ヒロシマ・ナガサキ』から日本と世界へ、草の根運動、市民ネットワークをもって迫ること」、日本独自の課題として、「北東

アジアの非核兵器地帯化、日本自体の非核三原則法制化による非核国宣言の実現、『新ガイドライン』や沖縄の永久米軍基地化につながる特別措置法等を撤廃し、日本国憲法や地方自治法の原則を厳守すること」をあげています。また、証言運動については、「戦争・原爆の体験者が年々消えつつある今日、この反核不戦の証言と記録の運動を、若い世代にいかに継承していくのか、それはきわめて切実な問題となってきた」、「世代から世代へ、地域から世界へ、証言運動の飛躍的発展をめざして共に語り、共に学び、共同と友愛、連帯の絆を強めなければならない」と述べています。

「長崎の証言」運動の今後の課題

新型コロナの世界的感染拡大の状況、世界と国内の現状を踏まえた上で、「長崎の証言」運動の今後の課題を考えます。

核廃絶運動の課題では、被爆者による長年の運動が世界を動かし、核兵器禁止条約の発効が決まりました。その一方で、核保有国は矛盾や対立をはらみつつも、一致して核兵器禁止条約に反対し、新たな核軍拡競争につながる動きが起こっています。核固執勢力と核廃絶をめざす勢力の対立が、今も核軍縮をめぐる世界の基本的構図であり、世界の反核運動と市民社会の役割は益々重要になっています。

米国は核兵器を使用した国としての責任があり、広島・長崎への原爆投下が「人道と国際法に反する」行為であったことを認めて、核兵器廃絶に向けて主導的役割を果たす責任があります。日本は戦争被爆国、平和憲法をもつ国として、核廃絶について特別の役割があり、日本政府には核兵器禁止条約を早期に批准し、核廃絶をめざす国々の先頭に立ち、核保有国と核依存国に核廃絶を迫ることが求められています。北東アジアでは中国、北朝鮮が核兵器を持ち、それに日米・米韓同盟が対抗しており、特に、最近の米中間の覇権争い・対立の激化がこの地域の危険性を高めています。非核・平和の北東アジアの実現のために、日本と韓国の市民の共同した平和の取り組みが必要となっています。

長崎では、被爆者運動、原水爆禁止運動に加え、これまでの運動と経験の結果として、長崎平和推進協会、核兵器廃絶・地球市民集会ナガサキ実行委員会、長崎大学核兵器廃絶研究センター（ＲＥＣＮＡ）、そして、高校生・平和大使、高校生一万人署名活動、「ヒバクシャ国際署名」をすすめる長崎県民の会などが多彩な活動を続けています。長崎の証言の会は、それぞれの運動、団体と共同・連帯し、学びつつ、核廃絶の課題に引き続き取り組むことが求められています。

証言運動の課題としては、被爆証言の発掘に努力するとともに、被爆体験の証言を通して、人間の尊厳を徹底して踏みにじる核兵器の非人道性を告発することが必要です。また、核肯定論や核報復論、「核抑止力」論に対する批判力を高めることも重要です。夏の原水爆禁止世界大会では、韓国の平和運動に取り組む若者が被爆者に対する「証言の聞き取りプロジェクト」に取り組んでいることを報告しました。コロナ禍で進んだ社会のオンライン化を活用し、北東アジアをはじめ世界の平和運動との交流を進めることも可能になっています。世界の多くの人々の核兵器に対する関心が高まる中で、被爆者の話を聞きたいという人たちが増えています。被爆者の証言を分かりやすく伝えるために、被爆者個人の体験に焦点を当て、当時の時代背景などを解説し、写真、絵や映像などを活用して想像力を豊かにする試みも重要です。

現代は、政治の力が政治以外の文化的諸活動、例えば、スポーツ・オリンピックなどの領域にまで浸透していますが、その一方で「政治的」ということで政治についての発言を抑える・控える傾向があります。しかし、戦争・原爆ほど「政治的」なテーマはありません。なぜ広島、長崎に原爆が投下されたのか、なぜ地球上に核兵器が今もこれほどまで多く存在するのかの答えは政治そのものです。非核・非戦の思想には、人間の尊厳を第一に考える視点が基本にあり、被爆者の体験をとおした非戦の思いを継承していくことが大切です。

長崎の被爆者運動、証言運動の資料収集・分析をすすめ、過去の運動から教訓を引き出し、後世に伝えることも必要となっています。長崎の証言の会は、若い世代とともに、人間の「理性と感性」の両面に加え、「持続する意志」を持って、「『ヒロシマ・ナガサキ』の世界化、普遍化」に力を尽くし、「証言運動のさらなる深化と継承・拡大」に取り組むことが求められています。

［資料］全国被爆者健康手帳交付数等

「令和２年版　原爆被爆者対策事業概要」より　　　　（2020. 3 . 31現在）

	令和元年度末								
	被爆者健康手帳					健康診断受診者証			合計（人）
	第１号（人）	第２号（人）	第３号（人）	第４号（人）	小計（人）	第一種（人）	第二種（人）	小計（人）	
1 北海道	162	55	22	9	248	1	5	6	254
2 青森	29	7	4	2	42	0	0	0	42
3 岩手	12	5	4	2	23	0	2	2	25
4 宮城	74	25	5	4	108	0	1	1	109
5 秋田	9	4	1	2	16	0	0	0	16
6 山形	10	5	0	0	15	0	1	1	16
7 福島	35	13	3	4	55	0	3	3	58
8 茨城	225	55	18	15	313	7	8	15	328
9 栃木	110	28	11	6	155	0	2	2	157
10 群馬	81	12	6	4	103	0	4	4	107
11 埼玉	1, 072	304	94	127	1, 597	6	54	60	1, 657
12 千葉	1, 287	451	117	150	2, 005	11	55	66	2, 071
13 東京	3, 194	942	290	265	4, 691	15	88	103	4, 794
14 神奈川	2, 465	674	207	195	3, 541	14	95	109	3, 650
15 新潟	59	10	3	2	74	0	0	0	74
16 富山	24	13	3	2	42	0	0	0	42
17 石川	45	16	5	3	69	0	2	2	71
18 福井	37	5	1	1	44	0	1	1	45
19 山梨	42	13	0	3	58	0	4	4	62
20 長野	67	18	4	6	95	1	4	5	100
21 岐阜	189	63	28	16	296	7	9	16	312
22 静岡	318	92	27	31	468	5	18	23	491
23 愛知	1, 244	267	130	105	1, 746	13	108	121	1, 867
24 三重	192	48	23	18	281	0	15	15	296
25 滋賀	170	66	31	10	277	1	18	19	296
26 京都	540	194	68	47	849	2	19	21	870
27 大阪	3, 149	836	310	240	4, 535	13	179	192	4, 727
28 兵庫	1, 899	600	206	147	2, 852	29	93	122	2, 974
29 奈良	318	127	27	33	505	2	12	14	519
30 和歌山	130	31	8	13	182	1	4	5	187
31 鳥取	80	95	25	7	207	0	3	3	210
32 島根	249	436	47	14	746	0	2	2	748
33 岡山	684	327	98	76	1, 185	7	10	17	1, 202
34 広島	**7, 285**	**6, 093**	**2, 704**	**877**	**16, 959**	**37**	**23**	**60**	**17, 019**
35 山口	1, 309	595	193	108	2, 205	11	24	35	2, 240
36 徳島	71	31	9	2	113	0	2	2	115
37 香川	189	37	13	18	257	0	4	4	261
38 愛媛	353	147	30	36	566	4	4	8	574
39 高知	76	25	4	8	113	1	2	3	116
40 福岡	3, 973	905	392	244	5, 514	29	212	241	5, 755
41 佐賀	523	150	99	25	797	6	36	42	839
42 長崎	**5, 583**	**1, 490**	**2, 337**	**461**	**9, 871**	**28**	**1, 514**	**1, 542**	**11, 413**
43 熊本	669	104	42	33	848	3	31	34	882
44 大分	313	114	30	25	482	1	10	11	493
45 宮崎	245	73	19	13	350	1	6	7	357
46 鹿児島	381	67	32	24	504	3	9	12	516
47 沖縄	75	34	3	6	118	0	3	3	121
48 広島市	**26, 975**	**10, 056**	**5, 383**	**2, 422**	**44, 836**	**121**	**18**	**139**	**44, 975**
49 長崎市	**19, 085**	**3, 450**	**2, 173**	**1, 018**	**25, 726**	**5**	**5, 244**	**5, 249**	**30, 975**
合計	85, 306	29, 208	15, 289	6, 879	136, 682	385	7, 961	8, 346	145, 028

特集1　被爆・敗戦75年を迎えて

平和祈念式典で使う献水を採る青少年代表
（平和公園の平和の泉、8月8日）
（写真提供　長崎新聞社）

〔長崎の証言の会　２０２０座談会〕

被爆75年と「長崎の証言」運動の課題

出席者
大矢正人（長崎の証言の会）
城臺美彌子（長崎の証言の会）
田崎昇（長崎の証言の会）
築城昭平（長崎の証言の会）
戸田清（長崎の証言の会・長崎大学）
橋場紀子（長崎の証言の会）
溝浦勝（長崎の証言の会）
山川剛（長崎の証言の会）
山口響（『証言』編集長）
吉田豊（長崎の証言の会）
一瀬智子（長崎の証言の会）

司会
森口貢（長崎の証言の会事務局長）

記録・整理
一瀬智子／山口響（長崎の証言の会）

２０２０年8月22日
銭座コミュニティセンターにて

森口　事前にお配りした、大矢正人さん執筆の巻頭言の草案を読んでこられたと思いますので、ご意見をどうぞ。私の意見としては、少し短くということと、提言が必要ではないかと考えた。

築城　核兵器禁止条約は発効条件の批准数に達成していない。

森口　現在、あと6カ国で、今年中には何とか発効と言われている。

築城　それでしたら良いのかもしれませんが、この核兵器禁止条約に力を入れるべきと、巻頭言で少し強く打ち出してはどうかと思った。

戸田　長崎を最後に核兵器が使われていないと言われるが、2つの疑問がある。1つは劣化ウラン弾。劣化ウラン弾は放射能汚染をおこすので、入市被爆と同じ状態をある意味でつくる。もう一つは、落とすという行為だけが使用することではなく、使うと脅すことも使用になる。ダニエル・エルズバーグが著書『世界滅亡マシン』で、アメリカが朝鮮戦争やベトナム戦争で、最近ではリビアの毒ガス疑惑（96年）に対して核兵器を使うと脅した、と記している。

森口　劣化ウラン弾に関しては２０１５年に広島で開かれた会議について、嘉指信雄氏（神戸大）がまとめたものが、最近出版された。

吉田　核をめぐる紆余曲折を示しつつ、

いまの立ち位置を考えるべきだし、考えさせるべきと思う。現在ある問題として、人権、貧富の格差についても触れてはどうか。

溝浦　今後の証言運動を、証言する人たちが高齢化していく中でどう続けていくかを含めた課題について考えた。核廃絶運動を進めていく上での課題についても考えた。核兵器禁止条約の批准が世界で進む中で、世論調査などをみると核兵器が本当になくなるのだろうか、という疑問が多数ある。それにどう応えるか。証言運動にしても核廃絶運動にしても展望をきちんと語らないと、多くの納得を得られないし、日本の核兵器禁止条約批准に結びつかないのではと思った。さらに北朝鮮の脅威、あるかどうかも含めてはっきりさせる。また日本の中には、憲法9条があったからという考えのほかに、日米安保条約があったからという考えがある。この考えが世界から核をなくすための課題となっていると考えるし、これからの運動で多くの人びとを納得させる必要があると思う。

森口　鎌田定夫先生は「被爆体験の普遍化」を言っていたが、これも課題となっていると思う。

築城　鎌田先生が中心にしていたのが、被爆体験の継承の問題。現在、多くの被爆者が亡くなっていく中で、間に合わないのではないかという焦りがある。証言運動の中で、この鎌田先生の考えは大きなものとして進めていきたいと思う。

森口　私たちが証言を聞きとるとき、共感し、感情移入があるからこそ、お話くださることがある。それがある意味で証言を聞きとる際の強みになっていると思うし、継承につながればと思う。

大矢　深堀好敏氏が長崎平和推進協会で写真展をしたとき、来られた方が、若い人ではなく深堀さんに話を聞きたがる、と書いている。それを知り被爆者であれば自分の思いをわかってくれるというのが基本にあると感じた。もう一つ、内田伯さんの追悼文を書きながら、内田さんがなぜ被爆地域を掘り起こす活動を始めたのかを考えた。式典などでも、内田さんは具体的に個人の顔が浮かぶ。町名と住んでいた人を結びつけることによって、その人がよみがえる。だから復元地図に取り組んだと言われていたのを思い出した。

森口　継承と言ったとき、話の中で人間としての辛さまでは伝えきれていないのではないかと感じることがあった。

大矢　そういう意味で証言活動というのは死んだ人をよみがえらせていると思う。原爆で家族全員が亡くなった場合、その人たちを語り継ぐ人までいなくなる。その意味でも原爆は非人間的だと思う。だから証言には、生き残った家族の言葉で、亡くなった人をよみがえらせるという役割が大きいのではないか。でてきた証言をいろんなツールを用いながら、わかりやすく示すことが、これからは必要ではないか。大きな財産である証言をどう生かしていくかが次のテーマだとも感じている。

吉田　証言運動の課題と展望というテーマから課題という点を考えると、いまの証言活動が十分かどうか、その活動をしていく上での考え方を深めるべきと思う。この運動を広げることは平和運動につながり、平和運動の現状とこれからの課題も合わせて考えるべきと思う。いま被爆体験を知らない人が増えている中、戦争や被爆と、世界の情勢と関連させて運動を進めることが必要ではないかと考えている。

田崎　やらなければならないことというのは、この30、40年、ある意味で変わっていないと思う。その中で証言できる被爆者が少なくなっている。では何をするかというとき、私たち証言の会だけでの活動には限定される部分が出てくるかもしれない。でも、ほかの運動との協働という形で広めていくことはできるのではと考えるし、また他からの期待も大きいのではないか。

ＮＨＫ広島放送局が今年、「平和に関する意識調査」として広島県と広島県以外の日本とアメリカの18～34歳を対象にインターネットアンケートを行っている。この調査によると「核兵器は必要ない」は日本人の約85％、アメリカが約70％。アメリカ人に原爆投下について聞いたところ「許されない」が41・6％、「必要な判断だった」が31・3％。また「原爆についてもっと知りたいと思うか」の問いに広島県では76・5％、広島以外の全国では68・7％、アメリカ人は80・5％が「知りたい」と答えている。このように若者の考えは日米両方で変わってきている。今、原爆について知りたい、聞きたいという人がたくさんいる。

城臺　課題と展望という視点で証言の会をこれからどうしていくのかと考えるとき、一番しなければならないのは、継承だと思う。その時間は限られてきていると感じている。といっても若い人たちに伝えることが今できているかというと、あまりできていない。修学旅行生や学校に行っての話はしているが、実際、本当に後を継いでくれる人たちへの繋がりはできていない。すぐにでも後を継いでくれる人たちを探すべきと思っている。先ほどアンケート紹介で「知りたい」という話があったが、今年コロナ禍の最中ではあるが、京都大と広島大の学生たちからどうしても長崎で話を聞きたいとの要請を受け、原爆資料館、浦上天主堂、平和公園、爆心地公園で話をした。広島の大学生たちなどは、いままで広島では聞いたことがないと、話を聞きたがった。若い人たちの知りたいという気持ちに応える時間を設けるためのぎりぎりのところにある。だからこそ、このような時間を設けることを具体的に進めなければならないのではないかと思った。

森口　先日、アメリカ・シカゴ大学の学生とオンラインで話をした。このときは早口の英語で話の趣旨がよくわからない部分があった。あとで文章にしたものを見ると、いまアメリカでは放射線による影響がさかんに言われているそうで、学生の意見のなかにも、放射線の影響について切り込んで欲しい、というものがあったようだ。アメリカでも年齢が高い人たちの間では、真珠湾攻撃という暴力に対して原爆投下という暴力で返したのだから当然だという意見があった。しかし現在、核兵器を製造している場所、原発を含めて放射線の問題に焦点が向けられている。この問題についても私たちは伝えていかなければならないと感じた。

築城　日本の現政府は改憲に熱心だが、この改憲を許してしまうと、いままでの生活が覆されると思う。これに対抗するための反論根拠をはっきりさせ、運動にむすびつけられないかと思う。

最近私はテレビ電話ではあったが、アメリカのある映画監督に被爆体験を語った。その後の質問でアメリカ人を憎んでいるか、というのがあった。アメリカ人は常にこのようなことを考えているのか、と思ったが、私は次のように答えた。被爆者としては皆憎んでいる。しかし私個人の思いとしては、自分は重症を負ったけれども家族が無事であったこと、長生きできていること、敗戦後アメリカから民主主義を教えられたという部分もあると感じているので、アメリカに対して強い感情はいだいていない。相手がどう受け取ったかはわからないが。私は、アメリカ人は原爆を落としたことに対して、引け目のような何かを持っているのだなと思った。

山川　2020年最初の月に、「世界終末時計」が「真夜中まで100秒前」となったが、これが今年を象徴するような出来事であったと思う。ナガサキユース代表団がコロナと核問題についての話し合いをし、3つの結論を出した。私もこれからの講話の中でこの二つを合わせて問題提起しようと思っている。なぜなら相乗作用で今までと違う世の中が見えてきたり、核の問題について深まったりすることがあるのではないか、と考えるからだ。被爆75年という節目を考えたとき、初歩的なところがいま混乱していると感じている。細かいことだが、たとえば11時2分、8時15分という時間がそうだ。これまでの長崎平和宣言文を調べてみた。1948年に初めて平和宣言文がだされ、11時2分という言葉がでてきたのは1951年が最初だった。この時間については、これまで27回使われ、使用されていないのが45回だ。8月9日はすべて使われているが、時間については半分くらいだ。11時2分に投下したと明記したのが、2000年と2012年の2度ある。多くは11時2分に「炸裂」したという趣旨の表現になっている。一つの文章で「投下」「炸裂」という言葉が使われ、明確でないものもあるが、「炸裂」が長崎市の考えだと思う。長崎市が子どもたちを対象にだしている「平和　ナガサキ」がある。この中学年のところに「午前11時2分に長崎市北部の上空で炸裂しました」と書いてある。高学年のところを見ると、原子爆弾の「炸裂」として8月9日、11時2分とある。ここには広島のことも出ており、広島は「8月6日、8時15分に投下」とあるが、広島の原爆資料館には炸裂の時刻となっている。非常に曖昧だ。今年の新聞の表記を見ると、「長崎に原爆が投下された11時2分を合図に」というものが多く、今のメディアは11時2分を「投下」とほとんどが表現している。75年たった今、基本的なこのようなことがあまり問題になっていないという気がしている。75年目の節目の年にこのような小さな混乱が見られるところから考えると、節目の年と言われるときには、原点に戻って考えることが大事だと思う。

森口　コロナの問題で言えば、感染した人はもちろん医療従事者に対しての差別があった。戦後、被爆者に対しても差別があった。この差別についても私たちは考えないといけないと思う。

橋場　この２０２０年をどう見るか、これからどうするか、後の時代になったとき、大きな節目の年になるのではないかと思う。先ほどでた終末時計のことやコロナ、終戦当時は原爆後75年間は草木も生えぬと言われた年でもある。後世では戦後75年までは被爆者が活動の中心に入れていた時代だったとなるのではないかと思っている。被爆後55年、60年、65年、70年、75年と節目の時の被爆地を見てきた。被爆後60年の時、山口仙二氏、山田拓民氏が被爆者が活動する最期の時だと大きな騒ぎになったが、70年もあったと谷口稜曄氏と話したこともある。戦後80年までも被爆者には元気で頑張っていただきたいが、冷静に考えると80年までは見通せない。今年75年は被爆者がＮＰＴ再検討会議に向けてニューヨークで活動しようとした――コロナのため実現できていないが――他の活動にも積極的に参加していたと言われる年になるのでは、と思っている。コロナの話ではネガティブな話がでてきがちだが、先ほど話があったように、逆に言えばオンラインで世界と繋がって、今まで長崎に来ることのできなかったアメリカやヨーロッパの若い人たちが長崎の被爆者の話を聞くことができたという点では、ものすごく意味のある年だと言える。２０２０年をどういうふうにとらえるかというのは、もう少し多角的であってもよいのではないかという印象を受けた。その上で今後の課題、私たち戦後世代が担っていくことを考えたとき、今日の配付資料には「証言活動のさらなる進化と継承問題に取り組むこと」とあるが、それが指すものがよく理解できないし不安が大きい。ただ資料にあるように、そのヒントは被爆地75年、証言の会50年、長崎の反核平和運動の50年、70年の中にあるのではと思える。１９９０年代ぐらいまでの長崎では、2キロの壁と言われるように、浦上の被爆者の問題だったのが、この年以降、被爆体験者などの問題がでてきて、原爆の被害は本当はもっと広かったのではないか、となってきた。それは当事者だけではなく、非被爆者の共感や支援、つまり市民の力で、被爆問題を広げてきた50年であったと考える。被爆者の話を聞くことは意味があるというのはその通りだが、証言の会の特筆すべきところは、創設者の一人である鎌田定夫氏が被爆者ではなかったというところだ。関口達夫氏（元ＮＢＣ記者）の言葉を借りれば、被爆者は誰かの人生を変える力をもっている、ということだと思うが、それを体現されたのが鎌田氏だと思う。非被爆者である私たちの世代の人でも、被爆者に共感してこの問題に取り組むことができている。先ほど後継者を探すという話があったが、これだけオンラインが発達してくると、長崎以外でも人は探せるのではないか。この２０２０年はある意味、新たな視点が示された年でもある。証言の会として守るべき根幹と、変化させてもよい部分（使用ツールなど）とを分けて考えることも必要ではないかと思った。

山口　先ほど世論調査のお話で世界の人たちが被爆者の話を聞きたがっている、特にアメリカの人は強いということがあった。先日、核兵器廃絶国際キャンペーン（ＩＣＡＮ）からの依頼で長崎原爆資料館のオンラインツアーを行った。長崎でリハーサルを行ったとき、ＩＣＡＮの本部の人から、もう少し個人の話に焦点をあてた案内をしてほしい、という要望がでた。私は広島の資料館には行ったことがないが、広島のオンラインツアーを見た印象では、広島の展示は被爆者個人に焦点をあてているようで、最近そのように変わったと聞いた。たとえば、黒焦げの三輪車の展示では、モノとしての三輪車だけでなく、それを持っていた男の子とその家族がわかるような展示になっている。長崎の資料館はどちらかと言うと事物の展示が多い。溶けたガラスやロザリオなど事物だけが置いてある。それでも被爆の破壊の大きさというのはわかるが、そこだけを見ていくと、被爆者個人の話がよくわからないという意見がＩＣＡＮから出た。本番では、山口仙二氏や谷口稜曄氏の写真から話を膨らませる形で行った。被爆者の体験を知りたいという欲求は世界的に強いことを認識しないといけないと思う。被爆証言はいろんな言語には訳されていないという問題があるが、英語を学んで自分から世界に発信しようとする被爆者もいて、いろんな活動がでてきていると思う。若い世代は、歴史に対する無知の裏返しではあるが、旧世代とは違って、「リメンバー・パールハーバー」という世界観に拘束されないので、被爆の実相を単純に見てもらえると思う。それに応えるものを被爆地から出していかなければならないというのが、75年の節目に感じたことの一つだ。

山川　課題の一つと感じているのが、若者への政治のタブー視が根強いということだ。マスコミに登場するような人たちはほんの一握り。もちろんそれに影響される人たちは潜在的にたくさんいると思うが、活動にまで踏み込めないのは、政治のタブー視が非常に大きな要因ではないかと思う。18歳の投票率が高かった高校に対して、神奈川県警がどんな教育をしたのかと電話をしたという。これが問題にならなかったというのが非常に危機的だと思う。どうしたら政治というのが特別視されないようになるのか。政党教育ではなく、本当の政治教育というのは必要不可欠なことだと思うが、それはほとんど行われない。この政治と平和活動の問題というのは、課題の一つではないかと思う。

吉田　同感だが、もう少し平和についての課題を打ち出してはどうかと思う。核兵器をめぐって世界的に大きな動きがあるが、何かが攻めてきたときどうするのか、アメリカの核の傘の下にいた方が安全だ、と考える人が多くいる。また、自衛隊の海外派兵や敵基地攻撃能力を持つことに肯定的な人もいる。そういった意見の問題点などを、被爆証言をすることで、あるいは運動で明らかにする役割があると思うし、平和運動はすぐれて政治課題と思う。

山川　核抑止論の人と議論をしたとき、こちらがものすごく勉強しておかないと、太刀打ちできないという感じを持つ。核抑止論には説得力がある。核抑止論が欺瞞的なものであると、市民が納得できる平易な説明が必要であり、この点も課題だと思っている。核の傘が、核があるから核戦争が起こっていないという話の方がわかりやすいからこそ、平易な言葉での反論・説明というのは必要だ。

森口　核兵器禁止条約の発効に向けての動きも進んでいるが、核保有国は批准をしないだろう。かつて地雷禁止運動があり、多くの国が批准し、その流れの中にあっても、国の安全保障と地雷問題とは話が違うと言う人がいた。核についても国の安全保障において核の傘は必要だという人がいる。近年、人間の安全保障の考えが広く浸透してきたが、国の安全保障とは何かを改めて追究すべきなのではないかと思う。

築城　現在、コロナウイルスが蔓延し、人類以外から人類に対する攻撃があっていると見ることもできる。その視点から世界平和への言及もできるのではないか。

溝浦　いま軍事費があるのであれば、コロナ対策へ費用を回せというシンプルに入りやすい切り口が確かにある状況で、多くの人の共感を得やすい。その意味で、軍事とコロナという観点から、軍事問題について新しい視点から問題が鮮明になった年でもある。紹介のあった鎌田先生の文章の中で「21世紀を非核非戦の世紀」という課題に対して証言運動と核廃絶運動を分けて考えるという部分は非常に重要だと思う。50年続いてきた証言運動が日本や世界にどのような影響を与えたか、核兵器禁止条約を始めとする運動として世界的に盛りあがってきた。その核心にたった上で証言運動をどうまた続けていくか。またそれだけでなく核兵器禁止運動についても改めて振り返る必要があると思う。

先日長崎で、オンラインによる核兵器禁止の会議があった。その中で韓国の代表が次のような提起をした。トランプ大統領と北朝鮮が核兵器を使うような状況が起きたことをさして、何があろうとも、２０１７年のような、核戦争寸前の状況を起こしてはならない。アメリカが北朝鮮への敵対政策を破棄して平和条約を調印すれば北朝鮮の核もなくなるのではないか、と提起している。また日本の安倍首相が集団的自衛権について主張しているが、北朝鮮が核兵器をなくせる状況がでてくれば、いわゆる北朝鮮を利用した日本の軍備拡張はできなくなる。その点については日本にとっても良いのではないか、という内容の提起だった。

山口　先ほど被爆体験の継承の話をしたが、世界情勢の話もしておきたい。核兵器禁止条約はこの１、２年で大きな動きがあると思う。発効したら締約国会議が開催され、いろんな条項を動かしていく段階に入る。今年４月開催されるはずだったＮＰＴ再検討会議が延期され、来年の１、２月に開催予定だが、これも延期され２０２２年となったとき、現トランプ米大統領のままであれば動きはないだろう。しかし今年末の大統領選挙でバイデン氏に変わった場合、２０２１年開催のＮＰＴ再検討会議では大統領交代の影響は反映されず変化はないと思うが、２０２２年となったら、核兵器禁止条約の状況も含めて変化がでてくるだろう。この二つの条件を考えると、核兵器をめぐって、この１、２年で大きな動きがあるかもしれない。核兵器禁止条約の条項についての例をあげれば、核使用の被害者の救済と環境の回復、がある。日本政府は批准するとはいっていないので、日本国内での変化は期待できない。しかし、例えば、仮にブラジルが批准すれば、ブラジル在住の在外被爆者には何らかのプラスの影響があるかもしれない。

他方で、世界では核兵器廃絶運動は盛り上がりを見せているが、被爆の実相を知ったうえで運動にかかわっているかというと、必ずしもそうとは言えない。この動きの中で長崎・広島の役割が再度問われるのではないかと思う。世界情勢が動くことと、被爆体験の継承の点では大変なところはあるが、若者の関心は高まっているという状況をにらみながら、広島・長崎の経験が生かされる時がくるのではないかと考える。

吉田　バイデン氏が大統領になったら核兵器禁止条約をアメリカが批准するだろうか。

山口　それはないと思う。でもバイデン氏が大統領になったら、オバマ大統領のとき核兵器についてできなかったいくつかのこと、例えば核兵器の先制不使用方針の採択に再度チャレンジする可能性がある。新ＳＴＡＲＴについては延長することを明言している。

戸田　ウィリアム・ペリーが『核のボタン』という著書の中で、核の先制不使用が必要である、地上配備核をまず減らしていこうと言っている。バイデンも同様のことを言っている。ペリーのこの著書のなかで、安倍首相の名前がオバマの核先制不使用の足を引っ張ったとして1回だけでてくる（オバマ政権2期目の終わりごろ報道されたことだが）。ほぼ同時期に出版されたペリーとエルズバーグの著書では、エルズバーグの方が重要だと思うが、ペリーの著書はバイデン政権を占うという意味では参考になると思う。

溝浦　日本が核兵器禁止条約に入れば、世界情勢は大きく変わってくる。それは日本人であるわれわれがしなければいけないことだと思う。

橋場　マスメディアの話もしておきたい。今年被爆75年の各紙・テレビの報道の中で、記者仲間から「感性に訴えて共感を求めたものが非常に多いのではないか」という話が出た。（カトリック信者の）深堀繁美氏が今年の被爆者代表であったこともあるかもしれないが、祈り、思い、被爆者が残り時間短い中、頑張っているというようなところに報道が集約されたように思う。被爆者の大変な75年間に対して怒りなどが示されきれていなかったのではないか、という反省もある。

大矢　先ほどのコロナと核兵器の問題では、今年の原水禁世界大会で中満代表が次のようなことを言っている。新型コロナウイルスはいま世界中で個人や社会に猛威をふるっているが、私たちは国際社会として一丸となって立ち上がらなければならない。もしこのコロナウイルスが私たちに何らかの教訓を与えたとするならば、それは地球規模の解決策が必要であり、私たちはすべての人間の安全保障に焦点をあてなければならない。このように明言している。今回、格差の問題を含めた政治問題が目に見える形で浮かび上がってきたと考える。先ほど話が出たが、75年経ったいま、原則的な問題をもっときっちりさせないといけないというのは共感するところだ。俯瞰を持った内容にしていかなければならない。非常に大きな課題だと思っている。そもそも政治とは何なのかを、もう一度考えてみる必要があるとも感じている。

今ほど政治的な問題以外、権力機構がマスコミを含めてこれほど介入している時代はない。にもかかわらず、なぜ政治的無関心が蔓延しているのか。そのような二つの局面を私たちはどう理解すべきか。このような問題提起をしている人がある。さらに政治的無関心の原因として5つほどあげられている。政治のメカニズムが複雑化し、簡単には見えてこない。官僚組織というか、市役所にしても自治体にしても、非人格的というか非人間的で、管理が行き届いているというのが2つめ。政治というのは普通の人からみればいかがわしいものだ。メディアにより政治の醜悪の部分を皆知っている。だから自分たちは近づかない方がいいのではないかという意識が働く。4つめはメディアが発達し政治的な課題よりも別方向の番組が一般的に多い。最後に、皆があまりにも忙しすぎるため、じっくりと考える時間がない。このような原因で政治的無関心に追いやられている。

こういう政治状態をわれわれはどう突破するのか。人間の安全保障という考え方はひとつの突破口になるのではないか。今回のコロナの問題で人間の生死という目に見える形で現れている。核兵器禁止条約についても国の安全保障から人間の安全保障に転換したところに一歩踏み出したと言えるのではと考える。国際政治といえども、基本は人間である、ということが浮かび上がってくる。そのような取り組みがこれから大事になってくる。それは先ほどの広島の展示にもつながる。一般に言われる被爆者ではなく、被爆者個人がどういう体験をし、どういうふうに生きてきたのか、をもっと訴えていく必要がある。写真や映像その他使えるツールを使いながら訴えていく。それだけの財産は証言の会は持っていると思う。そういう取り組みであれば、被爆者でない人にもできるのではないか。またそういう活動には他の人も巻き込んでいけるのではないか。そう考える。

森口　いろいろな話や意見が出て、有意義な座談会でした。

〈特集2〉

内田伯（つかさ）さんを偲んで

「長崎の証言の会」の活動に初期から50年近く関わり、近年では唯一の代表委員を務めておられた内田伯（うちだ・つかさ）さんが、２０２０年４月６日、長崎市内の病院で逝去されました。享年90でした。

１９２９年生まれの内田さんは、県立瓊浦中学4年だった16歳の時、動員先の三菱兵器大橋工場で被爆しました。爆心地の松山町にあった自宅は跡形もなく消滅し、家族５人を亡くします。自らも重傷を負って、救援列車で大村海軍病院へ向かい、一命をとりとめました。

内田さんは、創設当時から証言の会に関わるだけではなく、１９７０年代前半には松山町の爆心地復元運動を中心的に担い、さらに、１９７９年ごろには城山小学校育友会会長として、被爆校舎の保存運動にも取り組むなど、被爆の記憶を残すための活動の中心に常におられました。また、長崎市職員として、平和行政や、被爆遺構の保存にも深く関わっています。

この特集では、内田さんにゆかりの深い方々から、内田さんを悼み、その生前の様子を回顧する文章を寄せていただきました。

（編集部）

「長崎の証言の会」の皆様へ

石司　智子
（次女）

父が亡くなってから、もう5ヶ月になります。今でもふらりと帰ってくるような気がして、父がいつも座っていた場所も、ハンガーにかけてある服もそのままにしています。

先日、長崎総合科学大学の木永先生をはじめ、たくさんの方々に父が残した資料を調べていただきました。私は、父の証言や資料について、直接聞くことはありませんでしたが、皆さんのお力で少しでも後世に残していくことができれば、父も喜ぶのではないかと思っています。中でも、父が力を入れていた松山町復元の会に関する資料は、大切に保管されていました。旧松山町の多くの方々の思いを、同じ松山町に住む住民として、大切に暮らしていきたいと思います。

長い間、父の活動を支えていただき、ありがとうございました。父に代わりまして、心よりお礼申し上げます。

内田伯さんを偲ぶ

森口　貢
（長崎の証言の会事務局長）

１９２９年、南高来郡布津町（現在の南島原市）で生を受け、２０２０年4月6日に逝去されました。90年の生涯でした。内田さんは旧制長崎県立瓊浦中学校の4年生の時、学徒動員として三菱兵器大橋工場で被爆し、重傷を負いましたが辛うじて命は助かりました。その時の様子を、また、工場に行く前の様子を忘れることは、決して出来ないと言っておられました。

「9日の午前1時ごろの空襲警報で、防空壕に逃げ込み、警報解除で家に戻り寝込んでしまったこと、朝、目を覚ましたら7時になっていた。父が時計のゼンマイを巻き忘れていたため6時と勘違いしたのです。工場に遅れると体罰を受けるのです。私は、父に『しっかりせんけぇ！今日は帰って来とうなか！』と、私は父に言いたい放題言って家を飛び出して出たこと。これが父親とのこの世での最後の会話となったこと。工場に着いた時には動員の中学生や女学生が並んでいましたが、隙を見て、サッーと入り込みました。『オイ！コラ！』言われましたが、うまく逃れたこと。帰ってから父に『うまく逃れたよ。朝は言いすぎてすみません』と言おうと思っていたことでした。工場では、親友の中村君と昼ごはんを今日は早く食べようと約束していたのです。11時ころです。中村君がこっそり約束通りに来たのですが、海軍の監督官に見られてしまったのです。中村君は逃げました。その時でした。ここから１４００m離れた上空であの忌まわしい原爆がさく裂したのです。工場の屋根の板ガラスが雨、霰のように私に、頭に降ってきました。血が吹き出ました。『必勝』と記した鉢巻で血をぬぐっても止まりません。私は、気を失って倒れました。そしたら、そこに川があり、私を誰かが呼んでいます。気持ちよくなりました。後で考えると臨死体験だったのでしょう。『心臓は止まってない！生きている！』とタンカを持った先輩たちがきて私を連れ出してくれたのです。『救援列車がくるぞ！』ということで崖の上に停車した列車に周りの人の力を借りて、這い上がりました。這い上がれない人達は線路に落ちていきました。列車の中は、暗く血の匂いでムンムンする中、『我が家に知らせよう…』そのことばかり考えていた時、『内田君じゃないか…』と言う声が聞こえました。『君はだれ…』と聞き返したら『中村です』と言うのです。板を打ち付けた列車の窓の隙間からの光で見えた顔は、親友の中村君でした。顔は膨れ上がり、片方の目はつぶれて耳も火傷しています。昼の弁当を一緒に食べようと私の所に来た中村ハルオくんでした。『内田君、お前は血のにおいがする。なまぐさかよ』と私のことを心配するのです。『内田君、俺の傷は軽いよね？』と言いましたが『そのくらいの傷！元気出せ』と言いましたが、私は『うそ』をつきました。彼の上半身の皮膚は上着を脱いだようにベロッと落ちてその下の血管がむき出しです。彼は大声で泣きました。手の施しようもありません。彼は死にたくなかったのです。中村くんは、死にたくなったはずです。

　私は大村の海軍病院から、5日目に長崎に戻ってきました。松山町の我が家に居た5人は消滅して、だれかもわからない白い骨があるだけでした。父にはとうとう、『すみません』ということができませんでした」。

　内田さんはいつも言っていました。「どんな時でも言葉は、会話はちゃんとしないといけない」と。あの朝、父と言い争ったことが、忘れることができない思い出として残っているのです。この8月9日に体験したことが、内田さんの原点になっているのだろうと考えています。核兵器はもっとも反人間的で、非人道的な兵器で、人類絶滅装置だと言っていましたが、あの壮絶な体験から搾り出した言葉です。それに何故に人々は気づかないのだろうか、ともおっしゃっていました。

　松山町、山里町、駒場町、岡町、浜口町、城山町など、原爆で消滅した爆心地付近の街並みの復元運動に取り組まれたのは１９７０年代でしたが、復元運動の中心として寝食忘れて活動されました。「この辺りは賑やかな通りでね、道は今のように広くはなかったが、いろいろな店があったよ」と話されたことがありました。買い出しに行かれて難を逃れたお母様を除いて、亡くなった5人の家族のことを思い出されていたのでしょう。原爆投下前の4月、長崎駅の空襲で、若いお母さんが負ぶっていた赤ちゃんの頭が吹き飛んだ様子を見た内田さんの弟が「早く疎開しよう」と言ったら、「神の国の日本だ、疎開しようなんて言うのは非国民だ」と父がはねつけたことの光景は、忘れ得ない思い出だとも言われていました。

内田さんの反戦、反核の思いは強く、長崎の証言の会主催の「不戦の集い」も38年間続いていますが、そこでの挨拶は、病気で倒れられる前まで、ずっと続けて話されました。確かに原稿を書かれていました。こうした内田さんの思いを、しっかりと引き継いでいかねばとおもっております。

内田伯さんと私

（長崎の証言の会運営委員）築城　昭平

内田さんが4月6日に亡くなった。弱っておられたので、ある程度覚悟はしていたものの、大へんなショックであった。

私と内田さんとの交流は、それ程親密なものではなかったが、ほどほどの交流をしていたし、むしろ、少し離れたところから、「彼のすばらしい被爆者運動を、尊敬の念をもって見ていた」といった方が、当っていたかも知れない。

彼と知り合いになり、交流するようになったのは、１９７０年代に、「証言の会」によるもので、秋月会長の家での役員会に出席して、話しあったりして、親しくなっていったものでした。

彼の被爆は、皆さんご存知のように、中学生の時、学徒動員として「三菱兵器大橋工場」で作業中（中心地より1・3キロぐらい）でうけ、重傷を負って何とか抜け出し自宅に向かった。（彼の家は中心地と大橋の中間ぐらいの道路沿いで、中心地より約１００メートルぐらいのところにあった。）しかし大橋より先は、とてもひどい状況で行けなかったので、暫く避難していたが、救援列車が来たので、それに乗って大村海軍病院に運んでもらい、治療してもらい、1週間ばかりして、少しよくなったので再び長崎に戻り、家にむかったのでした。

私の被爆は、中心地と内田さんの被爆場所を結んで、その線上外側中心地より2・8キロのところにあった師範学校の寮で睡眠中であって、全身火傷、ガラスの傷で血だるまになったが、長与の緊急療養所まで歩いて行き、治療をうけ、翌日家族に助け出されました。

さて、内田さんは、家にむかったが、家はあとかたもなく焼けており、骨が残されていた。お父さんや、ご兄弟の骨で、内田さんはどんなに嘆き悲しんだか、普通の人なら再起不能になったと思われる。内田さんは、お母さんが元気に生きておられ、劇的な再会を果たし、戦後の苦しい中を生き抜いて、学校も進み、市役所の職員となりました。

１９８０年だったと思いますが、市に

「平和推進協会」が作られ、部門の一つに「継承部会」が作られ、今日までその運動が続けられていますが、その初代会長が内田さんだったのです。（このことは余り知られていません。）市職員の会長はよくないということで、1年位で2代目今田斐男さんに代られました。（今田さんの会長が長かったので、今田さんが初代と思っている人が多い。）

1980年2月、「長崎の証言の会」は日本ジャーナリスト会議よりJCJ奨励賞を与えられた。この写真は、同年9月の総会の時に撮られたものと思われる。内田さんは後列右から4番目。

　内田さんは被爆者として、多くのことをやって来られましたが、私は次の二つが最も重要な功績だと思っています。

　一つは、松山町の復元運動です。原爆投下は一瞬にして、松山町を中心にして、町が消えてなくなり、あとは沢山の骨が散らばっていたといわれています。

　この亡くなった人々が、どこに住んでいたかを後世に知らせることで、この人たちが、二度とこのようなことが起こらないよう、天国から見ている。その意志が後世の人々に伝わってきていると思われます。この困難な仕事を内田さんを中心として、何人かでやりとげられました。

　二つ目は、城山小学校同窓会会長として、（松山町は城山小学校区）被爆で学校そのものがつぶれかかっているところを再建し、被爆校舎の保存と資料室の整備に盡くされました。

　勿論、この仕事は多くの人の力があってのことですが、特に私は3人の人を忘れることができません。一人は、杉本亀吉氏（市会議員、城山町自治会長、城山町復興と城山小復興に力を盡くされました。）、荒川秀男氏（被爆時、城山国民学校教頭、戦後校長になった。）それに内田伯氏です。

「もの言う」生き証人

山川　剛
（長崎の証言の会運営委員）

　長崎原爆の生き証人、内田伯さんが2020年4月6日に亡くなった。享年90。あの体力で、と言えば失礼な言い方になるかもしれないが、亡くなるほんとに少し前まで、「長崎の証言の会」の会議や、集会にさえ参加されていた。あの執念にも似た気力はどこからくるのだろう。

平和推進協会の継承部会の会議は被爆時の年齢順に座席が配置されるのだが、最近は築城昭平さんの隣で2番目の座席だった。ある時、会が終わって原爆資料館の玄関で「内田さん、一緒に帰ろ」と腕を組むと「すまんすまん」と、にこっとして76段の石段を二人でそろりそろりと爆心地公園に下りて行った。あの腕の感触は今もある。公園の中ほどで「きつかけん、先に行ってくれんね、ありがと」とベンチで休まれた。お住まいは、この先100メートルもないのだけれど。

もうだいぶん前になるが、修学旅行生に爆心地公園の「被爆当時の地層」を説明し終え、移動のため傍の石段を上がっているとき、内田さんは後ろに転倒した。救急搬送されたが、大事に至らなかったのは幸いだった。しかし、明らかに体力に陰りが見えるようになったきっかけの事故になった。

「長崎の証言の会」の当初からの会員として、『証言』誌や会報に執筆されたのは勿論だが、継承部会員として会報『つうしん』に書かれたものも手元にある。とつとつと言葉を選びながら語る姿を想起しつつ、いくつかの文章中の言葉を振り返ってみたい。

「はたして核兵器はなくせるのか」という一文では、インドとパキスタン間で核戦争が起こる可能性を強く危惧した(00年)。「次世代に伝えたいこと」として「原爆を伝える言葉を持とう」と書いた(01年)。「有事法制はいらない」では、「憲法が予定する民主的な統治機構を変容させ、かつての国家総動員体制への道を開く重大な危険性を有する」と体験を踏まえて訴えた(02年)。語り部として語りのあり方を厳しく問う「歴史の真実を追求しよう」という一文もある(03年)。「筆舌に尽くしがたい惨状を語る」では「かつてのわが家の近くから掘り出した、表面がはげしく熱線によってガラス状に溶けて固まった瓦に触れてもらいながら、これでもかこれでもかと筆舌に尽くしがたい惨状に触れていきます」と書き起こし、「歴史の真実」に論を進め、「国体の護持に執着しポツダム宣言受諾を約3週間遅らせたために国民の生命、財産がどれほど失われたか、この戦争の全体像を通してきちんと総括されるべきであり、その曖昧さこそ許されるべきではない」と中学生に語る。感性に訴え理性に問いかけるのである(05年)。被爆60年に継承部会は「これからの継承を考える」座談会を開いた。内田さんは「聞き手は戦争を知らない世代です。生徒たちが何を一番聞きたいか、それに答える必要がありますね。私はまず戦争って何なのか、平和って何か、そういう問題提起をします」、そして「原爆の前に戦争を語らなければならない」などと発言している(05年)。その戦争の開戦から73年目の12月8日に、かつて「戦争反対を強く主張できなかったこと、結果としてヒロシマ・ナガサキを許してしまったこと」を「無念の思い」と題して吐露している(15年)。

以上のわずかな引用からも、内田さんの「生き証人」ぶりが伝わってくる。発言が求められる場では、あらかじめメモを準備されるなど実に几帳面だった。「筆舌に尽くしがたい」被爆体験に裏打ちされた自身の考えを的確に「もの言う」思慮深い方でもあった。真面目を形にしたような、一見とっつきにくい表情が、「内田さん！」の一声で好々爺に急変するのが私は好きだったが…。とりとめのない拙文は、次の内田さんの言葉を胸に刻んで結びにしたい。

―何はともあれ、今を生きる被爆者の一生もまた限りがありますが、その体験と思いは世紀を超えて、語り継がれなければなりません。

故内田伯様を偲んで

山口　政則
（城山小被爆校舎平和発信協議会）

証言の会事務局長より、内田さんのご逝去を伺った時、唯、茫然自失となり我を忘れてしまいました。晩年は体調を崩されて心配しておりましたが、内田さんご自身が一番無念の日々を送られたことと思います。

内田さんとの出会いは、保護司候補者内申委員の委嘱を受けた2005年7月でした。不思議なことに、私まで保護司に任命されました。何れも、責任者であられた内田さんのご推薦によるものでした。更生保護は、犯罪や非行をした人に社会の事情を理解させ、円滑な社会復帰を目指して行うボランティアです。内田さんは、長年保護司を務められ、社会や公共的業務に長年従事した人に授与される瑞宝双光章を受賞されました。

私も日頃から信念として平和活動に参画し平和案内人に所属しておりました。2006年より城山小被爆校舎に案内人が配置されることになり、内田さんから指名を受け、今日まで案内を続けております。

これまで15年間、ご指導を頂きながら感謝を上手く伝えることも出来ません。内田さんへの思い、歩まれた人生の生き様の一端を述べさせて頂きます。

物静かで優しく誠実さがにじみでる中にも、奥に秘められた反戦反核への強い闘志をお持ちの方と感じておりました。私事ですが、夜学の高校を卒業した私に、にっこり笑いながら放送大学の入学願書を届けて下さいましたことは忘れることは出来ません。

あの日、8月9日、ご自身は三菱兵器大橋工場で被爆され大怪我により生死をさまよいながら救援列車で大村海軍病院に運ばれ、一時は危険な状態でしたが、14日に我が家へ帰宅されます。途中、島原に買い出しに行っていて原爆に会わず、内田さんを捜していた母親と偶然に出会われました。松山の自宅や周りの様子は跡形もなくなり、父親や弟2人と妹の4人の骨は白い粉に変わり果てていたと述べておられました。

戦後の混乱が続き暗黒の中に一点の光を求め、全てが失われた松山町を取り戻そうと、20年後に内田さんが会長となり「松山町復元の会」を結成され、「亡くなった人々の墓標を建てよう」を合言葉に、空白の地図を根気強く埋めていく活動を進め松山町の姿が甦ったのです。

長崎原爆戦災誌や市民憲章の原案作り、被爆遺物収集や被爆遺稿の保存運動、1984年からは平和推進協会初代継承部会長、1990年から「長崎の証言の会」の代表委員等も務められ、長崎の平和運動と被爆者運動のリーダーの一人して誰もが認める功績を残してこられました。

「不戦の集い」「福田須磨子忌の集い」で、杖や椅子に支えられ挨拶される姿を見る事は出来なくなりました。

数々ある活動で、一貫して続けられたのは原爆の記憶を留める原爆遺構が減少することへの強い怒りでした。

1979年8月に、城山小育友会内田会長へ学校の改築が提起されました。しかし、傍観していては何も残らないとして、「城山小学校改築に伴い、校舎の一部を原爆資料館にしていただく陳情書」を、育友会・同窓会・慰霊会の連名で提出して、結果、校舎の一部が保存されました。

「目から消え去るものは心からも消え去る」、原爆遺構は、残すこと、見て感じること、伝えることに意味がある。全てが消えてしまった松山町を復元図で残し、更に、被爆校舎を残し、戦争や原爆を知らない世代の人達に原爆の生き証人として、平和の重みを伝えて来られた内田さんの信条の成果と言えます。

1999年2月からは、児童の発案もあって平和祈念館に生まれ変わり、2016年10月に、長崎原爆遺跡として城山小被爆校舎を含めた5ヶ所が国の史跡に指定されたのです。被爆校舎は人類にとって「負」の財産であり、これを残したことにより核兵器廃絶と恒久平和への道に繋がると信じます。

広島の原爆ドームの中に入ることは出来ませんが、城山小学校の平和祈念館の中には、年間3万人を超える人たちが入館され、被爆痕跡が残されている物に触れ、亡くなった児童や教職員、兵器製作所関係者の思いと叫びを感じ涙されます。城山小の児童が、内田さんの意志をしっかり継承して、平和を学び「子らのみ魂よ」を唄いながらピースナビ活動をしている姿は、力強く頼もしい限りです。

後を託された発信協議会の仲間も、大好きな日本酒を飲み、カラオケに興じられた在りし日の内田さんの姿を忘れることはできません。貴重な資料や新聞記事を活用しながら教えて頂いた数々の知識に研鑚を深めて、城山小学校被爆校舎が平和発信と被爆の実相を伝える拠点になるよう努力することを誓いますので見守って下さい。

内田伯様のご冥福を祈念いたします。

内田伯さんの思い出

川上　正徳
（長崎県市町村職員年金者連盟）

私は１９６１（昭和36）年高卒で市役所に就職したので、毎年夏休みはスクーリングで東京へ行っていました。企業手当や検針手当てを受け取ることができるので希望して、１９６５（昭和40）年異動したのが水道局料金課でした。当時、内田さんと同じ課だったのかどうか自信がなかったので、30人ほどいた検針仲間に聞いたのですが、はっきりしません。皆な異口同音に、組合活動に熱心だった、温厚で優しく接してくれたという感想でしたが、何課だったか分からずじまいでした。

１９９４（平成6）年には被爆50周年事業担当主幹として国際文化会館へ異動しましたが、すでに内田さんは定年退職されていました。

２０１９（令和元）年、私は長崎県市町村職員年金者連盟長崎支部長として10周年記念事業として「被爆75周年長崎市役所被爆体験記２」発行に取り組むこととしました。実は、既に１９８７（昭和62）年、被爆42年「長崎市職員による原爆体験記」が、長崎市職員互助会（古井一喜理事長）から発行されていました。この編集後記は「長崎市国際文化会館次長内田伯　他編集者一同」となっておりました。これは市役所のＯＢ組織として10周年にふさわしい取り組みと思いましたので、本年春、新しい被爆体験記２への投稿を依頼方々、内田さんのご自宅まで伺いましたところ、運よくご本人に会うことができました。玄関でご投稿をお願いしましたところ「上がらんね」と言っていただきました。前の家の時はお邪魔した記憶があったのですが、丁度、夕飯時でもありましたので固辞して帰ろうと振り返りましたら、外へ出て見送っていただいていました。今思えば、これが内田さんとの最後の出会いだったのです。遠慮せず、おじゃますればよかったと悔やんでいます。

継承部会の設立・復元運動の推進に尽力

田崎　昇
（長崎の証言の会運営委員）

１９８１年9月、内田伯さんは国際文化会館（現在の原爆資料館）の参事兼資料係長として赴任された。私は前年の４月、秘書課から国際文化会館に異動していた。内田さんは都市計画関係の課から異動されたと記憶している。当時内田さんは復元運動のリーダー、被爆資料の研究者として活動されており、国際文化会館への異動はむしろ遅きに失したぐらいで、内田さんの経験と知識を発揮できる職場への異動であると多くの方々から歓迎された。内田さんは87年6月に次長に昇格され、90年3月に定年退職された。在任中は被爆資料の収集、整理、保存に取り組むのは当然であるが、内田さんは被爆資料を、物ではなく、亡くなった人たちの魂の叫びを伝える「無言の証言者」として考えておられた。特に長崎平和推進協会継承部会（語り部の会）の設立や、母校である城山小学校の被爆校舎保存には職務を越えて被爆者の使命として尽力された。もちろんボランティアとしての語り部による被爆体験の継承にも貢献された。

復元運動の指導者としての功績について記しておきたい。私が国際文化会館に異動した１９８０年は、長崎市による10年間の原爆被災復元調査事業が終わった直後であり、私はこの事業の総括整理的な仕事を担当した。この事業の目的は「原爆被爆の実態を明らかにするために、被爆時点の地域の状況を調査し、記録して、歴史的証言として永久に残すとともに、被爆者対策推進の基礎資料とする」ことである。具体的な作業は「爆心地からおおむね2キロメートル以内にあった建物を戸別に地図上に記入し、記入された被災世帯の状況について追跡調査を行うこと」である。国の補助（2分の1）を得て正式に長崎市の事業として始まったのが71年1月であるが、この事業の基盤ときっかけを作ったのは、内田さんたちが始めた市民による復元運動である。広島市においても民間で始まった運動が市役所に引き継がれたが、運動の中心は大学教授たちであった。70年7月15日、内田さんの呼びかけに応じ原爆被爆地復元の会が松山町に発足、その後10月には近隣の山里町、浜口町にも運動の輪が広がった。これらの運動の調整役として長崎市に原爆被災復元調査室が設けられたが、運動の実質的な主体は各地域にできた市民運動としての復元の会であった。わずか2年の間に46の町に復元の会が設立された。内田さんは運動の指導者、けん引者として活躍された。かつて報道関係の取材に内田さんは答えられた。「原爆で亡くなった人たちが、どのように暮らしていたかに思いを巡らし、一戸一戸、墓標をたてる気持ちで、地図上に世帯ごとの名前を記入した」。心からご冥福をお祈りします。

内田伯さんを偲んで

（長崎の証言の会運営委員）大矢　正人

内田伯さん、長い間「長崎の証言の会」の中心となって活動を支えていただき、ありがとうございました。次々と証言運動の中心メンバーがいなくなる中で、最後まで一生懸命に役割を果たされた姿には頭が下がります。「不戦の集い」や「福田須磨子忌」で挨拶される姿、原爆資料館での講話が終わって長椅子に座り、女子職員に囲まれて、にこやかに微笑んでおられた姿を忘れることができません。

内田伯さんは「長崎の証言の会」の名称になった１９７１年から運営委員として参加し、１９９０年からは鎌田定夫さん、濱﨑均さんとともに代表委員になりました。内田伯さんといえば、松山町の復元調査のことを触れないわけにはいきません。「爆心の丘の暗点をみつめて—原爆復元の理念を追う—」(『長崎の証言』第6集、1974年)によると、「『原爆被爆地復元の会』が松山町に正式に結成をみたのは、[昭和]四十五年七月十五日」でした。「爆心地帯の住民たちは、毎年めぐりくる平和祈念式典には参加するものの、どうしてか、心の中をからっ風が吹きぬけていくような空虚さをおぼえるのであった。この空虚さを埋め、さまよえる死者たちとの対話をかわす作業、それこそ復元の営みであった。『一瞬の死、水を水をと叫び、せまりくる火と苦悶のなかに死んでいった人びとの胸中は、美化された毎年の平和宣言のようなものでなく、実は原爆そのものに対する呪いや憎しみではなかったのか』ということを素直にうけとめていくことこそ、われわれの使命であり、そのことこそ人間の尊厳にせまり、真の意味での死者への接見につながる、との考えにこの運動は立つものであった」と述べています。

今年の原水爆禁止世界大会はコロナ禍のもとオンラインで開催されましたが、8月2日の国際会議にサーロー節子さんがカナダ・トロントから参加し、被爆者の訴えを行いました。その中で「被爆75年にあたり、まず思いますことは、敬愛する多くの先立たれた被爆者達のイメージと記憶です。ある精神分析者は被爆者について、次のようなことを言っています。『被爆者は生涯を通して死との出会いを経験している。』これは、深い意味を持った言葉だと思います。私自身こういう自覚をした瞬間が幾度かありました。その一例は、2017年、7月7日国連で核禁止条約が採択された瞬間、周囲の人々は総立ちして歓声を上げ、拍手や抱擁しあっていましたが、私は着席のまま涙と共に何十万という広島、長崎の死者の霊と会話を交わしていたのです。吉報を一刻も早く伝えたかったのです。『喜んでください。あなた達の死を意味あるものとすると誓ったお約束の第一歩に到達しました。まだ道のりは長く遠いかもしれませんが、廃絶の日まで待っていてください。』溢れる涙を拭きながら瞼を閉じ祈った瞬間だったのです。」と述べています。

内田伯さんたちは、爆心地での原爆復元の営みを通して、「被爆地原点の空白にせまり、原爆が市民のうえにもたらした悲惨さとその悲しみの実相」を明らかにし、日本人だけでなく、中国人、朝鮮人を含む「死者たちとの対話」を開始しました。私たちは「あなたの強靭な、そして揺るぎない平和への思い」を受け継いで、未来を担う若い世代と共に、「核兵器廃絶を迫る証言」活動を続けていきますので、今後も「長崎の証言の会」の活動を見守ってくださるようお願いします。

内田伯さんのこと

石田　謙二
（長崎新聞社勤務）

「うちだ　はくさんはいますか」

私の思い込みだったのか、誰かにそう教えられたのか。名前の読み方を間違えていた記憶があります。電話で取材のアポイントを取ったり、問い合わせをするときに誤用していたようです。たぶん、対面時にも「はくさん」と呼んでいたのでしょう。でも本人から間違っていると指摘されたり、しかられた覚えはありません。いつも、親しみやすい笑顔で、あるときは厳しい顔で相手をしてくれたという印象です。被爆40年だった1985年ごろのことです。私は記者として駆け出しでした。そのことが幸いしたのかもしれません。

当時の内田さんの肩書は「長崎国際文化会館参事」。国際文化会館は長崎原爆資料館の前身の施設で、現在の資料館の辺りにありました。内田さんは被爆資料の管理を担当していたようです。スクラップブックをめくって、かかわりをたどってみました。

爆心地そばを流れる下の川の改修工事現場から、爆死した市民のものとみられる骨片が見つかった、という記事があります。骨片を見つけたのは内田さんで、取材に「原爆がさく裂した直後、上空まで吹き上げられ、バラバラの状態になって川沿いに落ちたのではないだろうか。じっと見ていると、あの日の思い出がよみがえって、なんともやりきれなくなります」と述べています。

内田さんの自宅は、爆心地となり壊滅した長崎市松山町にあり、家にいた父親、きょうだい3人、叔母の計5人を奪われたそうです。

被爆40年の年間企画で「語り部」をテーマにした記事には、長崎平和推進協会継承部会の前部会長としてコメントしています。「語り継ぐことは歴史的な重みがある。だが、会員の高齢化が進めば語る内容が変化するのは避けて通れない。一方で、聞く側も、被爆体験だけでは満足しなくなってきている。今後、活動をどう進めていくのか、模索中だ」。内田さんは当時55歳でした。

「無言の証人」のタイトルで書かれた同じ年間企画の記事にも登場します。記事は、長崎に投下された原爆ファットマンの実物大模型を設置する計画などを紹介しながら、被爆資料の展示のあり方を取り上げています。当時の本島等市長の構想だった原爆模型展示は実現まで約6年かかっています。被爆者の感情を逆なでするのではないかと市側が懸念していたことが理由で、展示計画を進めるスタッフの中心的存在でもあった内田さんは二つの立場で心が揺れ動いたと書かれています。その部分はこうです。「なぜ今さら―の疑問もあったが、原爆の非人道性を暴露することが憎い原爆への復しゅうだ、と自分に言いきかせた。被爆者の怒りを前面に押し出した展示方法を考える」。

内田さんにお世話になった取材で、特に印象に残るのがラジオゾンデ発見です。ラジオゾンデは原爆の爆発状況を米軍基地に知らせるため、原爆と同時に3個投下された落下傘付き爆圧等計測器です。この機器の重要装置部分が保管者から長崎国際文化会館に寄贈されたことを知り、というより事前に教えてもらい、記事にしました。貴重な資料でしたから会館側は報道各社に同時発表という形をとりました。当時発行していた夕刊の締め切りに近い時間の発表でしたが、「特ダネ」扱いで大きく紙面を割いて掲載されました。紙面を見た内田さんは人前で聞こえるように「発表を聞いてから短時間でよくこれだけ書けたね」と褒めてくれました。でも、発表前の取材に丁寧に対応してもらったから、書けた記事だったのです。今もそのときの恩を忘れません。

被爆から75年となる２０２０年8月9日に書きました。

内田伯さんが私たちに残したメッセージは

（ＫＴＮテレビ長崎）　橋場　紀子

お会いすると「おう、おう」と顔をくしゃくしゃにする表情が印象的だった内田伯さん。私は、およそ20年、取材や長崎の証言の会の活動を通じて内田さんの話を聞いてきました。社内に残る原稿を振り返ると、私が最初に内田さんを単独で取材したのは２００５年、なんと、「保護司として33年の活動への叙勲」の時でした。それまでにも内田さんとは顔を合わせ、話をしていたはずです。けれども、テレビはどうしても、わかりやすく簡潔に話してくださる、いわゆる「テレビ的」な人を選ぶ傾向がありました。しかし、問いかけに長考し、絞り出すように、訥々と語る内田さんの言葉の重さに、インタビューとはそんなものではないのだ、語る、それも自らの被爆体験を伝える、というのはそんな軽いものではないのだ、と、内田さんとの重苦しい取材のやり取りを思い出すたびに、自分の浅はかさと無神経さを突き付けられた恥ずかしさが今も残ります。

平和公園から松山町の交差点へと階段を下りてきたところで、内田さんとはばったりとよく会いましたね。「おうおう、ちょうどよかった、ちょっと一緒に…」と言われ、道すがら時事問題や原爆の話をしましたね。話が盛り上がってきたところで、「じゃ、歯医者に行ってくるから」と建物の中へ…城山町の路地で茫然とし、ぼつぼつと路面電車の電停へ戻ったことを鮮明に思い出します。「じゃ、がんばって」と何度も励まされたことも思い出します。

２０１４年に、私は「被爆地図」をテーマにドキュメンタリー番組を制作しました。内田さんは、１９７０年ごろ、松山

爆心地公園にて。左から、鎌田信子さん、北原壽美江さん、濱崎均さん、廣瀬方人さん、内田伯さん。撮影時期は、2004年秋～05年春ごろと推定される。

町の自治会長として、そしてこの町の生き残りとして原爆投下当時の町並みを復元する地図の作成に取り組みました。私が制作した番組はＫＴＮの社屋がある五島町周辺の当時の地図を描く、というものでしたが、番組の中で、内田さんに被爆地図・復元地図の意義についてお話を伺おうとしました。しかし、当時も内田さんの調子が悪く、ご家族は「取材を控えてほしい」と心配されるような状況でした。でも、「いや、構わない」と、真夏の爆心地公園に歩いて向かい、声を振り絞るように話してくださいました。「一瞬にして命を奪われた人、燃え尽きた人、その様子を想像してほしい」、まさに墓標を立てる思いで地図を作ったのだ、と。爆心地で、また、平和公園で、あるいは原爆資料館で、その復元地図を見るたびに、内田さんの声が私の耳には聞こえてくるのです。

証言の会50周年の記念誌のために取材したのは去年11月でした。やはり、目を閉じ長く考え、会の活動を振り返りお話をしてくださいました。「まだ、がんばる」とおっしゃっていて、まだまだお話を聞けるものだと、また松山町の交差点でばったりとお会いするものだと、思っていました。ちょうど、長崎市のピースミュージアムで開催した「証言の会50年」の展示会のさなか、訃報は届きました。鎌田定夫さん、信子さん、と会のゆかりの人を紹介する展示コーナーで、お元気なのは内田さんだけですね、ちょっと入院しているから心配だね、いやいやお見舞いに行ったら元気そうだった、と準備をしながらも話していたのです。「おうおう」とまた、喜んで展示をじっくり見てもらえると、甘えていたのです。「被爆者のいない時代のはじまり」と耳にしながらも、どこか現実から目を背け、まだまだ被爆者がいるのだから、と思い込みたい自分に、内田さんは厳しくも大切なことを、やはり静かに突きつけてくださったのだと思うのです。

最後にお会いしたのは証言の会の新年会でした。準備されたメモを手に内田さんがお話したことをご紹介します。

「戦後の教科書では絶対に踏み込めないあの戦争の真実をもとに…長崎の証言の会はモットーとして頑張ってきた思いがあります。当初、長崎市は原爆投下の目標都市になっていなかったことを思えば、長崎市民にとっては人類史上、最大の悲惨な不幸を背負ったわけであり、ほとんど一瞬にして何万の生命と、…人々が傷ついた、もう一度繰り返されてはならないということであります。それは、戦争がそのものが持つ悲惨さと狂気…人間の恐ろしさの証明なのではないでしょうか。今日まで生き残った…使命は原爆の恐ろしさと政治的なプロパガンダとしてではなく、世界平和に向けてメッセージとして広く全世界に伝え残し、人間の愚かさを忘れさせないようにすることに尽きるのではないかと思います。そのためにこそ、長崎の証言はこれからも生き続けていかないといけないだろうと思います。また、…新たに期待をして、これからの活躍にしっかりと取り組んでまいりたいと思います…年齢を言うと物笑いになるのだろうと思うのだけれど、いつの間にやらもう90歳になってしまいました。だから、その後は若い人々がやっぱり、きちんと取り組んでもらう、と。これは広島にはない素晴らしい思いを持っているのが長崎であります。そういう意味で支えあって皆さまのお力を頂きたいものと思います」（2020年1月11日）。

初盆が過ぎて、内田さんのご自宅にお伺いしたところ、次女・智子さんがたくさんの被爆瓦を見せてくださいました。爆心地周辺で解体工事がある度にヘルメットをかぶって集められたそうです。ある人にとっては古く壊れた瓦かもしれませんが、内田さんにとっては欠片すら捨てることができない、大切なものだったのではないか、と胸に迫りました。これらの被爆瓦も、内田さんと話したたくさんのことも、大切に記憶し、広げていきたいと思います。

証言の会新年会にて（2020年１月11日）

証言

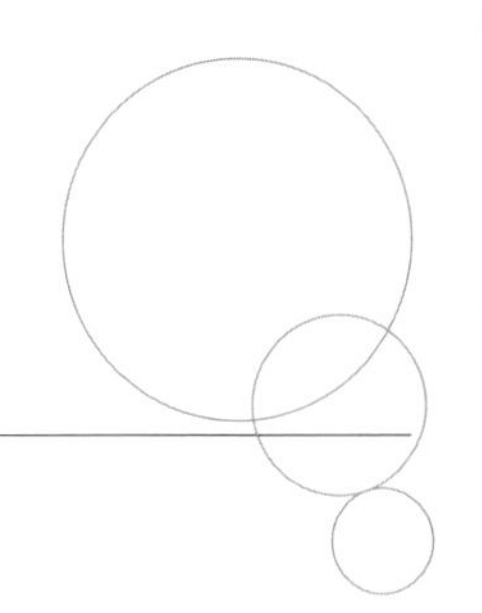

2020年８月９日　長崎平和祈念式典で「平和への誓い」の読み上げに臨む被爆者代表の深堀繁美さん
（写真提供　長崎新聞社）

原爆で亡くなった父と姉を想いながら

［証　言　者］榊（さかき）　安彦（やすひこ）
［生年月日］1937（昭和12）年5月11日
［被爆当時］山里国民学校2年生（8歳）。家野町の自宅（爆心地より1・5キロ）で被爆。
［証言年月日］2020年8月1日、8日、29日
［聞き手・まとめ］山口　響

私の生い立ちから話します。父は安五郎で明治23（1890）年生まれ、母のソラが明治27（1894）年生まれ。私は、その8人きょうだいの末っ子として、被爆した家野町で生を受けました。

父方の祖父は京松というんですが、浦上四番崩れで尾張名古屋に流された。京松の父親は尾張名古屋で殉教していますが、京松は、一緒に流された母のサツに連れられて家野町に帰ってきた。そのときは、全ての家や財産がなくなっていたものだから、家野町に帰ってからは細々と畑仕事で生計をつないでいました。その京松の長男が、私の父の安五郎。私たちが原爆のときにいた家は、父が兵役を終えてから建てたみたいです。

母は、かつて打越と呼ばれた上野町の今のカトリックセンターの近くの信仰熱心な家系に生まれた。甥が2人神父に、姪が1人シスターになっています。旧姓は山田というんですけど、上野町東部は、半分近くは山田だったんです。同じ上野町でも西部の方と、橋口、

【被爆当時の家族構成】

続柄	名前	当時の年齢	被爆当時、直後の状況
父	安五郎	54歳	三菱製鋼所勤務。投下時の所在地は不明。鎮西中学（現在の活水中学・高校）の裏側付近の芋畑にて遺体で発見される。
母	ソラ	50歳	家野町の自宅の離れと母屋の間で被爆。腰を強打
長女	ハツノ		1939年に病死。
長男	敬市		1942年1月に海軍に召集。45年4月にフィリピンで戦死（戦後に判明）。
次女	マツエ	22歳	長崎師範学校（現在の長崎大学教育学部附属小）で事務員として勤務中に被爆。
次男	寛市	19歳	三菱兵器大橋工場勤務（旋盤工）。前日徹夜勤務のため、当日は家野町の自宅（離れの2階）で寝ていて被爆。
三女	ヨシ子	17歳	三菱兵器大橋工場の組立課（現在の長大工学部付近）で勤務中に被爆。頭にけがを負う。
四女	フミ子	15歳	純心高等女学校3年生。三菱造船大橋部品工場（現在の長崎振興局付近）に学徒動員される。現在の井手クリニック前の路上で被爆し大けがを負う。救援列車の中で死去。
三男	静雄	12歳	家野町の自宅（縁側）で被爆。
四男	安彦（本人）	8歳	家野町の自宅（縁側）で被爆。

大橋は深堀が多かった。カトリック信者の多い浦上では、江平町は山口、三原町は片岡とか野口、松本、辻町は岩永が多かった。家野町はいろいろだった。それで、母は大正初めに上野町から家野町に嫁いできた。

父は、小手帳を残していて、その手帳に、自分の生い立ちや、第一次世界大戦で中国・青島に行った時のことが書いてあります。これは、被爆時にも腹巻に着けていた唯一の遺品で、宝物です。

父は当時の尋常小学校を4年でいったん終了し、1年間家の手伝い（こどり［左官の手伝い］）をやって、また6年まで通っている。それだけの学歴なのに、小手帳に立派な文章を残している。今の長崎大学文教キャンパスのところは、全部、穀倉地帯、田畑だったが、父はそこでヒルを捕まえるなどの手伝いをしていました。何のためかというと、悪い血を吸わせるために病院にヒルを売る。今でいうならば、そういうアルバイトみたいなことをやって、家の手伝いをしたということが手帳には几帳面に書いてある。

その後、父は飽の浦の三菱造船所の鋳物工場に勤め、そこに腰弁で通っている。もちろんその頃には電車もバスも通っておらず、家野町から飽の浦まで徒歩で通っていました。そして大正8（1919）年に茂里町に長崎製鋼（のちの三菱製鋼）ができたときに、茂里町の方に移って、職場が近くなるわけです。しかし、その前に、抽選で久留米の陸軍に入隊しています［編集部注：規定の年齢に達しても、全員が入隊するわけではない］。その訓練の途中に呼び出しが出て、千馬町の先のところ（出師橋。現在の長崎みなとメディカルセンター付近）から青島に渡って、無事に復員、長崎に帰ってきています。

父は、被爆前、三菱製鋼の工師という現場の一番偉い立場でした。製鋼の工場も原爆前に爆弾にやられたんで、今までの防空壕じゃ足りないということで、原爆投下当日、梁川の向こうの方に防空壕掘りに行っていたんですね。防空壕掘りの後、工場に戻ったのか、自宅の方に向かったのか、それがわからない。翌日、後で話すように、私たちが母に連れられて救援列車で諫早に行っている間に、誰かが父の遺体を発見して、家に連絡してくれた。今の活水高校の裏、当時の鎮西学院の裏の芋畑で亡くなっとった、ここ（後頭部）にすごい穴の開いとったぞと、遺体を引き取りに行った次兄（寛市）が後日教えてくれた。家にいた次兄と、近くにいた叔父が近所のリヤカーを借りて遺体を引き取りに行ったんです。おそらく、路上で倒れたんじゃなくて、私の額の傷と同じで、工場の何か硬いものが直撃して穴が開いて、それが致命傷になったんじゃなかろうかということを次兄は言っていました。父の遺体を連れて来たのが家野町墓地といって、そこに次兄たちが、火葬せんで、土葬のまま埋めている。だから、母は埋葬に間に合わなかった。父は、非常時のことを考えて、腹巻とか胴巻きとか言ったけど、その中に、懐中時計と、当時のお金で3千円（今なら大金）をいつも身に着けていた。遺体で見つかった時に、その懐中時計と現金が誰かに盗まれていた、というんです。しかし、小手帳だけは残っていた。

被爆時に息を引き取った時の父と行動を共にした人がいなかったから、私はまず知りたかったんです。そのこともあって、私ものちに同じ三菱製鋼を志望して、勤めたんです。被爆して生き残った人にだいぶん聞いたけども、若い人は兵隊にとられていたもんだから、原爆の時のことはわからんと。いろいろ調べて聞いたけど、父のことはどうしてもわからんかった。

純心幼稚園から山里国民学校へ

話は戻りますが、私は幼稚園には昭和18年に入園しました。純心幼稚園ですから、今も現存する三菱の船形試験場の周りを歩いて行っていました。三菱兵器大橋工場ももうできていましたから。それ以前は、あそこの中を抜けて行けたようです。

その時に持っていった弁当が、時々、乾パンですよ。飯盒みたいな弁当箱を持っとってね、普通の弁当箱じゃなくて、カランコロンいわせて。[小さい乾パンを示しながら] これの大きさの6個分ぐらいの四角いのもあったけど、だいたい小さいのが主流だった。これを弁当に何回か持たされた。もちろん、白米のごはんなんてなく、だいたいはコメと麦に芋を継ぎ足した芋ご飯。長崎は魚は結構獲れていましたから、ときどきイワシの干物、それから大根のみそ漬け。栄養になるものなんて、まずない。でも、一応何とか育ったんですね。

山里国民学校1年の時は、学校に弁当を持っていった記憶はない。持っていったかもしれないけど、給食はなかった。ときどき、肝油の配給が1クラスに何個かあったみたいです。それも抽選でね、1回も当たったことがない。それと、1年の時だけだったかな、1クラスに50人くらいおって、運動靴が2、3足当たるのがあったみたい。それも当たったことはない。履物もなくて、1年の時、2年の時も裸足で何回も行った。靴なんて持ってないんだから。下駄だって、そう長持ちするもんじゃない。下駄なんて履ければいい方で、藁草履（わらぞうり）が主流だった。それで、裸足で行ってね、教室に入る前に足洗い場があったから、そこで洗った。

話が飛びますが、戦時中に金属類の回収がありました。幼稚園のブランコ、山里国民学校の鉄棒、みんな回収されていました。幼稚園のブランコも、私が昭和18年に入ったときはまだあったんですよ、それがいつの間にかなくなっていた。

私は昭和19年4月に山里国民学校に入ったんですけど、1年生の時に、体格がよかったもんだから、3年生以上に交じって連隊で登校していたわけです。本当は学校の正門前の奉安殿のところで最敬礼せんといかんのに、1年生だから最敬礼のやり方を知らず、その時のK先生という代用教員に木剣、樫の棒で頭をコーンとやられた。もう忘れもしない。泣いたのを憶えています。それと、小学校1年の時は、山王神社に引率されて行っていたんです。1カ月に1回、8の日かなんかに［編集部：毎月8日は大詔奉戴日］。1年生の後半だったかな、城山に護国神社ができてからはそちらの方になった。それから、同じ1年生の時だったと思うけど、山本五十六大将が（昭和18年に）戦死して元帥になったんで、あの文房具がない時代に山本元帥の名前が入った鉛筆が配られたこともあります。それが削っても削っても芯が柔らかくてすぐ折れて、鉛筆にならないんです。

あとは、学校生活の中では、戦前は小運動会と大運動会とがあっていました。小運動会が5月で、10月に大運動会が普通だったんです。昭和19年は、小運動会があったのは間違いない。その年の初遠足も道ノ尾公園に行ったのは間違いないですよ。でも、その年の後半、戦局が悪化して、大運動会も秋の遠足も中止。もちろん、2年の時(昭和20年)は遠足も運動会もなかった。

1年生の時は空襲警報とかはあっても、授業に支障をきたすようなことはなかったんです。教科書も新しいのをもらったのを憶えています。でも、2年になったときに、新しい教科書がなかったんです。譲り受けの格好で、2年から3年生に進級した人が置いていったのを使うことになっていた。持ち帰っていないわけです。教室に置いてあるから。それで、原爆で山里国民学校の教室は燃えました。当時の2年生は南側、爆心地に近い方の2階だったということは憶えているんだけど、おそらく、燃えてしまっているはずなんです。よく、戦後、教科書を墨塗りしたとか何とかいう話があるでしょ。でも、教科書そのものがないんだから、学校が再開されたあとは。塗る墨すらないんだから。

空襲が始まったときには、自宅の床下に芋がまがあって、そこが防空壕代わりだった。畳をはいで、そこに潜っていく。今でもその臭いを憶えていますよ。モグラかジャコウネズミか知らんけど、走っていたのを憶えている。B－29が来て、夜中にその芋がまを出て金比羅山の方を見たら、打ち上げ花火のようになっていたのを憶えている。その頃はまだ本格的な空襲じゃなくて、面白半分に見たような感じだった。恐怖とかはなかった。

しばらくして、焼夷弾の問題が出始めた。爆弾が落ちてきても、芋がまじゃ、突き抜けてきてかえって危ないと。それで、家の前の屋敷畑のところに組み立て式の防空壕を作った。その後、戦火がひどくなって、今の住吉幼稚園の近くの、よその家の畑の崖のところを使って防空壕を掘った。その防空壕は北側の土手を使っている。父は分かったんでしょうね、南から爆撃機がくることを。

山里国民学校の南側の校舎は、原爆で3階が壊れ、崩れた。校舎のあの部分は通し教室になっていて、柱が入っていないんです。学校には講堂も何もないから、学芸会とか大人数の集まりをそこでやっていた。それで、原爆で3階だけがコテンパンにやられた。

小学校の同級生はね、約250人中、学校が再開されたときに戻ってきたのは30人くらいですけど、これはもうみんな、両親がいないとか、そういう人たちばかり。それとね、山里国民学校全体では1500人中、生き残ったのが350人とか言っているでしょ。ところがね、実際には生き残っている人はもっといるんです。というのは、山里小学校で学籍簿で調べたから自信を持って言えるんですけど、結局、6月末から臨時休校に入っている。7月29日から長崎も何度も爆撃されて、8月になってから、原爆の寸前に転校の手続きを取らずに疎開したり、親せきに預けられたりしている児童が多いんです。

戦中の家野町

昭和20年4月ぐらいから、三菱兵器を警備するために海軍が山里国民学校の上（橋口町）と家野町、三芳町の3か所に機関砲隊を作ったんです。橋口町の陣地は、うちの畑を使ったんです。山里国民学校のあたりはクスノキがものすごく多かったので楠木陣地。家野町の方は自宅のすぐ上ですけどね、墓に桜が多かったから桜山陣地。それから三芳の方は確かハゼ山陣地じゃなかったかな。

かんころ餅ってのいうのがあるでしょ。桜山陣地の兵隊が、あの頃はもう革の靴はもらえずに、地下足袋が配給されるんです。それを持ってきて、かんころ餅と交換してくれというわけ。それと、小さい頃にウサギを飼っていましたね。それも引き取られていって、鞣されて、肉になった。ウサギを飼うのは小学生の仕事だった。ちょうど原爆の時に子を産んでいたらしいです。でも、えさをやっていないもんだから、子を食べてしまったと3番目の兄が言っていました。

それから私の記憶にあるのは、家野町の公民館の脇にマンションがあるでしょ。あそこのところは、三菱兵器が海軍の支配下だったから、海軍のクラブとして使っていたんです。私たちにとっては、戦後はいい遊び場になっていました。高台になっているから見下ろすのにちょうどいいわけです。ずっと戦後にボーリング場になったりしてましたけどね。

朝鮮半島から来た人たちが、家野町と住吉トンネル工場も含めて、かなりいました。ほとんど、当時は土方と言っていましたけど。トンネル工場の近くに今マンションができていますけど、その前は外語短大で、それ以前は堤だったんです。そこから下の方に、今は駐車場、昔のブロック工場があったでしょ。あそこから住吉神社の下までは、田んぼだったんです。その堤の北側のところに、朝鮮人の集落がたしか3、4軒あったと思う。トンネル工場の作業の人たちだったんでしょう、たぶん。本当に簡易な、板だけで作ったような家。堤の水があるから、洗濯とかそういうのに使っていたわけです。水道がなかったんでしょうから。戦後もそこがそのまま残って、菱の実が堤の水面に広がっていて、私たちの遊び場になっていた。生活必需品がけっこう残されていました。

あとは、二郷（ふたごう）橋の下にも朝鮮人たちが生活を構えていました。私たちは小さいもんだから、そういう人たちが住んでいるところが怖かった。戦時中はね。（強制的に）連れられてきたかどうか、それは私たちにはわからなかったです。三菱兵器大橋工場を作るために田んぼを埋め立てたんだけど、家野町の墓のところから赤土を持っていった。工場が完成する頃には、今の長大の北門と西門との間ぐらいに、トロッコが走っていた。その作業を朝鮮人たちがやっていたんでしょ、たぶん。

いま、（若葉町に）ダイレックス（元マルタマ）ができていますね。あそこに栗本鉄工所というのがあったんです。これはもちろん、三菱兵器の下請け。そこの同級生が山里国民学校だったんだけど、本当の名前は栗本じゃないんです。朝鮮半島から日本に来たから栗本という名前を使わされてね。ところが、原爆のちょっと前に鉄工所を放り出して、朝鮮半島に戻っているんです。というのも、私の従姉妹がそこに勤めていたもんだから。原爆の前に一家引き揚げていなくなったから、スパイじゃないかなんて噂も流れていた。そういう時代だったんですね。

自宅で吹き飛ばされる

私は8人兄弟で、男4人、女4人。一番上の姉（ハツノ）は、私が物心つく前に病死しているんです。次の長男（敬市）は兵隊に行って、フィリピンで戦死。だから2人は原爆に遭っていない。残った両親と男3人、女3人は被爆したという家族構成です。

次姉（マツエ）は純心女学校を出て、今は珍しいけど、タイピスト学校に行った。稲佐橋あたりで就職したらしいけど、すぐ辞めて、当時の長崎医科大学の事務に勤めたわけです。それが、昭和18年から、自宅近くの師範学校の事務に転職した。医科大学の方にもしいたら、原爆死です。その師範学校にいて、被爆しています。

次兄（寛市）は、三菱の職工学校を卒業してから、三菱兵器の大橋工場で旋盤工をしていましたが、その技能がものすごく重視されていたみたいです。現役兵として召集令状はもう来てたんです。ところが、魚雷を作るために貴重な存在だということで、先延ばしを受けてね。佐世保の海軍に入って、鹿児島の鹿屋の方に行くようになっていたと兄貴は言っていました。原爆当日は、前の日に徹夜だったために、家野町の自宅の離れの2階に寝ていたんです。あの頃は、2階建てなんていうものは、みんな倒壊してしまっています。次兄が、倒壊した状態の家からどうやって出てきたかしらんけど、まあ、若かったから脱出できたんでしょう。

3番目の姉（ヨシ子）は、同じ三菱兵器大橋工場の組立課に勤めていたんです。挺身隊じゃなしに正規の従業員です。そこにいて爆風は受けたけども、運よく、頭に傷を負ったぐらいで、生き残った人たちと一緒に住吉トンネル工場付近に逃げている。

4番目の姉（フミ子）は純心高等女学校に行ってたんですけども、純心の学徒動員は、三菱造船の部品工場の方だったんです（今の長崎振興局＝大橋町のあたり）。我が家はカトリックですから、姉はいとことともに、昼からの勤務だったもんだから、午前中に浦上教会に行っていた。8月15日の聖母被昇天の祝日を前に、改悛の秘跡を受けるためです。その帰りに、今の長崎大学の正門の近くに井手クリニックっていうのがありますが、いとことそこで別れたとたんに、被爆しているんです。

3番目の兄（静雄）は、山里国民学校の6年生で、私は常に一緒に行動していました。その日も私と一緒にいて、将棋をしていた。

母が言っていたのは、その日、（三菱製鋼に勤めていた）父は、連日の休日出勤の振替で、家野町の自宅に昼前に帰ってくるようになっていた、と。そのために、母は、畑から早めに帰宅して、ジャガイモのきんとんを作る準備をしていたみたいです。そうして母は、離れと母屋の間でジャガイモを剥いていて、被爆している。2階が倒れているもんですから、柱で腰を強く打っていたみたいです。しかし、火事場の馬鹿力じゃないけど、どうやって出て来たかわかりませんが、玄関の方から出てきたわけです。

三兄とその友達は母屋の縁側の方で将棋をしていた。ただし、2人は、縁側でも戸袋の日影。私と友達は、日の当たっている所に座ってそれを見ていたわけです。だから、熱線・爆風ともにまともに受けている。原爆で家は半壊だったけども、いちおう焼け残ったから、私もそこから脱出してきた。母はもう、よほど驚いたんでしょうね。8才の子が、額が割れ、全身血だらけで泣きじゃくって突っ立ったっていたもんだから。「これはどがんしゅうか」（これはどうしようか）と母は言ったんです。今でも、その言葉と、その時の母の形相は忘れられん。私がどうして（もともといた縁側から）5メートルも先に突っ立っていたかというと、気絶していたから、自分にもわからない。（額を指して）ここがへっこんでるでしょう。このほか、火傷もしている。額の傷は2回整形手術したんです。目が下にさがってるでしょう。その影響です。話は変わりますが、長崎大学の教育学部の前に被爆ザクロ三世というのがあるんです。齋藤寛学長の時代に私があれを寄贈して、その時に学長と初めて面談して、「これがその時の傷です」と言いましたら、学長は開口一番、「あと2センチずれとったらあんた即死だった」と。それはそうですよね。だいたい眉間に直撃されると、ふつうは即死ですから。

　隣にいて、結局は亡くなった友達と位置が入れ替わっていたら、私の方が犠牲になっていた。だから、私は彼のことは絶対に忘れない。優しい子だったんです。（自宅の近くにある小高い丘の家野町墓地に逃げる途中で）細い上りの畑道に差し掛かかったときに、友達は足の皮が剥けてるもんだから、私の母に「おばしゃん、足のヒリヒリして痛かけん、おいもかろうてくれんね」（僕も背負ってくれ）と言うわけです。よほど痛かったんでしょうねえ。母は、その時点で火傷のことはわからんわけですよ。全身血だらけの息子の方が、これはもう危ないと思ったんでしょう。私を背負ったまま、私の友だちの手を引いて、家野町の墓地へ行き、友達とはそこで別れました。友は家族に引き渡されましたが、結局、自宅裏の防空壕で短い一生を終えました。私は、墓地に近い竹藪にしばらく隠れたりしながら、今の住吉幼稚園の近くの我が家専用の防空壕まで母に連れられてきた。そこで残りの家族と合流した。

　私が母に背負われて、友達と一緒に家野町の墓に上っていく時に、印象に残っていることがあって、おそらく三菱兵器の従業員でしょう、もう這いつくばってね。片足を完全に挟まれたかなんかしたんでしょう。工場からどうやって来たかわからんけど、坂は上れんのでしょうね。たぶん、あの状態じゃ助からんかったと思います。ところが、それを助ける状況じゃないです。みんな逃げるのに必死だから。

　将棋をしていた三兄は戸袋のところに座っていて、相手の友達が向こう側に座っていたわけです。瞬間、びっくりして縁側を飛び出していったら、松の木をつかまえていたと言うんです。相当薄暗く感じたんでしょうね。一方、次兄はとにかく自力で脱出したみたいで、戦後になってから「おいを助けんで逃げてしもうて」ってだいぶん母に文句言っていたのを記憶しています。

救援列車で亡くなった4番目の姉

　4番目の姉（フミ子）は、先ほど言ったように、家野町の路上で被爆して、住吉の共同防空壕まで逃げてきています。火傷して、裸同然でね。防空壕は満員で入れてもらえなかったみたいです。それで防空壕の前にぐったりして座っていた。

　師範学校に勤めていた次姉（マツエ）は（職場で）衛生看護の役割を果たしていたらしいです。被爆後、裏山に避難していたが、一段落して、自前の救急箱を持って、我が家専用の防空壕に誰もいなかったということで、家野町の共同防空壕の方に行ったら、みすぼらしい姿でモンペを着た人がいる。そのモンペは、近所の宮崎スミさんという心優しい人が、被爆してモンペが破け、裸同然の4番目の姉に分け与えてくれていたものでした。次姉が通った時に、「姉ちゃん、姉ちゃん」と小さな声で言うもんだから、見たら妹がおったと。救急箱の中にはさみを入れていたみたいで、火傷でちぎれたところを切ったりなんかして、そこから20メートルほど離れた我が家専用の防空壕の方に連れてきた。2番目の姉はまったく無傷だったので、そういうことができたんでしょう。そのあとで、私が母に連れられて、防空壕で姉たちと合流したんです。救急箱のなかに、赤チンとは別に傷薬があった。それを私につけてくれたのを憶えている。火傷の方はとにかく、付け替えるのが痛くてね（おそらくは小麦粉を練ったものを包帯につけて、火傷に貼っていた）。付けたところが、するめを焼くときの臭いがするんですよ。

　三菱兵器大橋工場の組立課に勤めていた3番目の姉（ヨシ子）は、その日、みんなと一緒に住吉トンネル工場の防空壕に避難していたけど、解除になったということで、職場に戻ってきて働いているときに被爆した。頭に傷を作ったけども、火傷とかはしてなかった。ひとつには若さもあったんでしょう。そのまま職場のみんなと一緒に住吉トンネル工場に向ったけど、入れなかったらしいです。その上の方に竹藪があって、そこでずっと様子をみていたわけ。（敵の）飛行機が飛んでくるわけですから。ちょっと落ち着いたなあと思って、夕方に我が家の防空壕に戻ってきたみたいです。戻ってきたら、すぐさま母が、フミ子（4番目の姉）を救援列車で連れて行きなさい、と。救援列車がポーーっと汽笛を鳴らしたのを聴いてね。弱っていた四姉は、「遠くまで行きたくなか」と泣きながら訴えたけど、母が「長崎はどこの病院もやられて治療もできん」と言い聞かせてね。三姉は、年のいくつも離れん、15歳の妹を六地蔵のところに停まっている列車まで連れて行って、自分も一緒に乗った。その列車が、夕刻だったけども、なかなか出発せず、今の「ＯＫホーム&ガーデン」の裏の照円寺のところまで逆戻りしたらしい。さらに多くの被爆者を乗せようということで。当日の最終列車ということもあったんでしょう。

（列車はようやく出発し）喜々津駅のあたりで、夜11時ごろのことだったと言っていました。3番目の姉に4番目の姉がもたれかかってきて、「姉ちゃん、目の前が真っ暗になった」と言ったもんだから、「寄っかからんね」と言った途端に、ぽとんと転げ落ちて、そのまま息を引き取ってしまった。真夜中なんで救援隊はおらず、諫早でも、大村でも、川棚でも列車から降ろすような状態ではなかったんだろうと思います。翌朝、もう通勤者が、佐世保辺りに行く人たちが乗り込む時間帯、6時か7時ぐらいに早岐で降ろされている。3番目の姉からは、早岐でみんな焼かれたと聞いています。その遺骨の一部を白箱に入れて、三姉が早岐から持ち帰り、埋葬した。早岐にはお寺が3つあることを後で確認して、それをだいぶ自分なりに調べたけど、どこのお寺で焼かれたかはわからない。早岐の駅に近かったということだけはわかったんですけども。

諫早へ、そしてふたたび長崎に戻る

話はちょっと戻りますが、防空壕で一夜を明かした後、母は自分も私を救援列車で諫早に連れて行った。フミ子（四女）は先に行っているでしょう。救護所は諫早とか大村とかあちこちにあったんだけど、私の憶測では、母はそういうことがわからずに、救援の人はみんな同じところに連れられていくという考えがあったんでしょう。救援列車で行くと、まだ帰ってきていない夫も、先に行ったフミ子も、ひょっとすると同じところにおるかもしれんという一抹の期待を持っていたんですね、たぶん。

私は諫早中学（今の諫早高校）の講堂に救援列車で連れて行かれたんです。足の踏み場もなくて、トイレにも行けんぐらい。だから、母が一升瓶を借りてきて、それに小便しろと。これは忘れられん。（治療といっても）赤チンをちょっと塗ったぐらいですよ。そういうことで、（夫や娘とは）会えなかったもんだから、長崎に戻ろうと母は決めたみたいです。だから、諫早には一泊しかしなかった。翌日の午前中、すごく日差しが強い中、諫早駅に向かいました。行くときは、諫早駅から軍のトラックの荷台で救護所まで連れられて行ってるんです。他の負傷者たちといっしょにね。ところが帰りは自分たちだけです。途中、敵機が時折飛んでくる。隠れ、隠れしながら、駅へ向かいました。諫早の駅の近くに旅館みたいのがあって、そこの女性が食べたことのないような銀シャリのおにぎりを食べさせてくれた。これは忘れられません。

翌日（11日）の朝に道ノ尾駅に着いたんだけども、諫早から道ノ尾までのことはまったく覚えていません。車中でたぶん眠っていたんでしょう。道ノ尾駅で降りて、とことこ歩いたり、母に背負われたりしてね。当然、日傘なんてないですよ、着の身着のまま行ってるわけですから。六地蔵から赤迫の中間ぐらいだったと思うんですけど、私たちはひと休憩していました。すると、父の部下だったんでしょう、中年の男性が「榊さんじゃなかですか」と母に声をかけてきた。もうこれはっきり覚えてるわけです。そして、「榊さんはこうして亡くなって、引き取られて、埋葬されたんですよ」と教えてくれた。母にしてみれば、私よりも父のことが心配だったんですよ。だから、がっくりきて、立ち上がれんわけです。母もおそらく、三日三晩、ほとんど寝ていなかったと思いますよ。そういう状況の中ですから。体力的な疲れもさることながら、精神的にも母がもうがっくり来ているのがわかったもんだから、「おいが歩くけん、行こう」っていってね。それから、まだ距離がありますけど、住吉の我が家の防空壕まで戻った。

三菱兵器大橋工場の設計事務所（今の長大教育学部付近）が臨時救護所になっていたから、3番目の兄に背負われて、我が家の防空壕から3回ぐらい治療に行きました。その途中で、家野町から井手クリニックの先に、入江さんという家があります。豪邸だったから、入り口に5段ぐらいの階段があって、彫刻でロダンの「考える人」ってあるでしょう、ああいう格好でちょうど座ったまま、赤黒く焦げた死体がしばらくそのまま放置されていた。おそらく、20代前後だと思います。それが、いかにも、立ち上がるような格好で座ってるわけです。熱線の強烈さを思い知らされました。

それから、今の長崎大学の正門の向かい側に、最近大きなマンションが出来ていますね。あそこはかつて湿地帯です。今の電車通りから20メートルぐらいのところに、年のほど、15、6じゃないかなあと思われるような若い女性の遺体が仰向けになって放置されていた。爆風で吹き飛ばされていたんですね。

それと、放射能。これは、先ほど言った叔父（父の弟）が、自宅は家野町の私の家のすぐ近くなんですが、翌日、爆心地一帯を相当歩き回っているみたいです。家野町から茂里町当たり含めてね。松山町なんて何回も行き来しているはずです。工場の防空壕掘り中に被爆して（叔父の勤め先は父と同じ三菱製鋼だった）、外見上、怪我もなかったんですが、たぶん内部、外部の放射能を受けたんでしょう。叔父は私の父の埋葬の時には一緒にいた。そのときに偵察機がしょっちゅう来ていたみたいです。高台で目立ちますから。その叔父が「来たぞ、来たぞ」と逃げていく。私の次兄がそう悪口を言っていたのを憶えてるから、そのころ叔父はまだ元気だったんです。ところが、「叔父さんが危なか」という情報が入ってきた。髪の毛が抜け、赤い斑点が出て、バラック小屋に寝かされていた。それから3週間後、9月1日に、まったく無傷なのに亡くなった。典型的な放射能による死です。もうひとりは、純心に行っていて学徒動員された私の従姉妹のこと。その日は午前中勤務だったから、工場にいて被爆したんですけども、やっぱり放射能の影響でね。結局、大村に移った純心で卒業したんですけど、髪が抜けてしまって、卒業写真では防空頭巾をかぶっているんです。その頃は何人か防空頭巾をかぶっている人がいますよ。だいぶん前に亡くなりましたけど、50代じゃなかったろうかなあ。外傷は手に火傷があったぐらいでした。

家野町で生活していた人は、意外と助かった人の方が多いんです。焼け死んで即死したというのはあまりない。ただ、どちらかというと、犠牲になったのは子ども。山里小学校全体でも言えることだけど、低学年の人がやっぱり犠牲になっています。私が逃げた家野町の墓には今なお、原爆の後のまま墓を放置したんだろうと思われるのが3か所くらいあります。おそらく子孫も一家全滅したんだろうと思います。

被爆した父と四姉の埋葬に立ち会えなかった母の無念、悔しさがしみじみ思い出されます。九死に一生を得た私は、生きている限り、家族みんなのために祈る責務があると思っています。そして、今のうちに、後世に伝える使命があると思っております。

―ナガサキでの戦争・被爆体験―

1945年8月9日・ナガサキ原爆投下

―太平洋戦争前・戦時・戦後を私は生きてきた―

［証言者］嶺川　洸（たけし）
［生年月日］1936（昭和11）年8月16日／生（84歳）
［被爆当時］8歳／長崎市立上長崎国民学校3年生在学
［当時の住所］長崎市本紙屋町（現・八幡町）2番地から'45年（昭和20）年5月、強制疎開により長崎市片淵町3丁目へ転居。
爆心地より南東2・8㎞―自宅前で被爆。

［証言年月日］2020年7月20日
［聞き手］城臺美弥子（長崎の証言の会）・森口正彦
［記録・文責］森口　正彦（岡まさはる記念長崎平和資料館・会員）

＊鎖国時代からの貿易・開港の町―長崎に生まれて

1936（昭和11）年8月16日、私は嶺川家―8人家族の次男として長崎市に生まれました。私が生まれた当時の自宅の住所は、「長崎市本紙屋町　2番地」ですが、今は、この町名はなくなって、「八幡町」という町名に変わっています。

ところで、私が生まれ育った長崎は、かつて鎖国政策を続けていた江戸幕府の天領として、港を埋め立てて造成した人工島の出島を中心に、中国、オランダ・ポルトガル・・・といった諸外国との貿易を通じて、経済的・文化的にも対外的な友好関係、国際交流の地として、日本本土の西端に位置したアジアに対する玄関ともいえる町として発展してきた歴史があります。

更に、1868年、幕藩体制から天皇制国家を樹立していく中で、欧米に倣って国家としての近代化を目指し、特に海外への植民地獲得政策に立って国力発展を図り、朝鮮から中国へ、更にアジアへの侵略を企図していく中にあって、長崎は重要な役割を果たしていった一地方都市でもありました。

つまり、1874（明治7）年の台湾出兵、1894年から1895年の日清戦争・・・更にロシアとの間で朝鮮支配をめぐっての1905年の日露戦争・・・、そして昭和時代に入った1937（昭和12）年の日中戦争から太平洋戦争にかけて、長崎は対外（侵略）戦争の軍事・軍需的な拠点としての役割も果たしていったのです。

その中で、経済・文化的な特徴を持った町―例えば、出島町、銅座町、金屋町、鍛冶屋町、船蔵町、馬町・・・等も、歴史的に長崎独特の町名として挙げられますが、現在では、以前に比べれば旧町名の消失、合併も含め、更に市街地の広がりと共に、新たな町名が加わったりして、町の数も相当に多くなりました。

こういう経緯の中で、私が生まれた実家があった現在の諏訪神社に近い川沿いの町で、かつては「本紙屋町」と呼ばれていた町も、今はその町名はなくなって、「八幡町」に合併されてきたのでした。

そういう中で、私が生まれた八幡町（元・本紙屋町）にあった実家は、長崎港に向かって東方の山の峠越えをした日見街道への往来の出発点―蛍茶屋（現在の市電の東の始発・終点地）の奥にある本河内ダム方面から流れてくる川（銭屋川）と、金比羅山の裾野に広がった西山町方面から流れてくる川（西山川）の合流点の川（二股川）の所にあって、私の家は祖父の頃から、その目の前を流れる川沿いに小屋を作っていて水車を設置し、その水車で精米して米屋（米穀商）を営んでいたといいます。

私の実家のすぐ傍らには、今でも続いている伊勢神宮がありましたが、実家の前の二股川には高麗橋と呼ばれた石橋がかかっていて、その先に流れ下っていく川は中島川（大川）と呼ばれ、阿弥陀橋、・・・眼鏡橋、常盤（ときわ）橋・・等と、かつては十五を超える石橋群が架かり、長崎港へと繋がり流れ込んでいました。

この中島川を中心としての周辺の当時の地形は、戦後になって川幅が広げられたリ、洪水時等の氾濫などに備えて新たに支流が造られたりして少しは変わりましたが、特に長崎市の中でもこの中島川一帯は、現在でも、その地形は当時とほとんど変わらずに残っている地域の一つです。

＊私が生きてきた時代

(1) 日中戦争から太平洋戦争へ

ところで、1941（昭和16）年12月8日、日本帝国陸海軍によるハワイ真珠湾への奇襲攻撃・英領スマトラ半島上陸攻撃を機に対英米戦が開戦。—およそ4年間に及んだアジア太平洋戦争末期の1945（昭和20）年8月9日、その三日前の8月6日。戦争史上初めての広島へのウラニウム原爆攻撃に続いて、長崎に二発目のプルトニウム原爆が投下されました。その日は、私が9歳の誕生日を迎える7日前の出来事でした。

長崎への二発目のプルトニウム原爆は、広島へのウラニウム原爆に続いて、初めて実戦で使用された原爆でしたが、投下から約一週間後の8月15日、日本は、アジア太平洋戦争終結を勧告する—ポツダム宣言に対する天皇ヒロヒトによる無条件降伏受容の詔勅で、帝国日本は、実質的におよそ15年に亘ったアジア諸国への侵略戦争に敗戦し、天皇主権独裁政治に終止符が打たれました。

こういうアジア太平洋戦争の中で、私は誕生してから満8歳時までの戦争被爆から敗戦。そして、被爆後75年目の今日まで、戦争史上初めての核攻撃を受けた被爆地長崎で戦前・戦時・戦後を通して84年間の人生を過ごしてきました。

思い起こせば､私が生まれたのは1936(昭和11)年ですが―その時はすでに天皇主権国家の下で、大日本帝国・皇軍は中国大陸への侵略戦争を準備し、1937(昭和12)年7月7日、盧溝橋事件をきっかけに本格的な日中(侵略)戦争に突入していた時期でした。ただ、この中国との武力衝突は、実質的には「戦争」であったに拘わらず、この頃には「日支事変」と呼称されていました。つまり、日本は、国際法の下で「侵略戦争」が禁止されていたために、「戦争」とは異なる「事変」と称して、自国の侵略戦争を否定しようとしたのでした。

しかも、戦場は日本本土から遥か遠くに離れた中国本土でしたし、「暴支応懲」等といった宣伝の下、軍部・政府結託の戦況発表下での「南京陥落」「重慶渡洋爆撃」・・・など、戦勝報道だけがいきわたり、日本本土では中国戦線での日本兵の武勇伝など勝ち戦さ等の勝利感覚だけに満ちていました。だから、戦場での虐殺や略奪といった「奪い尽くし、殺し尽し、燃やし尽くす」という「三光作戦」に象徴される日中戦争での悲惨さや残酷さ、恐怖等は一切知ることもなく、また知らされることなく、戦場での直接的な戦争体験からはかけ離れていた中で、本土の国民達は戦時下での生活を送っていたといいます。また、そういう中で、幼少年期を過ごした私など、自国が戦争しているという実感は殆んどありませんでした。

(2) 1941年12月8日―太平洋戦争開戦

ただ、日中戦争が思いのほか長期化し泥沼化していく中で、私が5歳になった時、泥沼化した日中戦争の打開を図り、1941(昭和16)年12月8日―日本陸海軍による宣戦布告なしの真珠湾奇襲攻撃、英領スマトラ半島上陸作戦による対米英・・・戦が開始されました。所謂、「太平洋戦争」へと突入していきました。

しかし、日本敗戦に至る約4年間に亘る対連合国軍との戦況は、今思うと、実際の戦況と異なる虚偽だらけの大本営発表の中で、ただひたすらに「神国勝利」

を信じさせられて、国民総動員法の下での総力戦の中に国民は全て引きずり込まれ、その戦時下で、国民の「滅私報国」の耐乏生活が続いていきました

つまり、欧米に比して資源力等、国力で実質的にはるかに劣る日本は、米英軍の反撃による東南アジア諸国、南太平洋諸島での相次ぐ敗退、更に1945年6月の「沖縄全滅」、やがて本土各都市への連日にわたる米空軍の空爆開始によって、「一億総玉砕」というスローガンが出るところまで追い詰められていきました。

実際に私も、日本本土への連続した米軍機による空襲の様子を新聞などで知り、長崎に対しても空襲が始まる中で、子供心にも得体の知れない「戦争の恐怖」と共に「空襲の悲惨さ」等を体験していき、「敗戦間近」にあることだけは自分自身の身体で知ることができました。

今にして振り返ると、その恐怖と残酷さの究極の戦争空襲体験が、敗戦1週間前、1945(昭和20)年8月9日の長崎への原爆攻撃だったのでした。

(3) 私は8人家族の中で育った

ところで、1945(昭和20)年に入った時の、当時の私の家族構成は、次の通りでした。

[当時の家族構成]

祖父　嶺川　虎助　1878(明治10)年生　67歳
米穀商自営(米屋)

父・尚俊(34歳の頃)ー出征前に自宅近くの伊勢神宮前で、私(洸)三歳の頃と共に

祖母　仝　カメ　1880（明治12）年生　65歳
家事従事

父　仝　尚俊　1908（明治40）年7月生　37歳
38歳時に召集。佐世保針生海兵団から鹿児島海軍航空隊・出水飛行場に整備兵として従軍中。

母　仝　モト　1908（明治40）年10月生　37歳
家事従事

兄　仝　中（あたる）　1931（昭和6）年2月生14歳・旧制長崎中学校3年生

本人　仝　洸（たけし）　1936（昭和11）年8月16日生　8歳　上長崎国民学校3年生

弟　仝　洋（ひろし）　1938（昭和13）年1月生　7歳　上長崎国民学校2年生

弟　仝　満（みつる）　1940（昭和15）年4月生　5歳

ここで、私の家族のことについて少し触れておきます。

私の祖父・虎助の元々の出身地は、島原の愛野（現・雲仙市）でした。しかし、祖父は農家の仕事は継がないで、長崎市へ出てきてから、当時長崎市の南山手町にあった「ロシア海軍病院」の職員の仕事を見つけて、ここの事務職員として働いていたとのことでした。その頃には、ロシアの軍艦なども長崎に寄港し、その関係もあって、祖父はロシア語にも通じて、会話も自由にできたとのことでした。

しかし、1904（明治36）年に、朝鮮国の獲得をめぐっての1905年・日露戦争開戦と共に海軍病院は閉鎖されたため、病院を退職し、その後、祖父は本紙屋町に米屋（米穀販売店）を開業したといいます。

一方、父の尚俊は、市内の大浦にあったミッションスクールの「東山学院」（のちの「東稜学園」・今の「南山高校」）に入学・卒業してから、祖父の米屋の跡を継いでいました。また、叔父（父の弟）は商社勤務で、上海に駐在していたといいます。

また、米屋をしていた実家の本紙屋町の近くには朝鮮半島出身の親子が住んでいて、祖母のカメは、米等食料品を都合してやるなどして世話をしていて、戦後も長く親交が続いていていました。ただ、戦争が始まると、朝鮮人というだけで、かなり迫害を受けていたと聞きました。

更に、祖父母たちは、近所で中華料理をしていた周さんという中国人とも親しくしていて、私達家族は、相手が外国人だからということでの日本人にありがちな外国人との疎遠や隔絶感は、それほど感じない中での生活をしていました。

そういう意味では、当時としては家族全体が珍しく「国際的なつながり」──「国際協調」という思いの中で暮らしていた家族だったという記憶があります。

(4) 父の出征と弟・洋のこと

以上、私の家族は全員で8人だったのですが、父・尚俊は、1944(昭和19)年春、一枚の召集令状「赤紙」が届いて38歳で海軍に召集されました。召集先は鹿児島の海軍航空隊で、〝出水基地〟に配属され、終戦もそこで迎えたために、8月9日の時は、祖父母、母と私達兄弟4人の併せて7人だけが長崎市内で被爆しました。

ただ、原爆投下の3カ月前、私達の実家があった本紙屋町一帯が空襲被害の拡大予防の為に強制疎開になり、'45年5月に片淵町3丁目に転居しなければならなくなり、父を除く私達家族の7人は、その避難先(爆心地から南東2・8㎞)で被爆したのでした。

ただし、8月9日は、4人兄弟の中で弟の洋(ひろし)だけは、自宅から離れた場所で被爆しました。

1944(昭和19)年の長崎への初空襲から翌年1945(昭和20)年の4月から8月にかけて次第に激しくなったB29爆撃機などの空襲の中で、爆撃の危険を避けて国民学校通学は取り止めになり、学校から教師が地域に出向いての補習授業が始まりました。

そのため、洋は、当日は補習授業を受けていたところが近所の深廣寺の本堂で、そこでの授業中に被爆しました。そして、この被爆距離の違いが被爆から4年後に洋の命を奪っていくことになりました。このことは、後で触れますが、74年経った今でも、弟・洋との別れが、私の心の奥底に忘れきれない大きな悲しみとなって残っています。

一方、兄の中(あたる)は、幸か不幸だったかわかりませんが、当時の学徒動員令で長崎市鳴滝町にあった長崎中学校に疎開してきていた三菱長崎造船所の「マルナ工場」

に強制的に学徒動員されて強制労働させられていましたが、9日は体調を崩して自宅で静養していていて、私達と同じく自宅で被爆しました。

＊長崎への原爆投下までの記憶を辿る

原爆が投下されるまでの戦時下での記憶を辿ると、忘れられない幾つかの出来事が、今でも鮮明によみがえってきます。

(1) 太平洋戦争が始まった

1941(昭和16)年12月8日、私が満5歳を迎えた時でした。アメリカ・イギリス・オランダ・オーストリア四か国との開戦が、その早朝のラジオの大日本帝国大本営からの臨時放送によって国民に知らされました。私たち市民にとっては、ハワイ真珠湾米海軍基地とスマトラ英軍基地への奇襲攻撃で米英と開戦したという放送は、まさに『寝耳に水』といった突然の「開戦ニュース」でした。

日中戦争が始められてから4年間を経ての対米・英戦争だったのですが、無資源国の日本にとっては、19世紀からの欧米諸国の植民地政策での支配地域であった当時の東南アジアに埋蔵されていた石油を初め資源確保等がその最大の目的であり、同時に「大東亜共栄圏」建設を理由にした天皇主権国家拡大方針に米諸国との植民地争奪戦争という本質を持った特権階級の利益獲得戦争とは知るすべもなく、アジア諸国を欧米の支配から解放して、日本帝国を中心にして「八紘一宇」・「大東亜共栄圏建設」という協和・共栄共存のアジア建設を実現するという「正義の戦争」＝「聖戦」を掲げての国策を信じさせられる中で、およそ15年間に亘る侵略戦争に引きずり込まれていったのでした

(2) 国民学校入学──「贅沢は敵だ」

島国に加えて、国内に埋蔵されている資源も少ない日本が、1937(昭和12)年「盧溝橋事件」をきっかけに始まった「日中戦争」に続いて米・英・・連合軍を相手の戦争に突入すると、先ずは米、塩、砂糖等の「食糧統制」を初め、生活必需品の『配給制』の戦時体制が始まりました。私の父は自営していた米屋をた

たみ、食糧の配給や貯蔵をする「食糧営団」に勤めるようになりました。

しかし、真珠湾攻撃などの奇襲【不意打ち】作戦で、暫くは各地での勝ち戦の報道が続いていましたし、開戦当初は戦況はまだ悪化していませんでした。そういう1943(昭和18)年4月、私は長崎市立磨屋国民学校に入学しました。入学の時には、上海の商社勤務の叔父に頼んで、ランドセルや革靴、入学時の服などを揃えてもらいました。当時は、長崎~上海は定期船で結ばれていて、一般市民の往来が自由で、盛んだったのです。

そうはいっても、その頃にはすでに物資欠乏が始まっていて、国民学校入学時に革靴やランドセルなども少なくて普通には手に入らず、特に革靴は、私にとっては上海の叔父から送ってもらった自慢の革靴でした。しかし、入学してから三日後に、この革靴が失くなってしまったのです。私は授業中も校内を一人で探し回りましたが、見つけることはできませんでした。その日は、やむなく先生の古びた下駄を借りて下校しましたね。

その後、革靴はとうとう出てきませんでした。戦時下での暮らしは、統制経済の中で米・味噌・砂糖などを初め食糧は配給制になっていて、衣類なども含めてそうそう楽ではありませんでしたからね。失くなった革靴は、かなりな値段で売られていったのかもしれません。その頃は、『贅沢は敵だ』、『欲しがりません。勝つまでは』・・・等というスローガンなどはよく使われていましたからね。

(3) 少国民としての「神漬け」教育―修身科

国民学校に入学すると、国語・算数・・・といった教科に新たに「修身」という教科がありました。現在の「道徳」にあたる授業でした。戦時下の日本人としての精神―「天皇の赤子として―皇国少国民としての心構え」育成を目的にした教科でした。

「修身」の教科書には、「日本国」は神が創造した国で、白い衣をまとった男神が、島々を綱でひっぱってくる『国引き神話』の挿絵がのっていました。その絵を見ながら私たちは「国来い　国来い　えんやらや・・・八方残らず　寄って来い！」という歌を歌いました。そして、その後に先生から「この四島の日本をつくり治められてきたのが男神で、その神の後を代々の天皇が継いできて、今の現人神(あらひとがみ)の大元帥・天皇がおられるのだ」という話を聞かされました。

教室では毎朝、天皇がおられる皇居がある東を向き、2礼・2拍手・1礼する「東方遥拝」をしていました し、更に教室にあった『神棚』に向っても2礼2拍手1礼をする学校生活でした。私達は、国民学校1年生から頭は全員『神漬け』にさせられていきました。所謂、完全な『洗脳教育』の中で少国民となっていったというわけです。

しかも、校内には『奉安殿』という小さな神社のような建物があって、そこには『御真影』といって昭和天皇の写真と『教育勅語』が安置されていたと聞いていました。

私は当時は「なんとなく神聖なんだ」という認識しかありませんでしたが・・・。その逆に米英などの国に対する敵愾心を煽る標語でもあった『鬼畜米英』、『米英撃滅』という言葉等がよく使われていましたね。

話が前後しますが、その頃のことです。私が4～5歳になったころには「ぼくは軍人大好きだ　今に大きくなったなら　勲章つけて剣下げて　お馬に乗って　ハイドウドウ・・」等という歌をよく歌っていたものです。

更に、その頃の私達、友達同士での遊びも「戦争ごっこ」が多かったですね。寺町のお寺や諏訪神社などの広場に集まると、10人ほどで全員がつば付きの学生帽子をかぶって、二チームに分かれて、「大将」「駆逐艦」「水雷」などの役割を決めて、帽子を「大将」前向き、「駆逐艦」横向き、「水雷」後ろ向きというふうに被って、ルールを決めて、お互いを追いかけ回して、「大将」が負けるとチームが勝つというゲームをしました。お互いに「作戦会議」なども開いて勝つ方法を考えたりしました。

子供達の「戦争ごっこ」の時の「大将」は、決まって近所の「ガキ大将」が務めました。大人の社会は言うまでもなく、子供同士の社会も力による上下関係のタテ社会でした。家庭でも社会でも、職場でも学校でも意図的に全ての人間を力関係で支配していくこのタテ社会の仕組みは、全て国権発動の「戦争」等にとっては不可欠の条件であったといっても過言ではありませんでした。

（4）父にきた召集令状『赤紙』

私が国民学校2年生になった1944（昭和19）年の春頃から、長崎の上空にも米軍機が姿を見せて、攻撃飛来するようになりました。

米空軍機が攻撃に飛来すると、警戒警報、続いて空襲警報、危険が去ると警戒警報解除、空襲警報解除などを知らせるサイレンが町中に響き渡りました。「長崎原爆戦災誌」によると、1943年には、警戒警報が4回でしたが、44年になると警戒警報15回、空襲警報10回と多くなり、45年には敗戦を迎えるまでに、警戒警報149回、空襲警報77回・・と記録してあります。私が覚えている限りでも殆んど毎日のように不気味なサイレンが鳴り響きました。それは、次第に日本の敗戦が近づきつつあることを知らせる予告でした。

出征していく父・尚俊さん（右から2人目）
町内の青年団有志の人たちと

こういう中で、1944（昭和19）年に入っての春、食糧営団に勤めていた父にとうとう海軍入隊命令の召集令状（赤紙）が届きました。父は、当時38歳でした。

40代の男に召集令状がくるということは、すでに中国をはじめ東南アジアや南太平洋諸島に派兵されていた若い日本軍兵士が全滅に近い状態だったということだったのでしょう。実際に戦場で戦闘行為に携わるのは一兵士たちで、40代以上の男を補充兵として召集しなければ戦争が続けられなかったということでしょうが、その時の父が放った言葉は忘れられません。

父は、赤紙を受け取ると、家じゅうに聞こえるような声で「俺のような年寄りを兵隊にとるなんて、もう日本は負けたようなもんだな・・」と嘆きました。

私達は「赤紙がくることは当たり前。軍隊に行かなければもうけもん・・」という時代だったので、それほど驚きませんでしたが、母は慌てて父をたしなめていました。「日本が負ける・・」等の反戦的な発言は、その頃は禁句でしたし、近所にでも聞こえたらどんなことになるか・・・と心配したのでしょう。

父の召集先は鹿児島の海軍航空隊の出水基地で、そこで終戦を迎えたといいます。ただ、敗戦後、復員してきた父からは、召集後の基地では訓練どころか、殆んど基地での塹壕掘りが続いていたと聞きました。

(5) 戦況逼迫の中で—建物疎開開始

父が鹿児島の出水基地に出征してから後は、私達家族は母、祖父母、兄弟の7人暮らしになりました。

1944年11月頃から長崎市中心部で、特に建物や家屋が密集している街々で、建物疎開が開始され始めました。次第に激しくなる米空軍の空襲と、これからの空襲での延焼を防ぐために、それぞれの町内から家屋を間引きして、強制的に撤去(強制疎開)していきました。

疎開の対象になった住人は、疎開撤去拒否するなどもってのほか、一回の疎開命令連絡、家は解体されて引っ越しを余儀なくされました。この頃に、市の東部の市街地を初め長崎駅周辺の疎開で、多くの住人が城山町、大橋町、家野町など市の北部に移住していきました。しかし、空襲からは比較的安全と思われていた引っ越し先の北部が原爆攻撃の中で全滅していったのです。

1945(昭和20)年5月、本紙屋町の私達が住んでいた実家も、建物疎開の対象になり、片淵町3丁目にあった父の柔道仲間の農家に間借りして生活することになりました。

そして、疎開前まで私が通学していた磨屋国民学校も市の中心部にありましたから、建物疎開の影響で生徒数も徐々に減少していきました。

片淵町の農家に転居してからのことでした。実家があった本紙屋町を通りかかった時に、ちょうど実家が取り壊される解体作業に出くわしました。

綱引きで使うようなロープを家の柱や梁に回して、15人ほどの男たちが人力でロープを引っ張って引き倒していました。今まで生活していた自分達の家が、舞い立つ土煙と埃の中で壊され、崩れ落ちていくのを見た時、いかに戦時下とはいえ、国民学校3年生であっても、私は涙が止まりませんでした。

国民総動員令の中で、家はおろか食料も、更に命までも奪い取られていく、こうした戦時体制は、最早、敗戦間際にあることを実感させられるだけのものでした。そういうことでは、今にして思うと、祖父は若い時から外国人との付き合いもあり、早くから日本の敗戦を悟っていたのではと思うこともたびたびありました。

実際、片淵町に引っ越して上長崎国民学校に転校してからは、「空襲警報」も頻繁に出されるようになり、登校中や授業中でもサイレンが鳴り響くと、授業が中止になり、まともな勉強などもできなくなりました。

学校や町内での防空訓練や防空演習では、「爆弾が投下された時には、すぐに腹這いになって、耳を親指で塞ぎ、目を残りの四本指で押さえておく。白い色の服は機銃掃射などの目標になりがちだから着用しない…」等の指導が繰り返されました。4月にはB29爆撃機による長崎駅を中心にした突然の空襲があり、町内のあちこちに掘ってあった防空壕に避難しました。

その後の何回かの空襲時には、一家で避難することもたびたびありましたが、祖父は「防空壕だろうが、畳の上だろうが、死ぬときは一緒だ」と言って、避難することも渋っていました。おそらく米軍の攻撃力がどれほど凄まじいものかを冷静に見ていたに違いありません。

(6)「神の国・日本」は「神風が吹いて必ず勝つ」

1944年の米軍機による初空襲から、'45年4月・・・そして7月に入ってからの連続した米空軍爆撃機や戦闘機による空襲は、予想を超えて長崎市の市民に空襲による死の恐怖感をあたえていきました。ただ、当時の長崎市民の考えでは、爆弾が落とされるとすれば市の中心部で、市の北部、特に浦上地区は安全だと思われていたようでした。それは、浦上地区には特に東洋一の大教会・浦上天主堂や長崎医科大学付属病院はじめ住宅地が多く、大橋兵器工場はあっても、密集した軍需工場地帯でもないので、安全だろうと考えられていました。

そういうことで、近所の子供達だけは浦上地区へ避難させることも多く、山里や城山国民学校へと転校ししていきました。

城山・山里国民学校では在校生の児童殆んどが被爆死していきました。命が助かるために避難したはずなのに、

１９４５年６月、沖縄戦で日本軍は全滅。住民を含むおよそ23万人が殺されていきました。沖縄の次は、米軍の日本本土への上陸戦があるという噂の中で、学校の防戦訓練で竹の棒を1メートルほど削って揃える作業をさせられました。

米軍兵が上陸してくる海岸に竹の棒で柵を張り巡らせて、上陸を防ぐ「水際作戦」のためだということでした。鋼鉄製の戦車や水陸両用収艇で上陸してくる米軍に対して・・・。長崎造船所では軍艦を造る資材もなくて、鉄製の弓矢を作っていたということも聞きました・・・戦国時代なら兎も角ですね・・・。

先生は「日本は神の国だから、蒙古軍が日本へ押し寄せてきた元寇の乱の時のように最後には神風が味方になってくれるから、最後の一兵になっても戦い、必ず勝つ・・・」と言っていましたね。だから、私達も「日本は必ず勝つ」と信じていました。子どもだから信じますよ・・・。なにせ学校の教師たちが、そう教えるのですから・・・。

（7） 燈火管制そして食糧難

米軍機が長崎上空を飛び交う日々が続くようになりました。日本軍の飛行機と米軍の飛行機は、機体の恰好よりもエンジン音を聞くことで「見分ける」ことができるようになっていました。Ｂ29爆撃機の強くて重い響き、戦闘機ではグラマンかロッキードか・・機種まで区別できるようになっていました。

戦争では自分が生き残るためには、年齢を問わず必要なさまざまな知識が身についていくのだと思います。戦時下を生きていくには、学校で教えられる日本臣民としての心構えを学ぶ「修身」よりも、それらが余程大切な知識でした。

空襲は大体、夜の寝るころを見計らってありました。当時は夜の空襲に備えて、空襲の目標になる明かりが見えないようにと、「燈火管制」がしかれていました。屋家の中では電灯の笠の上から黒い布きれを下げて、屋外に光が漏れないようにしていました。町には街灯も少なかったので、夜になるとほとんど真っ暗な状態でしたね。

空襲が始まってから何日目の夜だったでしょうか？

その夜にも空襲警報が出て、一家は防空壕に避難することになりました。家から出て真っ暗な暗闇の中を歩いていると、前を歩いていた弟の洋（ひろし）が急に目の前から消えてしまいました。「一体どうしたのか？」―と思っていたら、私の足元から弟の声が聞こえてきたのです。なんと・・弟は1・5m程の道脇の崖下に転げ落ちていたのです。昼間には見慣れた道でも、燈火管制で街全体が暗闇になっていると、歩いていく道さえ、まともにわからなくなっていました。

食糧事情も日を追うごとに厳しくなっていきました。とにかく「食べられるもの」は何でも食べました。実家は元々「米屋」だったのに、白米等はほとんど食べられなくなりました。配給制になっていた米も手に入らなくなり、主食はトウモロコシやヒエ（稗）、アワ（粟）やコーリャンでした。カボチャや芋でさえ、とにかく食べられるだけでもご馳走でした。

私は、被爆した時には兄弟が4人いましたが、実際には、別に弟と妹がそれぞれ一人ずついたのです。けれど、この弟と妹は、生まれて間もなく亡くなりました。

戦前から戦中、そして戦後へと続いた食糧難で、生育していくに必要な栄養分が十分に取れなかったことが原因だったろうと思っています。実際、母親自身が栄養不良で赤ん坊に授乳することができなかったのですから・・・。

戦争が始まると、戦場の最前線でも銃後の社会でも、爆弾などで殺されなくとも、栄養失調等で命を奪われていくのです。戦争が乳幼児や子供達にとって、どんなに残酷なものか―生きながら徐々に命を奪われていったのですから・・・。

*運命の8月9日―ナガサキへの原爆投下

(1) 突然、「真っ白な閃光」が走った

1945（昭和20）年7月に入ると、日本各地への米軍機による連続した空襲が、新聞報道によって長崎にも伝えられてきました。日本本土への消滅作戦として、焼夷弾攻撃による被害が物的・人的な被害として連日にわたって報道されてきました。最も、国民の戦意喪失を恐れてか、新聞報道では、空襲の実際の被害とは違って「被害軽微」等と伝えられてきました。

逆に日本軍の反撃による米空軍の被害が、「撃墜○○機、大破○○機」と、実数とは違って大きく報道されていました。迎え撃つ日本軍の戦闘機や高射砲の高度よりはるかに高い上空（9000mから10000m）をB29爆撃機は飛来して、爆弾や焼夷弾を投下して悠々と飛び去っていく空襲でした。

戦争では、全ての「真実」が真っ先に葬られていくのです。日本では、大本営発表などが、その代表的な例で、国民はその虚偽宣伝に乗せられて、戦争の事実からは遠ざけられて、「目も耳も口も」封じられた中で無数の犠牲を強いられたといっても過言ではありませんでした。

8月9日（木曜日）―この日は、私の9歳の誕生日を1週間後に控えた日にあたりました。この頃には、空襲の為に学校には登校せずに、地域ごとにお寺や集会所に先生が出向いて、補充的な授業が行われていました。私達の補充授業の場所は、近所の深廣寺というお寺でした。お寺の本堂に子供達が集まって、学校から教師が出向いてくる、いわば「寺子屋式授業」でした。

この日、9日も朝から深廣寺に行って、補充授業を受ける予定でしたが、朝から空襲警報が出たために、授業は中止になりました。それで、自宅で待機していましたが、警戒警報は間もなく解除された後、授業の時間割が変更されて、私達はそのまま休みになりました。けれど、当時2年生だった弟の洋（ひろし）は、授業の変更はなくて、お寺での補充授業に行くことになりました。

夏の真っ盛りではあったし、この日も朝から暑い日になりました。私は、衣類を洗濯してしまっていましたので、上半身は裸、下は白い短いパンツ一枚という姿でした。その日はお客さん―祖母の弟嫁―大叔母さんが家に来る予定でしたので、母や祖母は少しでもご馳走をと、家の裏手で大鍋を火にかけてカボチャを煮ていました。

午前11時頃でした。家の玄関前で、近所の3歳ほど年上のお兄さんと「暑いからプールか川にでも泳ぎに行こうか？」と、話をしていた時でした。遠くの方から『ブーーン』と唸るような重いエンジンの音が聞こえてきました。

私は、そのエンジン音だけで、B29爆撃機が頭上を飛来してきている音だとわかりました。空を見上げると、かなり高いところを時折「ピカッ・・・ピカッ・・」と光って飛ぶ飛行機が目に入りました。

しかし、朝から出されていた空襲警報はすでに解除されていましたし、「偵察機かなあ・・・」と思いました。この頃は偵察機が来るのは、珍しいことではありませんでした。見ていると、北西側の金比羅山の向こう側、浦上方面に消えていきました。「ああ・・何もなくてよかった・・・」と思った瞬間でした。

『ピカッ…』と、目もくらむような真っ白い閃光が走りました。それと同時に、裸だった上半身が熱くなるのを感じました。身体が硬直した感覚になりました・・・。瞬間、「ああ・・もう死んだ!・・」と思いました。

私は引っ越し先の農家の玄関の前で、立ったまま身体が硬直状態になっていました。しかし、不思議なことに頭の中ではいろんなことがぐるぐるまわって浮かんでいました。

「自分のすぐ近くに爆弾が落ちたのでは?・・いや、敵機の目標になるような白い服を着ていたからでは?・・・大変なことをしてしまったものだ!・・・近所の人達にすまないことをしてしまった・・・。」

けれど、なぜか不思議なことに、普段から訓練していた「腹這いに伏せて、指で目と耳をふさぐ」という行動は一切できませんでした。それほど真っ白い閃光は突然だったのでした。通常の爆弾攻撃であれば、「シュル、シュル・・・」という爆弾が落ちてくる音がすると聞いていただけに、訓練も生きたのでしょうが。今にして思えば、核攻撃では、すべてが一瞬で生死の分かれ目になるということでしょうか。

玄関の前に突っ立ったまま、まだ生きていると気づいたときに爆風が襲ってきました。一緒にいた近所のお兄さんは何か叫びながら、どこかへ走り去ってしまいました。屋根瓦が紙切れのように吹き飛ばされていくのが見えました。

私も自宅裏手に駆けていって、勝手口の方から家の台所の中に逃げ込みました。家全体が「ガタガタ・・」と揺れ始めるのを感じました。

「これは危ない・・。下敷きになってしまう・・・」と、今度は慌てて外へ出ました。家の裏手には、祖母らが来客用に作っていたカボチャが入った大鍋が目に入りました。「ああ・・もったいない・・・」—満足には食べられない日が続いていましたから、一瞬間そう思いました。・・・恨めしかったですね・・・。
とにかく急いで裏山へ逃げました。近くにあった防空壕にひとまず避難しましたが、次々に逃げ込んでくる人達で防空壕は一杯になりました。しかも、その防空壕は他人の家の壕だったので、外へ出なければならなくなりました。

そこで、私は家族が使っていた壕に向かっていく途中で、私を探していた母とぱったり出会い、そのまま母と一緒に壕に避難していきました。壕内では、「爆弾は家の庭に落ちたんでは・・・」とか「何軒か先の家の庭先に落ちたんだ・・・」とか、とにかくすぐ近くに爆弾が落ちたという言葉が交わされました。

原爆が投下された時は、私の家族は弟の洋(ひろし)を除いて、みんな自宅にいました。前に話していたように、兄の中(あたる)は鳴滝町にあった旧制長崎中3年生で学校に疎開してきていた長崎造船所の「㋤工場」で学徒動員労働に従事させられていたのですが、その日は体調を崩して自宅で静養していたのです。

兄の話では、原爆が投下される時に「シュル、シュルシュル」という投下音を聞いたといいます。すぐさま、隣の部屋でアイロンをかけていた母に「お母さん！　爆弾！」と声を掛けた途端、爆風が吹き込んできてタンスが母の方に倒れ掛かってきて押し潰されそうになったといいます。けれど、その時に同時に吹き上げられた畳が「つっかえ」みたいになって、母はタンスの下敷きにならなかったとのことでした。

祖父母も4歳だった弟も家にいたのですが、とにかくなんとか無事でした。そこで自分の家の壕に避難してきたということでした。唯一、2年生だった弟の洋(ひろし)だけが、補充授業をしていた近くの「深廣寺」で授業を受けていて、爆風のためかガラスの破片で額に裂傷を負い、傷を布切れで押さえて帰ってきました。洋には壕の中で「赤チンキ」と呼ばれていた消毒液をぬってやりました。

そして、この洋だけが被爆から4年後に放射線をまともに受けていたのか、高熱と甲状腺異常で、発病から1週間後に12歳で命を奪われていきました。私にとってはこれだけは、今でも決して忘れることができません。ほんの少しの被爆の距離の違いが、生死の違いを生み出していったのですから・・・。

(2) 被爆の夜—黒雲に覆われた町に鳴り響く雷鳴

防空壕に避難する途中に、家から北西にあった金比羅山を見ると、山頂近くにあった兵舎は消えていました。この山頂には敵機を迎撃する高射砲陣地があったのです。山のすそ野にあった上長崎国民学校の屋根瓦は殆んど吹き飛ばされて散乱してました。

壕に着くころには、朝からの夏空は消えて、空は黒い雲に覆われ、街全体が暗い闇のような中に沈んでいました。私達は壕の中に入ったまま奥の方でじっとして動かないでいました。外では絶えず「ゴロゴロ・・」という不気味な音が鳴り続けていました。雷鳴のような音でしたね・・。

結局、それが何の音だったかは今でもはっきりしませんが、西山方面に原爆爆発後に放射性物質を含んだ「黒い雨」を降らせた黒雲に雷が発生した時の雷鳴ではなかったのか?・・と思います。

(3) 暑さと湿気の臭いが立ち込めた壕生活

私達一家は、被爆後しばらくは防空壕で寝起きすることになりました。9日の夜は、布団等、その他家財道具を間借りしていた家に取りに行くことになりました。家の前は少し高台になっていましたが、見下ろすと、長崎の町は真っ赤な炎に包まれていました。夜だっただけに燃え盛る火は、すぐ近くにみえました。

私は怖くなって、「ここからも逃げよう・・」と母に言いましたが、母は安全だと判っていたのか防空壕に戻って、結局、終戦まで七日間は防空壕で過ごすことになりました。

自宅近くに準備していた私の家の防空壕は、斜面地の小川沿いに掘られていたので、夏の暑さとむんむんするような湿気、その上に湿った土の臭いに満ちていました。

壕の前は空き地になっていたので、鍋や釜を家から運んできて、それで煮炊きをして、なんとかその日その日を食いつないでいきました。「子供達は壕の中にいるように・・」と大人達からきつく言われていましたから、一日の殆んどを壕の中に籠っていました。

被爆後も時折、警戒警報が出ましたが、出ないときには近くにあったビワの木に蚊帳を張って、屋外で寝ていました。壕の中と違って、新鮮な空気を吸えることが楽しみでした。

(4)「ミズヲ・・ノマセテ・・」—訴える被爆者達

母は、被爆した翌日の10日から、毎日のように被爆者の救護活動に出かけていきました。臨時の救護所は、当時は新興善国民学校が中心になっていたということでしたが、浦上方面では磨屋国民学校にも出かけて行ったということでした。長崎医大の病院はほぼ全滅していましたし、市内の病院も消失したりしていて、被爆者を収容する余裕などなかったといいます。

大火傷を負ったもの、裂傷など重軽傷者は子供から幼少児、学徒動員されていた中学生や女学生たちから一般の市民達全て・・・原爆は年齢など区別なく無差別に殺し尽していきました。

母は連日の救護活動を終わって、疲れ果てて壕に戻ってくると、「地獄を見てきた・・・」と呟いていました。焼け残った教室など臨時の救護所に収容されてくる被爆者たちは、殆んどが虫の息で、「ミズヲ・・ノマセテ・・クダサイ」と訴えてくるということでした。まともな治療など受けられないままで・・・。

中には、近くにいる人の足を掴んで「ミズヲ・・一パイ・・ノマセテクダサイ・・」と訴える人がいて、せめて少しはと思ったそうですが、兵隊が「火傷には水は禁物だ。水は飲ませるな！」と命令したので、飲ませることはできなかったといいます。「湯呑一杯の水で安心して死んでいくこともできたろうに・・・何故やれなかったのだろう・・」と、ずっと後まで母は悔やんでいました。

身体全体を熱線で焼かれて、治療一つしてもらえず、しかも、命が尽き果てる終わりに一滴の水さえ与えられない中で、誰にも看取られないで、苦悶と絶望の中で息絶えていった人達・・・。それがナガサキの原爆犠牲者達の姿だったのです。

(5) 死んだ赤ん坊を背負った若い母親

被爆後、何日目だったか。母が救護活動に行った時のことだったといいます。

　重傷を負ったまだ若い一人の母親が背中に紐で赤ん坊を背負って、ふらふらと救護所に入ってきたそうです。母達は、まずその若い母親の背中の紐を外して、赤ん坊を抱っこして降ろしてやったそうですが、その降ろしてやった赤ん坊の身体は傷一つなかったものの、赤ん坊はもう冷たくなっていて、すでに息も止まっていたといいます。

　母達は「お母さん・・赤ちゃんはもう亡くなっていますよ・・・」と声を掛けたそうですが、母親は「いいえ、死んでいません。・・昨日の夜まではお乳も飲んで、泣いてましたから・・・」とだけ答えて、再び赤ん坊を抱きあげて、紐で背中に背負ってから、黙って救護所から出ていったというのです。一体、どこへ帰っていったのでしょうか？　おそらく傷一つないまで息を引き取っていた赤ちゃんは、けがや火傷はしなかったものの、多量の放射線を浴びていたのかもしれません・・・。

　私は、その母の話を思いだす度に、被爆後、荼毘の場所に死んだ幼い弟を背中に背負って直立不動の姿で立つ少年の写真―戦後、ジョー・オダネルさんが写した荼毘の場所に幼い弟を紐で背負って立つ少年の姿が必ず目の前に浮かんでくるのです。

　ぐったりと頭を垂らしたまま息絶えた幼い弟を自分の背中に固く紐で背負って、おそらく目の前には多くの死体を焼く燃え盛る荼毘の炎を直視して、口を真一文字に結んだまま立ち尽くしている少年―その姿を思いださずにはいられませんでした。

　母は、その後、「あの若いお母さんはどこへ帰っていたのだろうか？　背中から赤ん坊を降ろしてから、いったいどうしたのだろうか？・・」と、そればかり心配していましたね・・・。恐らく母の心の底には、何時までもその時の記憶が焼き付いて離れなかったのだろうと思います。

＊1945（昭和20）年8月15日―日本敗戦

（1）敗戦を告げる「玉音放送」が流れた

　母は、原爆が投下された翌日の10日から毎日のように救護活動に出かけて行きました。主に浦上方面の救護所に行っていたみたいでしたが、帰ってくると、いつも「地獄を見てきた・・・」と呟いていました。私達には詳しくは話しませんでしたが、子供達には、被爆者の悲惨な姿を知らせたくなかったのかもしれません。

でも、浦上方面一帯はほぼ壊滅状態だということは、母から伝え聞きました。いったい、どんな状態で全滅していたのか？　浦上方面まで出かけて行って、実際に目にしていませんから想像もつかないし、わかりませんでした。

8月15日の正午を期して、ラジオ放送を通じて天皇ヒロヒトの終戦を告げる詔勅が流されたといいますが、私は全く知りませんでした。ただ、救護活動から帰ってきた母から「日本は戦争に負けた・・兵隊さんたちは皆な泣いていた・・・・」とだけ聞きました。

敗戦を迎えたといっても、原爆投下以来、時折鳴り響く空襲警報のサイレンが鳴らなくなるだけで、不自由な壕生活は何一つ変わりませんでした。食糧不足は相変わらず続いていましたし、ただ空襲などで殺されないで済むくらいの感覚でした。

つい一週間前に、長崎の西北部の浦上一帯が焦土と化し、数万人の人達が一瞬にして殺されていったのは、いったい何だったのだろう・・・という思いだけは、子供心にも考えました。しかし、兵隊たちの涙は、多くの乳幼児から子供達、母親など一発の原爆で殺し尽されていったことに対する言葉で表現できない悲しみの涙だったのか？　負けるはずがないと信じていた神国日本が戦争に負けた悔しさの涙だったのか？　―それは別にして、私には戦争が終わったという安堵感だけがあったことだけは間違いありませんでした。

「鬼畜米英」を信じていた母達は、「アメリカ軍が本土に上陸して来たら、どこへ逃げようか？　奥山の方に逃げたらいいのかな・・」などと話していました。

(2)「真っ白なパン」―敗北感の中で

終戦後の1945年9月になると、長崎港にたくさんの駆逐艦や巡洋艦、輸送船、病院船等、沢山の米艦隊が入港してきました。ＬＳＴと呼ばれた上陸用艦船からは沢山の米兵たちが、次々に上陸用舟艇に乗って海岸から上陸してくるのを見て、まるで完全に別世界の出来事で、手品を見ているみたいだった、という記憶があります。

街中を軍用ジープに乗って駆けまわる米兵たちが受話器で何か話しているのを見て、それまで固定電話しか見たことがなかった私達には驚きの光景でした。それが無線電話だと知ったのは、ずっと後になってからでした。


また、別の日のできごとでしたが、父の知人が米軍関係の人から食パンを貰ってきて、私の家に持ってきてくれたことがありました。真っ白な生地の食パンでした。一口食べると、ふわふわした食感でした。「パンはこんなに美味しかったんだ！　これ以上のものはない」と思いました。

それと同時に、それまで敗戦の実感はそれほど感じていませんでしたが、「アメリカ人は、これを朝・昼、晩と食べて戦争していたんだ・・。食事らしい食べ物もない中で、空腹を我慢して戦争していた日本が勝てるわけがなかったんだ・・」と、子供心に強く感じたものでした。

ある日、私達が住んでいた片淵町に銃身が短いカービン銃を肩にした二人組の米兵がやってきたことがありました。学校で「鬼畜米英」ということを教え込まれていた私達は、米兵の近くにも寄れないで、遠巻きにして眺めていました。しかし、人懐こかった弟の洋は米兵について回り、チョコやキャンデーなどを貰っていました。米兵達は、思っていたよりも親切でしたね。ただ、チュウインガムなどは何か紙みたいな食べ物だと思いました。

(3) 父の復員　一変した教育

敗戦後、鹿児島の海軍航空隊に召集されていた父は幸いに戦死することもなくて、10月か11月だったか、復員してきました。父の話では、列車で浦上駅付近を通過するときに見た壊滅状態の長崎の市街地を見て、家族も誰もいないのではないか?・・・とさえ思ったといいます。

父の復員後、私達は、戦後の混乱した中で転居と転校を繰り返しました。1946(昭和20)年の春からは、壕生活から離れて本紙屋町の幼稚園内に寝起きし、翌春には、中川町に転居しました。学校は、終戦後の秋から上長崎国民学校に通学し、翌春には磨屋国民学校に転校しましたが、最終的には学校制度の変更で新制の伊良林小学校に転入し、そこを卒業しました。

戦後になってからは、学校での教育内容が戦時中とは一変しました。先ず、戦時下で使用していた教科書は、天皇主権・軍国主義の内容の箇所の墨塗りでした。先生が指示した箇所を墨で塗りつぶしていきました。墨塗りの教科書は、殆んど墨で塗りつぶされていて使用できませんでしたね。

一番困ったのは教師達ではなかったでしょうか？天皇主権・軍国主義の教えを１８０度転換して、国民主権主義—民主主義者としての国民育成の授業に変えていかなければならなかったのですから。「皇国臣民」として教え子たちを戦場に狩り立て、死地へと追い立てる教育をしていた教師達自身が、凝り固まった『軍国主義者』としての先達から、正反対の「戦争否定」の「平和主義者」に突然変われる筈がありません。そういう中で、戦後の教育は始められていったのでした。

「何をするといいのか？」—教師達も相当困ったのでしょう。その頃、班ごとに自由に題材を決めて調べ学習する「自由研究」という授業等がありました。私は友達と長崎駅まで出かけて行って、機関車を飽きずに眺めていた記憶がありますが、そうした「自由」な教育は「喜び」というより戸惑いでしたね。

その頃は、手作りの「手押し車」を作って遊ぶために、よく浦上地区の方に出かけて、焼け跡の中から乗り板の下に取り付ける「ベアリング」などや自動車の部品を探して、友人や弟達と焼け跡を歩き回りました。遊び道具などまともにあるはずがなく、探し出した「ベアリング」を使って作った手作りの「手押し車」に乗って、坂道を走り下って遊んでいたものです。

(4)「戦争放棄」・新憲法発布の中で
—原爆は弟・洋の命を奪っていった—

被爆から4年後の１９４９(昭和24)年。私は新制の桜馬場中学校に入学しました。海軍に徴兵されていた父も長崎に戻ってきていたので、一家は中川町に住居を構えて暮らすことになりました。

その年の6月のことでした。私には今でも、思い出すのも辛く、心の中の奥深く残ったまま忘れきれない出来事がありました。

被爆後4年目の初夏に入った頃でした。小学校6年生になっていた弟の洋（ひろし）が急に高熱を出したのです。耳の下から甲状腺あたりが腫れ上がり、口の中や喉の部分がザクロのように赤く爛れてきました。

数日間、家で様子を見ていましたが、次第に食事もとれなくなってきて、水も呑み込めない状態が続いたために、とにかく病院に入院させることになりました。今のように救急車やタクシーなどはなくて、弟はリヤカーに乗せられて病院に運ばれることになりました。

「それじゃね・・・」という声を掛けて、リヤカーに横たえられて病院に運ばれていく弟の姿を見守っていくだけでしたが、それが弟の洋（ひろし）に掛けた最後の言葉になりました。

左から弟（洋・小5）と私（洸・小6）と弟（満・小2）自宅（中川町）の前で

弟の洋が入院してから3日後の6月11日のことでした。病院で弟の面倒を見ていた叔母から自宅に電話がありました。・・・「洋が・・亡くなった・・」。

私の頭の中は一瞬真っ白になりました。・・・「洋が・・死んだ?・・」。普段からよく野球などをしていた洋は元気で、健康そのものでした。・・「なぜ・・?」。

発病から僅か1週間で、その短い生涯に幕を下ろすなんて・・・。「もう、洋はこの家には戻ってこないんだ！　なんで、そんなことが・・・！」

私にとってはあまりにも大きなショックでした。日本が戦争に負けたと聞いた時などよりも、遥かに大きな衝撃でした・・・。

病院に緊急入院した時の医者の診断では、伝染性の「ジフテリア」だと言われて、中川町の自宅は、家の周辺や便所などに石灰のような粉を撒かれて消毒を受けました。私も三日間の登校禁止になりました。

洋の葬儀の日には、母は子供の突然の死を信じきれない中で受け入れ切れずに、「医者が誤診をしたんだ・・・。もっと早く病気の原因を気付けた筈だ・・・」と、深い悲しみに落ち込んでいました。

弟・洋の死亡診断書には「壊血病・耳下腺炎」と記されていました。その当時は、医者の診断だから疑うこともできない状態でした。しかし、被爆者に対しての原爆による放射能障害が次第に明らかになる中で、特に私が1950年後半に新聞記者の仕事に就いてから、多くの被爆者の話を聞くうちに、弟・洋の死亡の原因は単なる壊血病・耳下腺炎などとは違う。これは原爆の影響も関わっているのでは?・・・と思うようになってきました。

その出来事と同じ頃のことでした。1949(昭和24)年に桜馬場中学校に入学して、授業の中で最も衝撃を受けたのは、1947(昭和25)年に施行された〈日本国憲法〉の授業でした。

『あたらしい憲法のはなし』という配布された教科書では、「戦争の放棄」という第9条で『戦争と…武力の行使は、永久にこれを放棄する』『陸海空軍その他の戦力はこれを保持しない。国の交戦権は、これを認めない』と書いてありました。

「武器を持たなくてもいいのか?」と、私は目を覚めさせられました。そして、これが、後に新聞記者として原爆報道に関わっていった原点にもなりました。

今まで考えもしなかった衝撃を受けた中で、弟の洋が被爆のために10年間という短い人生しか生きられなかったことを思うと、何か心の奥底に戦争を開始した日本の権力者たちと、かけがえのない命あるもの全てを殺し尽していったアメリカによる原爆投下に言葉にならない怒りがこみ上げてきました。

(5) 夜間高校への転入—卒業後、新聞記者に

中学校卒業後、私は県立東高校に進学しました。しかし、1年生の時に当時『死の病』と言われていた「結核」に感染し、喀血。それ以後、通学できなくなりました。当時は「結核」を治療するために、肋骨を何本か切り取る手術を受けました。完治までに3年。退院はしたものの、普通高校には復学できずに、当時の定時制(夜間)長崎市立高校に再入学しました。

1950(昭和25)年後半に夜間高校を卒業。アルバイト先だった「九州時事新聞」に就職—ここが後で

統合されて「長崎新聞社」になりましたが、ここでの初めころの記者としての活動の拠点は、主に長崎市でした。―そうです。私は「被爆地・長崎」で記者生活を始めていったのでした。

そういう経緯もあって、夏には決まって原爆関係について取材しました。今にして思うと、新聞社に就職する前に進学した夜間高校では、後に「天皇の戦争責任発言」で右翼から銃撃されながらも一命を取り止められた長崎市長・本島等さんからは「数学」、「長崎の証言の会」で証言集を発行し続けた廣瀬方人（まさひと）さんからは「英語」を教わりましたが、人間のつながりには本当に不思議な縁があるんだと、思うことが度々ありましたね。

被爆後、1954（昭和29）年のビキニ環礁での米国の水爆実験を契機にして、広島・長崎を拠点にして原水爆禁止を求める市民運動が盛り上がり始めました。ビキニ環礁での水爆実験では、焼津の漁船「第五福竜丸」が操業中に「死の灰」が降り注ぐ中で乗組員達が被爆。

日本では原水爆禁止を求める署名運動が全国的に広がっていき、1955（昭和30）年に初めての「原水爆禁止世界大会」が開催されたのでした。

＊被爆者運動の取材の中で

(1) 原稿用紙に鼻血が落ちた・・。

そんな被爆者の取材活動を続けていたある日のこと、長崎市役所の市政記者室で記事を書いていた時のことでした。机に置いていた原稿用紙に鼻血が「ポタリ・・」と落ちたのです。真っ赤な血が・・。

当時は、原爆病と呼ばれていた被爆による障害が、白血病を初めとして様々な症状を発症して急死する人が続いていました。「黒い赤ん坊」と呼ばれた奇形児などを含めて、「被爆者とは結婚するな」、「被爆症は伝染する」などという噂が広がりはじめていた頃でした。被爆者ゆえに婚約破棄、破談になった・・等々と、あちこちで、被爆者についてのあらぬ噂が広がっていました。

そんな中でもあったからでしょうか？　「遂に自分にも・・・？」と、漠とした不安が頭をよぎりました。しかし、本当に幸いに鼻血などの症状は長くは続かないで、身体にも異常はありませんでした。だが、心の底には何時も釈然としない不安が残っていました。

記者の仕事に入った頃は、長崎市民では原爆を体験した人が多数派の時代でした。しかし、「被爆者―ヒバクシャ」というと、特別な響きを持って対処されていました。それだけに、自らを被爆者と名乗り、体験を話す人は多くはいませんでした。わが子や孫たちへの被爆による遺伝的な影響を心配していたことも、その背景にはありました。だから、インタビューするにも苦労しましたね・・・。

(2) 原水爆禁止運動の分裂の中で

1950(昭和25)年後半から、長崎でも被爆者たちが団体をつくり、原水爆反対の声を上げ始めていました。自らの被爆の身体を臆することなく多くの人の面前に出して、自らの体験を語り始めていったのです。

「誰が被爆者を生み出したのか?」。「誰達が被爆者を苦悶の中に叩き込んでいったのか?」。「誰達が原水爆禁止運動を阻害しようと企んでいるのか?」―山口仙二さんや渡辺千恵子さん、谷口稜曄(すみてる)さんらは、国家権力に対する被爆者としての怒りの中で「長崎原爆青年乙女の会」を起ち上げました。

ただ残念だったのは、報道各社は被爆者をスターやヒロインのように取材していたことがありましたね・・・。被爆者たちが自らの命を懸けて、追い求めていった根源はさておいて・・・。被爆報道は、その根源的な被爆の原因や影響を追求して取材・報道していくことが使命であるはずだと思っていたのですが・・・。

ただ、被爆者たちが、この間にも突然死したり、体調不良に陥っても伝染病と疑われたりしたという彼らの体験を取材するうちに、私も12歳で命を奪われていった弟の洋の死去の原因は原爆にあったと考えるようになりました。

そして、この頃、1960年代にはいると、原水爆禁止運動が世界の政治・経済体制の相違の対立が、市民団体の運動論と相まって二つに分裂していきました。

私は、そのどちらの運動を取材しても、根本的にはおなじ目標と理想を掲げていて「何故、ともに活動していけないのか?」と疑問を感じていました。

1956(昭和31)年に「第2回原水禁世界大会」が長崎市で開かれた時の運動の熱気を知っていただけに、

1961(昭和36)年に民社系などがさらに離脱し「核禁会議」を結成して、'63(昭和38)年にはソ連核実験再開への対応で、共産党系と社会党系が決裂。『原水協』『原水禁』などによる個別の運動が始まりました。

この思想的な違いによる分裂は、被爆者たちを混乱させました。広島でも長崎でも被団協、被災協、更に県被爆者手帳友の会が発足したりして、原爆医療法などの充実を求めていた運動にも少なからず影響を与えていきました。(＊この時の取材内容は、2015年11月18日付けの「長崎新聞」に掲載されている)。

(3) 福田須磨子さんの苦悩―新聞記者としての怒り

1960年代に入っての被爆者達を中心にした被爆者団体の思想的な相違によって、1956年以降次第に組織化されていった原水禁運動の中でも、1957(昭和32)年に施行された「原爆医療法」の充実には遠く、なかなか全ての被爆者達を救済するものとはなりえませんでした。それだけに、山口仙二、谷口稜曄、深堀勝一さんら運動の中心になった被爆者たちに運動のご意見番のように語らせる報道では、運動の統一に関しても十分な力とはなりえず、程遠いものでした。

その中の一人である福田須磨子さんもマスコミがしばしば取り上げる被爆者でしたが、1960(昭和35)年、取材の為に福田さん宅を訪れた私が見たのは、病苦と貧困に喘ぐ、ギリギリの生活を送る被爆者の現実の弱者の姿でした。

福田さんの住まいは西町にありました。数年前までは畑ばかりだった西町周辺にも新しい家が次々と建ち、かなり様変わりしていました。その家の間の奥まった細い路地を歩くと、ひときわ粗末なバラック小屋に着きましたが、そこが福田須磨子さんが住む家でした。

日当たりはよい6畳間の部屋に須磨子さんは座っていました。髪の毛は抜け落ち、小さな赤い斑点が皮膚全体を覆っていました。まだ30代なのに、まるで老人のような容貌でした。私は一瞬息が詰まる思いで、彼女に向きあいました。同時に彼女の姿に、自分自身の心の奥底に閉じ込めかかっていた15年前の、あの原爆前後のときの思いが湧き上がってきました。

彼女は一言・・「仏作って　魂入れず」。―1957

(昭和32)年に施行された「原爆医療法」について、ため息をつき、こう語りました。「自宅から病院に行くだけでもお金がかかる。よほど具合が悪くない限りは病院にも行けない」。

同法は1960年に一部改定され、爆心地から2キロ以内の被爆者には医療費が認められるようになりましたが、多くの被爆者は得体の知れない病魔に苦しみ、生活に疲れ果て、貧困の中に放置されていました。

原爆症患者として日赤原爆病院で治療を受けていた福田さんも、家族の生活が逼迫し、1960年4月に自主的に退院していました。彼女だけではなく、多くの被爆者達が、被爆症と生活困窮のため入退院を繰り返すことが多かったといいます。

「繰り返し病気をするから続けて働けない。働けないから生活は苦しくなる。そこで、また無理して働く。そして、倒れる。その繰り返しの中で被爆者は『蟻地獄』のような救いのない生活の中に陥っていく。病苦と貧困に喘ぐ被爆者にはなんの生活保障もない」―私達新聞記者は、共同の取材をもとに1960年8月9日の「長崎新聞」で福田さんの切実な訴えを伝えました。

「今の法律では、被爆者を救えていない」―私は、福田さんの取材を終えて、自分自身を含めて被爆者の置かれた理不尽な状況に無性に腹が立ってきました。

しかし、それまでは、自分自身を被爆者というふうには考えることはありませんでした。被爆者と言えば、記者になってからの取材を通じて出会ってきた被爆者達の姿が頭の中にあったからです。背中一面に、或いは顔や腕に大きなケロイド等目に見える傷痕を身体に残し、車椅子の生活を余儀なくさせられ、貧困と病と闘う。心にも身体にも傷を背負った苛酷な体験の持ち主の人達が、私にとっては『被爆者』であったのです。

(4) 発症した被爆症―止まらない鼻血

ところが、被爆後40年目の　1985(昭和60)年になってからのことでした。

ある日、取材の原稿を書いていた時に、突然、鼻血が出たのです。今回はなかなか鼻血が止まりませんでした。しかも、暫くして身体のあちこちに皮下出血らしい小さな赤い斑点が出始めたのです。・・・・『原爆病』ではないか?

原爆投下の閃光に包まれて避難していってから40年の時間が経過していました。しかし、病魔は知らぬ間に私の身体にも忍び寄っていました。

不安いっぱいで、すぐに病院に行って検査を受けました。検査の結果、血を固める血小板が通常の10分の1ほどに減少していました。再検査の精密検査を受けた結果、難病の『エリテマトーデス』と診断されました。「エリテマトーデス」―そうです。免疫が自分自身の身体を攻撃してしまい、発熱や全身倦怠感に襲われ、身体に赤い斑点が出てくる病でした。

その時、私は、およそ20年ほど前に取材した福田須磨子さんのことを思いだしました。被爆後から10年後のその頃、原爆をテーマに詩作や随筆などの文筆活動を続けていた中で福田さんが患い、彼女を苦しめていた被爆症が同じ「エリテマトーデス」だったのでした。あの時の彼女のぼろぼろになっていた顔や腕・・・。「原爆はここまで人間の姿と心を変えてしまうのか」と衝撃を受けた時のことをまざまざと思い出さざるを得ませんでした。

＊記者魂を懸けて
―「被爆者」として語り、伝え続けたい

私は、その後も新聞記者として、被爆者を取材しながら記事や写真をレイアウトする紙面編集などを担当して、１９９５(平成７)年に長崎新聞を退職しました。けれど、退職の10年前に発症した難病(エリテマトーデス)は、今もなお私の身体の中に居続けています。２０１５(平成26)年には喉からの出血が止まらなくなり、救急車で運ばれることもありました。

ただ、原因はわからないまま、医者からは「時限爆弾を抱えているようなものです・・」と言われました。このままでは私には、何時、どんな身体の症状に変化が起きてどうなるか分からない。更に、私に40年後に発病した被爆症は、私自身だけにとどまって終わるのではなく、その影響は世代を超えて、つまり、子供から孫の身体にも何らかの影響があることは、多くの実例があることからも事実なのです。

それだからこそ、８歳の時に長崎への原爆攻撃を体験し、戦時下の恐怖、その後の敗戦と戦後の中で、被爆症の恐れを抱きながら、被爆者たちはどう生きてき

たか。それらを、特に戦争被爆を体験していない世代にぜひ伝えておきたいと思っているのです。

優れた人智は、これまでに科学を初め全ゆる分野で人間社会を発展させ、豊かにさせてきました。しかし、その人智が作り出した原爆が私達人間に何をもたらしたのか？　グレープフルーツほどの僅か7 kgのプルトニウムが、長崎という長い歴史の中で生きてきた町と人々を無差別に、しかも一瞬のうちに消し去ってしまう—今や「核兵器」の脅威は、現実のものとして今とこれからを生きていく私達の目の前に存在しています。

アジア太平洋戦争の中で、何故に、国家権力の下で、全ての人権を奪われ、神がかり的な教育と共に、無知の中に置かれて、ただひたすらに戦争暴力の中で無差別に生死を分けられていかなければならなかったのか？　これからは、国を構成する一人ひとりの命を守るどころか、その人生の全てを剥奪してしまう社会構造を持つ国としての在り方を私達自身が許さない—という確たる知識と自覚に立って歩んでいく力が、今ほど求められている時はありません。私達は、この真理をナガサキ原爆という事実の中に学び取っていく責任を担っていると思うのです。

私自身がマスコミの世界に身を置いて仕事をしていただけに、最近の日本の政治権力の在り方には大きな不安を抱いています。現・安倍政権の政治への不誠実さ、官邸の閣僚や官僚達の忖度の極端さ、そして自覚のなさ・・・それらが曖昧にされたままマスコミ・メデイアがコントロールされている中での報道の中に真実を知らされないままの現状があります。

かつての日本の近代の戦争史の中で、何が私達一般市民を犠牲にしたのか？　また、させたのか？　その原因を解明し、同時に民主社会の真の社会体制の仕組みとあり方を追求して実現していく行動力を持していくこと。結局、国民自身が選択していく政治体制を真にまっとうなものにしていくためには、私達国民の自覚以外にないと思うのです。

それだけに、このことだけは、ナガサキ原爆に遭遇した私自身の体験を踏まえて、これからも「戦争・被爆の実相とその原点」を語り続けていかなければ・・・と思っています。—『過ちを再び繰り返させない・繰り返さない』ためにも。

〈聞き書き・まとめ〉森口　正彦

〔付　記〕森口　正彦

（岡まさはる記念長崎平和資料館・会員）

嶺川洸さんの「長崎での戦争・被爆体験」証言は、かつてこれまでに「長崎新聞」と「朝日新聞」の両紙に取材掲載されたことがある。

一つは「長崎新聞」の『「忘れられぬ　あの日」―私の被爆ノート』５３６回目に、もう一つは、「朝日新聞」の「ナガサキ　ノート」シリーズに27回の連載として。他に、２０１５年11月16、17日の両日の長崎新聞の「原爆をどう伝えたか―長崎新聞の平和報道」に「被爆記者（上）、（下）」として嶺川さん自身の被爆体験と被爆新聞記者として被爆者・福田須磨子さんを訪れた時、被爆者の実態と併せて、当時の原水爆禁止運動の分裂と課題についての記録が掲載されている。

いずれも嶺川さんの貴重な被爆証言であるが、今回は、被爆75年目にあたって、これらの体験を全てまとめる形で、再度聞き取りをして、今回、聞き書きの形で「証言２０２０―ナガサキ・ヒロシマの声」に、あらたに「証言」としてまとめて掲載することにした。

ところで、嶺川さんに証言をしてもらったのは、実際は２０１９年5月から6月にかけてであったが、他の被爆証言の聞き取り記録と重なり、時間的に今年度に「証言・２０１９年版」の掲載に間に合わず、今年度になってしまった。それに加えて、今年の3月からの新型コロナウイルス感染症の世界的な感染拡大の中で、国内での緊急事態宣言の影響もあり、嶺川さんにお会いしての「証言」の確認作業が遅れてしまい、嶺川さんには大変ご迷惑をかけることになった。ここに改めてお詫び申し上げたい。

尚、嶺川さんにお会いした時に、嶺川さんが、かつて新聞記者として被爆者の被爆体験の取材をされていた時に、山里国民学校の生存者で当時・訓導として当校に勤務されていた林英之さんが記録された「山里国民学校職員・被爆状況一覧」という、当時、山里国民学校に勤務されていた馬渡校長以下32名職員全員の「被爆状況とその後の状況」表を入手されており、それも見せて頂いた。

１９４５年8月9日。松山町上空約５００ｍで爆発したプルトニウム原爆によって、爆心地から約７００ｍにあった山里国民学校の職員達が、どんな状況下で被爆して、命を奪われ、最期を遂げさせられていったのか？　教職員32名中、生存者僅か4名という状況の中では、その具体的な記録も少ないし、証言も多くは残されていない。

それだけに、この「山里国民学校職員・被爆状況一覧」という記録は非常に貴重なもので、この一覧表には、当時、当校に勤務していた馬渡校長、古賀教頭をはじめ、訓導（教諭）、助教、養護婦（養護教諭）、使丁（用務員）の方々の一人一人についての被爆の状況から被爆後の状況、更に、それぞれの死亡年月日とそれぞれの方々の住居と家族の状況等も克明に記録されている。

山里国民学校の児童生徒、教職員の被爆状況については、これまでも少しは被爆体験が証言として残されてはいるが、今尚、全てはまだ明らかにされてはいない。

その一つの理由は、特に学校が爆心地から約700m程の距離しかなかったことにある。原爆爆発瞬間の3000度前後の熱線と風速200～300mの爆風の中で、当時、在籍していた1500余名の児童生徒達は学校や校庭で、或いは学校周辺の自宅で1300名ほどが爆死し、大火傷を負った中で殺戮されたからである。

また、辛うじて生き残った児童達も放射能による被爆症の為に、数日或いは数週間、また数か月後に、更には数年後に命を奪われていった子供達も多かったという。

原爆がもつ核兵器としての「半永続的な無差別殺戮性」。それを実証した「非人道的・人類絶滅兵器」としての「原爆」とは、如何なるものだったのか？　被爆75年目の節目を迎えた今こそ、私達一人ひとりには、長崎・広島の被爆の実相と事実を直視し、そこに立脚した正しい認識と感性が問われている。

それだけに、この「山里国民学校職員被爆一覧表」は、そのことを一学校の一部の記録ではあっても、余すところなく告発してくれる「被爆証言」で、原爆の「残虐性と非人間性」を伝えるに十分に足りうるものだと思っている。

しかし、この「一覧表」については、まだ再調査し、再確認することも多々残されているので、今回は掲載することはできなかった。今後、十分に時間をとって、できれば来年度「証言・２０２１年版」に掲載できるよう取り組んでみたいと思っている。

＊尚、山里国民学校の児童生徒たちの「被爆証言」については、永井隆氏が１９４９(昭和24)年に山里国民学校・校区内で生き残った子供達の手記を募り、同年８月に『原子雲の下に生きて』という本にして出版されたものがある。

また、被爆70年記念事業として山里小学校実行委員会が発行した『山里小学校（旧・山里国民学校）被爆体験記』の中に、当時在学していた被爆児童達23名の手記も残されている。

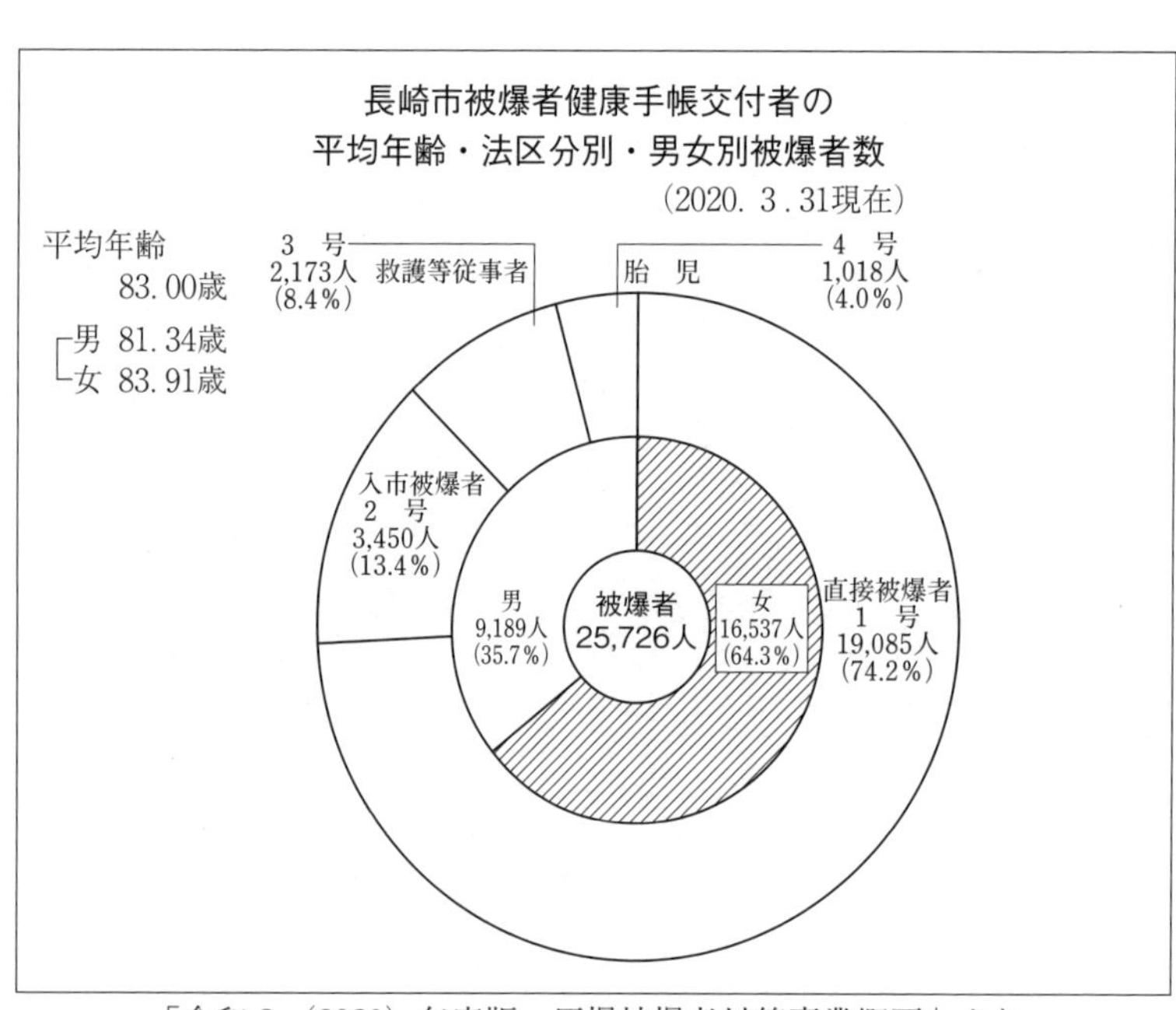

「令和２（2020）年度版 原爆被爆者対策事業概要」より

あの夏の日

［証言者］郷野美智子（旧姓　松尾）

【編集部】 この文章は、郷野美智子さんが、長崎県立長崎南高校にて２００２年8月9日に行った講話を記録したものです。今回、城臺美彌子さんを通じてこの文章を入手し、本証言集に掲載することにいたしました。なお、再録にあたって、明らかな誤字脱字を修正したり、送り仮名などを改めたり、長い文章を区切ったりした箇所があることをお断りしておきます。

皆さんおはようございます。あの夏の日から57年が経ちました。被爆当時、皆さん方より少しだけ若かった私が、57年後にこうして若い皆さん方、まさにこれから21世紀を担って行かれる高校生の皆さん方の前でこうして話をさせていただくということは、本当にありがたいことで感謝しております。

　私が被爆をしましたのは、この南高校から大浦の方に下った石橋の電停の前のお店屋さんでした。そこに私は下宿をしていたわけですが、大浦天主堂からちょっと右下にあたります。そこからずっと長崎駅をめざしていきました。家族が諫早に住んでいたので、汽車に乗って帰ろうと思ったのです。情報がないのは本当に恐ろしいことです。長崎駅が燃えたり破壊されたりしていたので、では浦上駅に行ってみようと、ついに爆心地松山町を経て、大橋の鉄橋を渡って道ノ尾駅まで、一番危ない所を通ってしまったわけですけど、それは後からわかったことでした。たぶん5～6時間はかかったと思います。私は14～15㎞は歩いたと思っていましたが、昨年車で測ってみましたら、たったの8・3㎞でした。8・3㎞の灼熱地獄を歩いたわけです。

長崎に落とされました原爆、あの一発の原爆によって一瞬にして亡くなられた方が、7万4千人ということです（長崎市のHPによる）。そして負傷者が7万5千人ということです。尚、そのあとも次々と原爆症とか発症して亡くなっていかれた方が大勢居られました。あんなに凄い破壊力を持つ核兵器の恐ろしさを本当にまざまざと思い知らされる数字だと思います。

多くの人がいっぺんに亡くなったということ、そして現在ではあの時の原子爆弾とは比較にならない強力な破壊力を持つ核兵器が沢山開発されていますし無数に保有されています。また、核保有国も次第に増加しつつあり、何時又再使用されるかも分からない現状ですが、もしも核兵器が、万一使用され、核戦争が起こったら、それは敵も味方もない、単に広島とか長崎とかいう地域の問題ではなくて、人類の滅亡、宇宙船地球号の破滅に向かって進むものだと私たちは思わなければならないのじゃないでしょうか。そういう恐ろしい核兵器が2度と使われないようにする為には、全世界の人たちに核兵器の恐ろしさを知ってもらわなければなりません。その為にはこの被爆地に住む私たちの責務はやっぱり非常に大きいものだと思います。

私が被爆しましたのは12歳の時、県立長崎高等女学校の1年生の時でした。学校は西山にありました。以前、長崎東高校が現在地に移転する前に使っていた校舎が私たちの学校でした。長大経済学部のちょっと手前にありました。そして私の家族が、私が小学校の6年生の時に諫早に引っ越していましたので、小学6年生の時から下宿生活をしていました。その下宿先が、先ほど申しました大浦の石橋の電停の前、いまローソンになっているあたりのお店屋さんだったと思います。そのお店屋さんも田舎の方に疎開されていて、そこには私と同級生のKちゃんと、お姉さんのR子さんと子供たち3人で暮らしていました。あのあたりは今はたくさんの家が立ち並んで賑やかになっていますけれども、当時は強制疎開と言いまして、空襲で家が延焼しないようにかなり広いブロックごとに家をはじめから壊してしまうようなことがなされていました。石橋のすぐ近くの相生町あたりが入っていましたので、たくさんの壊された家がありました。また、川上町あたりはずっと農地が続いていたように思います。その頃はサイレンが鳴ったら逃げ回らなければならないから、最初から「ここにしようよ」とKちゃんと野宿をしたものでした。畑の木陰や石橋の橋の下などに何度も何度も野宿をしたりで、今では考えられないような生活でした。

もう戦争も末期頃でしたので、何もかも物資が不足していました。特に食料の不足は深刻で、私たちはよく田舎に買い出しに行って、カボチャとかお芋とかを分けていただいたりしました。そんなに美味しいものが買えたときはとっても嬉しかったのです。時には食料の配給がありましたが、生芋をスライスして乾燥したものや、油の絞り粕などもありました。腐ったお芋のカンコロはとても苦みがひどくて不味かった覚えがあります。また雑穀類とか何でもとにかく食べられそうな草もけっこうたくさん食べました。で、そういう生活だったのですが、とにかく量的に足りなくて、何時も何時もハングリーでした。そして、ないのは食料だけではなくて、せっかく学校に入学しましたが、新しい教科書は全然ありませんでした。教科書は、学年が終わったときに全部学校に納めてそれを貸していただくという方式でしたので、全部の教科の教科書を借りることが出来ない場合も多く、私も何科目か足りなくて困りました。今だったら皆さん方、すぐにコピー機とかコンビニに行ってコピーすることが出来ますけれども、当時はそんな便利な機械どころかノートも鉛筆も不足していた時代ですから。ノートなんか時々配給が来るのですけれども、なかなか皆には行き渡らず抽選をして外れたらがっかりしたものでした。

そういう状態でも勉強が出来るのは私たち1年生だけだったのです。2年生は学校の中にある工場で色んな作業をして働いていましたし、3年、4年の上級生は大橋の三菱兵器製作所等に動員されて働いていました。学校でサイレンが鳴ったら家に帰って自宅学習……といってもそんなに勉強するような環境ではなかったのですけれども、とにかくサイレンが鳴ったらすぐに帰るということで、私たちは4月に入学しまして、5月、6月のはじめぐらいまでは学校に辿り着いて勉強をして帰ることもまあまああったのです。しかし6月の末ぐらいになった頃からは、朝からサイレンが鳴ることが多くなりました。私は大浦から徒歩で西山まで通っていましたので、だいたい思案橋あたりまで来るとサイレンが鳴るのです。もうあの辺りに近くなったら「もうそろそろサイレンが鳴るころね」とKちゃんと話しながら行くと、登校途中でもやっぱりサイレンが鳴ってまた引き返すと、そういうことの繰り返しでなかなか学校までは辿り着けない日も多くなってまいりました。そういう中でも、新しく出来たお友達の家に行って遊んだりした思い出もたくさんありました。

私の場合、原爆に遭う前に、本当にこれで命、一巻の終わりだという恐ろしい思いを2回だけいたしました。1回目は諫早の家でですけど、そこはいま運動公園がありますね。高総体の開会式や陸上競技が行われるところですが、その運動公園の裏手の山の中腹にありました。そこの家で突然空襲警報が鳴ったのです。12歳になったばかりの私は3歳の妹をおんぶして、山の中に掘ってある防空壕へと急いだのですが、間に合いませんでした。突然、敵の戦闘機グラマンがビュウーと急降下して目の前に現れたのです。本当に10メーターもないくらいで、操縦している若い白人の兵士の顔が大きく見えて、大きな眼をして私たちを見たのです。私ももうこれでお終いだと思いました。そういう風に急降下してきたら、機関銃でドドドッと機銃掃射を受けて殺されるのがオチだったものですから。ああ私もこれで終わりかと思って、でもこの野郎と思って睨みつけました。飛行機の兵士を!! 私も当時は「撃ちてし止まむ」の軍国少女だったのです。そうしたら突然、そのまま急上昇して去っていきました。たぶん、あの兵隊さんは2人の女の子を見逃してくれたのだったなあと思います。

もう1回は8月1日、原爆が落とされるちょっと前です。その日も長崎は激しい空襲を受けました。私は海星学園と活水学院の間の石垣か崖みたいなところに掘られた横穴防空壕に逃げ込んでいました。と、空から爆弾が落ちてくるのです。シュルシュル〜〜〜と空気を切って落ちてくるのです。爆弾がシュルシュル音がしている間は、生きた心地はしません。どこでドカーンと破裂するか。もし直撃弾を食らったらそれで一巻の終わりなのですから。シュルシュル〜〜〜の間はね。皆、どうしていると思いますか? 大きな声でお祈りをしているのですよ。「ナンマイダ〜」「ナムミョウホウレンゲキョウ〜」「ジイチャン、バーチャン助けて、オカーサーン」。もうそれぞれ大きな声でお祈りをしていました。そして、ドカーンと炸裂した時に「アー生きとった、当たらなかった」と……。私たちがいたところから10メートルもないくらいで、もう少しで直撃弾を受けるところだったのですが、危うく助かりました。そういう恐ろしい経験もありました。

8月9日は、あの日は警報が解除になって何となくのんびりしていた時間だったと思います。私はその下宿先のKちゃんと2人で家にいたのですが、突然ピカッ！と稲妻が何百何千と一緒に光ったかと思うほどすごい光がひかりまして、私の感覚では白よりももうちょっと黄色みを帯びた強い光で、瞬間、親指で耳を塞ぎ他の4本の指で目を覆って伏せました。そういう風にするようにずっと何時も何時も訓練されていたのです。それで伏せたのですが、その後のことはわかりません。よく原爆のことをピカドンと言いますが、私はピカは知っているけどドンは覚えがないのです。というのは、いろんなものが吹き飛ばされてきて、私はそれらの下敷きになってそこで気絶してしまったわけです。暫くして、なにかすごく温かいものを両手両腕に感じて、「何だろう？ この温かいものは？」と夢を見ているような気持ちでした。だんだん目が覚めてきて気が付くと、頭に2か所ガラスが刺さっていました。そこから血が噴き出していて、それで温かかったのです。今も大きな傷がありますが、髪で隠しています。そして、同級生のKちゃんは私に被さっているものをワーワー泣きながらとり除いてくれていましたので、私は這い出して救護所に走りました。救護所は石橋を渡った向こう側、相生町のレンガ造りの倉庫でした。そこで赤チンを塗って包帯を巻いてもらいましたが、私より一足先に一人の男の方が運び込まれていました。火の見櫓に登って見張りをしておられて、爆風で吹き落されて即死だったのです。すごいショックでした。

その方は、私が見た原爆によって亡くなられた初めての方でした。とにかくあの時長崎にいた人は、原爆が落ちたとき、最初、皆自分の近くに爆弾が落ちたのだと思ったのです。でも、いつもと様子が違ってどこに落ちたか分からないのです。見渡す限りどこまでも家が壊れて吹き飛ばされている。いったい何が起きたのだろう？広島に新型爆弾が落ちたことは、うすうすながら情報があったところもあるのですが、私たちは何も知らされてはいませんでした。だから、何が起こったのかわかりませんでした。そうこうするうちに、いろんな物が降ってきました。燃えているものや、燃えカス等いろんな物が降ってきて、あーこれは大火事が起きているのだな、とはわかりました。その日は大浦川のほとりで野宿をしました。家の中はとにかくガラスが針山のように何もかもに突き刺さって、家には入れない状態でした。壁、畳、家具、机、床、どこもかしこもガラスで針山のようで、建具も家具も倒れて足の踏み場も無いありさまでした。どこの家も同じでした。私は母が諫早にいましたので、明日になったら汽車に乗って帰ろうとそればかり考えて一晩過ごしました。

翌朝になって出発するのですが、罹災証明書を貰って（それがないと汽車に乗せてもらえない）出かけました。その時は、学徒動員されていたKちゃんのお姉さんのRさんも一緒でした。私たちの服装は、足は素足に下駄をはいて、モンペ（和装のズボン）、長袖のシャツを着て、防空頭巾（綿入れの帽子）を持ってビショビショに濡らしたタオルを持って出かけました。3人とも同じ服装で、後で考えるとこの濡れたタオルは生死を分けた鍵だったと思えます。石橋から活水の下を通って市民病院のところから出島に出ました。すると、大浦のほうよりもずっと家の壊れ方がひどいのです。どんどんひどくなっていくとは感じながらも、引き返すことは考えませんでした。大波止に来て本当にびっくりしました。右手の県庁と県警本部の建物のどの窓からも、ものすごい勢いで炎が噴き出していました。大火事の真っ最中だったのです。8月10日の午前中のことです。でも長崎駅に行くという意志は変わりませんでした。向こうの方から避難してくる方がたくさんおられたのですが、本当にボロボロの姿で、今になって思えば、ちょっと聞いてみればよかったのにと思いますが、皆黙々と歩いているのです。怪我や火傷を負った方など、ふらふらの姿で向こうからも来る、こちらからも行くという風でしたが、長崎駅に行ったらもう全壊です。それに一部は燃えていたと思いました。それから駅前の右の方、中町天主堂あたりも全壊全焼……。これは大変だと思いました。とても汽車に乗れるような状態ではないことは明白でした。

じゃあ、浦上駅に行ってみようと思いました。本当に情報が無いということは恐ろしいことです。もっと行けば行くほど酷くなるところに、私たちは足を突っ込んでいったわけです。八千代町は左手に大きなガスタンクがありました。「爆発するぞ！」と誰かが言ったのです。それは大変だと思って急ぎ足で行った覚えがあります。そこらあたりから先は焼けて死んでいる方の死骸がごろごろと転がっているような状態になってきました。私の兄（当時中学3年生）の働いていたところもこのあたりと聞いていたので、そのあたりは死骸でいっぱいでしたので、とても心配しながら通過しました。道路は建物が全部吹き飛んでいますから、狭い所をかき分けて行くような状態です。浦上駅に行ったら、駅はなくホームがあるだけでした。そこの死骸は真っ黒焦げで転がって居られて、電車は何台も見ましたが、枠だけが残って中には黒焦げのお客様が座っておられました。そしてたくさん見たのは、馬の死骸です。その頃は燃料が無く、荷物を運ぶのは馬車が多かったのです。荷車を付けたままで馬もたくさん死んで黒焦げになっていました。見渡す限り全壊全焼ですから、見えるのは浦上駅の裏、いま原爆病院とかありますが、あそこは三菱の工場があったところで、屋根も壁も吹き飛んで鉄骨がくねくねと痛々しく聳えている状態で、右手は以前は道路からは見えなかった医大の附属病院がみえるぐらいでした（中は燃えていた）。進むにつれてどんどんひどくなっていくのです。でももう引き返すことはできません。棒切れに躓いたかと思ったら、先に体が付いている。人の足だったり、そんな悲惨な状態だったのですが、全然怖くも何ともないのです。あんなに怖い所に行ったらたぶん頭が麻痺してしまうのだろうと思います。

浜口町に来ました。私の一番仲の良かった深堀さんが住んでいたところでした。彼女とはいつもいつも一緒に遊んでいました。この悲惨な状況ではとても無事ではないだろうと思いましたが、やはり、ご一家全員爆死されていました。松山町に行きました。いま「原爆落下中心地」の塔が建っていますが原爆が投下されて何もかも四方八方になぎ倒されましたが、あの位置には黒焦げの電柱が真っ直ぐに立っていたと聞きました。だからここが中心地と決められたそうです。いま、爆心地公園がありますが、あそこは向こう側に「下の川」が流れています。川べりには民家が何軒も何軒もあったのです。その中の方が貯蔵しておられた物と思いますが、南瓜がたくさんはじけて鮮やかな黄色が真っ黒な中に見えました。爆心からわずか30～50メートルぐらいですから、きっと何もかも焼きつくした後ではじけたのかもしれません。南瓜は大切な食糧でした。「あれを貰っても良いかな」と、ふと思いました。持ち主は全部亡くなられているのは一目瞭然でしたから。でも道路から30メートルくらい離れていたし、燃えた上を歩いていくのも大変なので諦めました。「下の川」の川縁に碑があります。それによると「下の川地区は300世帯、1860名の方が暮らしておられたけれども、助かったのは9歳の少女がたった1名だった」と書いてありました。それほど、あのあたりは皆殺しに遭ったのです。あのあたりの死骸は体の芯まで燃えておられたのです。無数の死体が折り重なっていましたが、その中で私が悲鳴を上げてしまったのは、お母さんが赤ちゃんをしっかりと抱きしめて炭になっておられるのを、すぐそばで見たのです。たぶん、ピカッと来たときに、お母さんは赤ちゃんを護ろうと必死に抱きしめられたのでしょう。そしてあの業火の中、炭になってしまわれた。あの光景は決して絶対に忘れることは出来ません。また、たくさんの黒焦げの死体のお腹から赤い内臓が飛び出して、あまりにも悲惨な有様もはっきりとフラッシュバックしてくるのです。それでも、怖さとかは全く感じませんでした。大橋の近くに来たとき、友達のお兄さんに会いました。「A子ちゃんは?」と聞くと、「自分は家の床下防空壕にA子と弟と3人で入っていた。家が倒れてきたので自分がやっと這い出し、弟を引き出した。その時は火が迫ってきて、A子の『助けて!』の声にもどうすることも出来なくて、逃げてきました」と。

大橋に来ました。でも橋は渡れませんでした。たぶん壊れていたのでしょう。20～30メートル下って国鉄（現在JR）の鉄橋を這って渡りました。でも私は橋の下は見ませんでした。水を求めて川に入り、折り重なる死体の山となり、ものすごいうめき声が響いてきたということでした。どんなに苦しまれたことでしょう。私は死体の山にも、うめき声にも気づかずに川を渡ってしまいました。あの時、川の中にはまだ生きておられる方もたくさんおられたでしょう。川の中からどんな思いで橋を渡っていく私たちを見ておられたかと思うと、今でも申し訳なくて、いたたまれない思いです。鉄橋を渡ったすぐのところで、婦人会の方が、四斗樽という大きな樽にお結びを一杯詰めて、お結びとたくあんを2切れ、逃げていく人たち皆に配ってくださったのです。お米のご飯を食べたことは本当に久しぶりでしたし、昨日から何も食べないでこのすごく燃えている地獄の中を歩いて来ていて、とってもおいしかったです。元気をいっぱい頂きました。

ちょっと話が外れますけども、私の兄が中学3年生だったのですが、中町天主堂の前あたりを学校のリヤカーを引いて浦上の方に向って歩いていて、落下傘に原爆がぶら下がっているのを見つけて「あれは何だ?」と友達と話していたら、ピカッと光ったので、溝の中に飛び込んだのです【編集部注:実際に落下傘にぶら下がっていたのは、原子爆弾ではなく観測用のラジオゾンデである】。そして顔を上げたら、今まであった町が全然なくなっていたそうです。「なーんもなかとさ」と彼はそう表現しました。そして、彼と兄弟で本当にすぐ近くに住んでいたのですが、原爆の話はまったくしたことがありませんでした。彼は7年前に原爆が落ちてちょうど50年後にがんで亡くなったのですが、その亡くなる数か月前から、小さい頃からのいろんなことを毎日兄と話すのを日課にしました。「原爆の時私ね、お結びとたくあん2切れを貰ったとよ」と言いますと、「おいもそこでもろうた。あいはうまかった」と言いました。私はあの大橋のたもとでお結びを貰った人と50年ぶりにはじめて会いました。それが兄だったのです。それほど家族の中でも、原爆の話はいたしませんでした。

そこから線路をずっと歩いていきましたが、線路にも這い上がってきて亡くなられた方がたくさんおられました。それから六地蔵の横を通って道の尾駅の手前から左に入ってそこに竹藪があって美味しい井戸水があったのです。そのお水を腹一杯飲ませていただいて顔を洗って「あー生きてた」と思いました。そして、道の尾駅の駅前の大きな樹の下に倒れこんで、夜中になって避難列車に乗せていただきました。ぎゅうぎゅう詰めでした。真っ暗な中を汽車は走って行きました。灯りをつけたら敵の飛行機から狙われるからです。真暗な中で亡くなって逝かれる方もおられました。

諫早駅に着きました。ホームはまた怪我人で一杯でした。私たちは母のいる運動公園の裏のところに朝方着きました。家の中に兄がいたので本当に嬉しかったです。でも私は敗戦の日まで数日間は家の中で休むことは出来ませんでした。山の中に掘った穴の中で過ごしました。私たちがいたところは病院の中でしたので、たくさんの怪我人が運び込まれてこられました。着ているものもボロボロで畳のうえにそのまま寝かされていましたし、病院と言っても、お薬もほとんどないような状態でした。今度は怪我をした方を探しに見える方がたくさんおられました。自分の家族がどこかに生きているのではないかと思って、一人一人顔を覗き込んでいかれるのです。でも滅多に見つけ出される方はありません。「どこにもいなかったね。次を探そう」と暑い中を肩を落としていかれました。でも、中には探し出された方もあったのです。「生きとったね」とものすごく喜ばれました。

ひとりのお父さんのことを思い出します。その方はお嬢さんが五島から長崎の女学校に来ていらしたのですが、怪我をして私たちがいるところの病院に運び込まれておられたのです。生きておられたので、とっても喜ばれました。「良かったなー」と。でも薬も無ければ、それ以上に食べる物が無いのです。普通に暮らしている人たちも自分たちが食べる物をなかなか見つけ出すことが出来ない状態でしたから。そのお父様は「ちょっと家に帰って食べ物をとってきます」とおっしゃって、五島に帰られました。その頃は船も夜しか走れなかったのです（飛行機から狙われるから）。数日経ってたくさんの食糧を詰めたリュックを背負って戻ってこられましたが、お嬢さんはそれを待っていたかのように亡くなられました。お父さんはお嬢さんを自分の手で荼毘に付されて、遺骨を抱いて帰られました。カトリックの信者さんで「娘はマリア様の許に行ってしまいました。だから自分は悲しくはないのです」と言われました。今でも私の心に残っています。

毎日暑い日が続きましたが、今のようにエアコンどころか、扇風機も網戸もなく風が入るように窓を開けていますので、畳の上に寝かされている患者さんの傷には蠅が一杯たかって卵を産みつけるので、生きた体の傷には蛆虫が湧いて、傷からも耳からも出るのです。そういう蛆虫を割箸で取ってあげること、それと団扇で煽いであげることぐらいしか、怪我をした方にしてあげることはなにもありませんでした。そうして、今日は5人、次の日は6人と亡くなって逝かれる方を、夕方になったら、用務員さんがリヤカーに積みあげてどこかに運んでいかれました。どこかに埋められたと聞いています。だから、名前も何も分からないままで、埋められた方がたくさんおられたのです。原爆の場合は、全然無傷で元気で家族の介抱をしていた方が、ある日突然に髪が抜け落ちてすごい下痢をしたりして亡くなられる方が次々とおられたのです。だから、無傷でもいつ自分に原爆症が発症するか分かりませんでした。

8月15日正午、終戦の詔勅が下されました。天皇陛下のお声が流されたとき、大人は、日本は負けるはずがないとずっと思い続けて来た人が多かったので、いろいろ言っていましたが、私は嬉しくて嬉しくてたまりませんでした。ヤッター!!と思いました。今日から家の中で暮らせると思いました。畳の上で眠ることが出来る。夜になったら電灯を点けてもいいのだと思って、すごく嬉しかったのです。その頃は灯火管制と言って家の中で暗い電灯を点けて、笠の周りに暗幕を長く下して、下の丸い灯りの中で皆で本を読んだりしていたのです。だから夜になって灯りを点けても怒られないのだと思ったら、とっても嬉しかったです。サイレンが鳴ることもないのだ。空襲で逃げ回ることもないのだ。なんと素晴らしいことだ、と思いました。でも、皆さん方、それを聞いて「なあんだ、みんな当たり前のことじゃないのか」と思われることでしょう。その当たり前のことが平和なのだと思うのです。そしてそんな平和が来ることを待ち望みながら、それが果たせなく亡くなってしまわれた方がたくさんおられたのです。その方々の無念の思いを忘れてはいけないと思います。そのようにして私たちはやっと平和を取り戻せたのですから。

10月の末ぐらいになって学校が始まると通知が来たのです。とっても嬉しかったです。ああ皆に会える。元気だと良いなあと思いました。私は諫早から汽車通学することになりました。道の尾駅を過ぎたころから長崎までは一面の焼け野が原です。残っているのは工場の鉄骨、くねくねと曲がっていました。それとわずかに残った鉄筋の建物（内側は焼けている）等でした。学校に行ってみましたら、無事で良かったねと喜び合う反面、何人も何人も友達が来ていないのです。私たちのクラスでは7名爆死されました。学校全体では300名近い方が亡くなられました。特に大橋の兵器工場で働いておられた上級生の方々がたくさん被害に遭われました。私たちは中庭に集められて出欠を取られました。誰々は亡くなられたそうです。誰さんはご一家全滅だそうです。誰々は怪我をしてどこへ行ったとか、あるいは一人ぼっちになって遠い親戚に行ったとか。そういう情報を届けて名簿が作られたのです。そのようにして学校が始まりました。まず私たちは運動場の掃除をしました。初めに何を拾ったと思いますか？ 運動場ではたくさんの方が死体を焼かれたのです。だから、運動場中に人間のご遺骨が一杯散らばっていました。それをずっと拾い集めました。そして、あるクラスでは毎日空き缶を持って学校に来る生徒がいて、それを机の上に置いて勉強をしていたそうです。先生があるとき、「お前毎日何を持ってきているのか？」と蓋を取ってみられたら、ご家族のご遺骨を入れて毎日学校に持ってきておられたそうです。元気に出てきた生徒もたくさんいましたが、顔に大きなケロイドの傷跡がある方も何人もおられました。本当にどんなに後から苦労されたことだろうと思います。

今まで60年余、日本では戦争はありませんが、世界中を見渡すと絶え間なく戦争やテロが止むことなく続けられています。私たち被爆地に住む者として戦争の恐ろしさ虚しさを伝え続けていくことは、人類に対する責務だと思います。長崎県の高校生を中心として、核廃絶を訴える署名活動を各地に広げて行動されていることは素晴らしいことだと思います。これからの21世紀を担っていかれる若い皆様方の、平和を希求するより一層の頑張りを期待致します。ご静聴、ありがとうございました。

―韓国人被爆者の被爆体験記―

原爆被害者、林盛助の歩んできた道

[証言者] 林　盛助（イム・ソンジョ）
[生年月日] 1940年2月26日生まれ（日本での届出）、1939年5月30日生まれ（韓国での届出）[編集部注：昔、韓国では新生児の死亡率が高かったので、遅れて出生届をするケースが多かった]
[被爆当時] 6歳（日本の年齢で。韓国では数え年のため7歳）、爆心地から約1・4キロで被爆。
[出生地] 広島市楠木町1丁目707
[執筆時期] 2019年8月（林さんが自筆で被爆体験を記す）
[まとめ・文責] 橋場紀子
[翻訳] 鄭　美香

現在、私は慶尚南道陜川郡の原爆被害者福祉会館で暮らしています。1940年2月26日、日本の広島で生まれました。決して裕福な家庭ではありませんでしたが、勤勉な両親のおかげで平凡な家庭環境の中、6

人きょうだいの5番目・四男として生まれ、愛に包まれながら育ちました。

私の被爆体験は、ペンで書かせて頂きます。原爆被害により喉頭がんを患ってしまいました。手術を受け、声帯を失ってしまったため、筆談で対応させていただきます。

当時、一番目の兄（林盛芳）は高校卒業後に海軍に入隊し、二番目の兄（林盛文）は高校2年生、三番目の兄（林盛根）は中学5年生、姉（林ヨンファ）は小学3年生でした。

8月6日、広島で

1945年8月6日は、朝から空襲警報が鳴り響き（当時は空襲警報がよく鳴っていました）、いつもと変わらず避難訓練がある日だと思いましたが、その日は何故かいつもより長い間警報が鳴り、幼な心にも怖くて不安に駆られたことを覚えています。当時、母は弟（林盛圭）と甥（林載和）を連れて、家から1キロ離れた母の実家を訪れており、父は近所の木材所で所長として働いていたそうです。父はお酒が大好きで、幼い頃の私は毎日のように酔った父を迎えに行った覚えがあります。

当日、私は三番目の兄に泣いてしがみつき、兄を学校に行かせませんでした。朝8時頃、耳の鼓膜が破れるような「ズドン」というひどい音とともに瞬間的に気を失いました。20分ほど経ったでしょうか。私は我に返りましたが、周りは真っ暗で、どこがどこなのかを見分けることができませんでした。兄と私は崩れた家の下敷きになり、まったく身動きがとれず、私は頭から出血。兄も肩に大ケガをして動けませんでした。我が家は道路側にあったため、もしかすると父が来るのではないかと、大声で父を呼びました。

「助けて」と大声で叫んでいると、ちょうど父が帰ってきて、私たちを助けてくれました。父は、私の出血したところを服の切れ端で巻き、おぶってから走り始めました。地面は熱く、裸足では歩けませんでした。

父の勤め先に向かう途中、3分間ほど、急な雨が降ったため、途中雨宿りをしてから木材所に到着しました。父は、職場のリヤカーを持ち出し、私たちをそこに乗せました。

広島の周りには大きい川がありましたが、被害を受けた人々があちらこちらで「助けて」とわめきながら、リヤカーにしがみつきました。数人を川まで連れて行き、ケガしたところを洗いましたが、川は血の色の水でいっぱいでした。その後、再び父は私たちを連れて長い間移動し、田舎の小さな病院に着きました。今考えると保健所ではないかと思います。そこは、すでに大勢の人で埋まっていて、しばらくしてわずかな治療のみを受けました。

林さんの自宅があった楠木町１丁目付近（撮影：米国戦略爆撃調査団、提供：米国国立公文書館）

帰ってこなかった兄

治療後、家に帰る途中で弟、甥をリヤカーに乗せて家に帰ってくる母と会い、母の実家へと向かいました。

当時、私は数えで7歳、三番目の兄が通っていた学校は楠木町の三篠国民学校（今の広島・三篠小学校）でした。学校で警報訓練をするのを見て私も学校の運動場へ遊びに行き、その隅に掘って作った洞窟（防空壕）へ避難する訓練をしました。8月6日の朝7時頃に二番目の兄（林盛文／高校2年生）は自転車で登校しましたが、行方不明になりました。姉（林ヨンファ／小学3年生）は我が家から4キロ離れた叔父の家から学校に通っていましたが、あの日から姉も行方不明になりました。そうして目まぐるしく一週間ほど経った頃でしょうか、行方不明になった姉が母の実家に帰ってきて、ようやく落ちつきました。

二番目の兄は帰ってこなかったので、両親と共に兄の高校へ何度も足を運びながら、あちこち探しに行きましたが、結局見つからず諦めるしかありませんでした。兄がもう死んでしまったと思い、その悲しみを言葉では表現できませんでした。一番目の兄は、軍隊から出てきて家族を探すために、母の実家に来ました。一番上の兄も、二番目の兄を隅々まで探しましたが、遺体も見つからず結局、二番目の兄を探すことを諦めるしかありませんでした。その後、家族会議で父は韓国へ帰る事を決心しましたが、一番上の兄は「二番目の兄が生きて帰って来るかもしれない」と、帰国するのを拒み、家を出ていきました。当時、兄は韓国の陝川郡（ハプチョン・慶尚北道にある地域、植民地下で広島移住者が多かったため被爆者が多い）から渡日した女性と結婚して子供も生まれていました。

家族が分かれて帰国

結局、父の決断で日本には両親と私、そして弟だけがしばらく残ることにして、三番目の兄と姉、義姉と甥たちは先に帰国することになりました。当時、下関では韓国（朝鮮半島）へ帰る被災者を募集していて、日にちを決めてから船が出るようでした。義姉がみんなを引率し、釜山に着いてから義姉の実家がある陝川へ帰りました。日本に残った私たちは帰国を拒む長兄のせいでどこにも行けませんでした。兄は父に「私たちは日本人です。『林』の本国（祖国）は日本なのです。韓国には帰れません」と言いながら怒り、両親と言い争いになりました。その後、兄は家出をし、消息を絶ちました。姿を消した兄を残して、私たちは１９４５年11月末頃に下関へ向かいました。韓国（朝鮮半島）へ帰る人を募集し、船が満員になるまで待ってから出航し、翌12月末頃に釜山に着きました。釜山に着いてから換金する過程で父は詐欺に遭ってしまい、持ち金をすべて失ったため、物乞いのような暮らしをしました。持っているものを全て売り、とても苦労しながら暮らしました。ようやく釜山から陝川へ向かう車を見つけて、それに乗って陝川へ行きました。陝川にある母の妹の家で二晩過ごしてから、父の実家へ帰りました。

解放後の暮らし～貧困と戦争に苦しむ

ここで昔に遡って、祖父について話します。慶尚南道陝川郡大幷面長端里７５１番地で暮らしていた祖父（林鍾大）は、我が国や地元でも名高い大工でした。一人息子として育った父は、晋陽（ジンヤン、韓国南部の町）の柳家で生まれた母と結婚して私たちきょうだいを生みました。正確な年度はわかりませんが、父は早く結婚し渡日したそうです。日本で学び、稼ぎたいという理由から日本へ渡りましたが、その際に祖父の面倒を見てくれる条件で家と田畑を従兄に任せました。しかし、日本から帰って来た時には家も田畑も返してもらえず争いがありました。結局は返してもらえ、何とか暮らせるようになりました。両親は原爆被害で体が丈夫ではなかったため、農業の仕事ができず、再び他人に田畑を任せるしかありませんでした。そのため、私たちの暮らしは貧しく、三番目の兄と姉も小学校へ行けず、兄は学校の給仕（用務員）として、姉は校長宅で女中として働きました。翌年に私は三山小学校に入りましたが、小学4年生の時（1950年6月25日）に北朝鮮の共産党が韓国を侵略し、多くの人々を殺傷しました［編集部注：朝鮮戦争が勃発した］。我が町にも左派共産主義者が活動しており、北朝鮮の傀儡集団と一緒に罪なき村人をたくさん殺して、大勢の人が被害を受けました。戦争勃発後の9月頃、北の人民軍が後退し、わが村は静かになりました。

ある日、弟（林盛圭）と甥（林載和）が親戚の家で遊んでから帰ってくる道で、小銃の実弾とソ連製手りゅう弾を拾い、家に持ち帰ってきました。使い方がわからず、父に渡して使い方を教えてほしいと言いましたが、私たちがいるところで父が手りゅう弾に間違えて触ってしまい、爆発する事故が起きました。父は体に傷を負って左手首を失い、弟は胸に大ケガをして危篤状態となりました。私は背中に傷を負い、右足を骨折しました。当時の田舎には病院もなく、車もありませんでした。幸い、隣町に住む軍医出身の朴さんに急いで来てもらい、応急治療を受けました。何カ月も苦労しました。弟は何日も治療してもらいましたが、結局亡くなってしまいました。原爆被害を受けた父は、まともな治療も受けられず、私が中学1年生の時に52歳という短い生涯を閉じました。

いつの間にか時間が経ち、兄と私は農業の仕事をしながら家計を支えるようになりました。兄が徴兵され、姉も嫁入りしてからは母と二人で暮らすようになりました。被爆した母は胃腸の調子が悪く、消化できないのでろくに食事ができませんでした。また、義姉と母との仲が悪く会うたびに喧嘩していて、到底同居できないと、義姉は甥を連れて釜山へ引っ越しました。体調が悪い母は農業の仕事ができなかったため、義姉を再び呼び戻して一緒に農業の仕事をしました。その後、母の病気がひどくなり、馬山（マサン・韓国南部の町）に住んでいる叔父が母を治そうと、馬山に部屋を借りてくれ、私は母と一緒に治療に専念しました。馬山の病院で治療を受けて検査した結果、原爆被害による大腸がんと宣告されました。しかし、お金もなく治療を受けられず58歳の時に、母はこの世を去りました。

母が亡くなってから私は孤児となり、再び陜川に帰って一人暮らしを始めました。その後、結婚した姉から農業の仕事を手伝ってほしいと言われ、姉の家で約3年間暮らし、徴兵の通知があったため入隊しました。当時21歳の私は、その頃から喉に違和感があり入隊中に何度も入院しました。声帯音がおかしくなり、薬物治療を受けて除隊しました。除隊後、陜川へ帰りましたが、義姉から三番目の兄が馬山で働いているから、馬山へ行けと言われたので、仕方なく米2升（約3・6リットル）を持って馬山へ向かいました。兄に働く所を頼み、ようやく働けるようになりましたが、喉が痛くてまともに仕事ができませんでした。しかし、私の名前を見て日本人だと思った社長は大目に見てくれ、職場では何の支障もありませんでした。休日は結婚した三番目の兄の家をよく訪ねましたが、兄の向かい側に住んでいる班長の家にまだ結婚していない金ヨンザという女性がいました。兄の嫁が私たちを会わせ

林さんの自宅近くにあった三篠小学校で戦後、撮影（当時は国民学校）

てくれましたが、話してみたら彼女も日本の名古屋出身でした。私は広島出身ですと言うと、彼女は驚き、不思議にも縁あって見合いした年の12月25日に結婚式を挙げました。その後、2男1女の子宝にも恵まれました。

喉頭がんが見つかる

ある日、同僚から釜山は生活しやすいと聞き、1980年に釜山へ引っ越し、個人タクシー会社の運転手として働くようになりました。平凡な生活を送っていた頃、ある時から声がおかしくなり、喉も少しずつ痛くなりました。入隊中に服用した薬を飲みましたが、まったく効きませんでした。私は薬を飲めば良くなるだろうと安易に考え、釜山の衛生病院で検診を受けましたが、大きい病院での診察を勧められました。それで釜山の高神大学病院耳鼻咽喉科の李グァンデ教授に見てもらった結果、喉頭がんという診断を受けました。まだ初期段階だから放射線治療で完治できると言われ、入院して3か月間放射線治療を受けました。退院後は家計のために、再びタクシードライバーとして働きましたが、1988年に再発し治療を受け、2002年にまた入院しました。病院の先生からレーザー手術を勧められ、2004年10月20日に入院して8日後に手術を受け、翌年の6月20日に退院しました。その後、家で療養していましたが、なかなか眠れずまた喉に違和感があって再び検診を受けた結果、喉頭がんステージ3と告げられました。手術費用が約2千万ウォン（当時のレートで日本円で約190万円）だと聞いた私は「今までのレーザー手術や入院費用まで3千万ウォン（日本円で約280万円）も使ったのに、今度は切開手術をしなさいとはあまりにもひどい話」だと、病院の先生に怒鳴り、退院しました。その後、死んでもあの大学病院には行くまいと思い、家に帰ってきました。

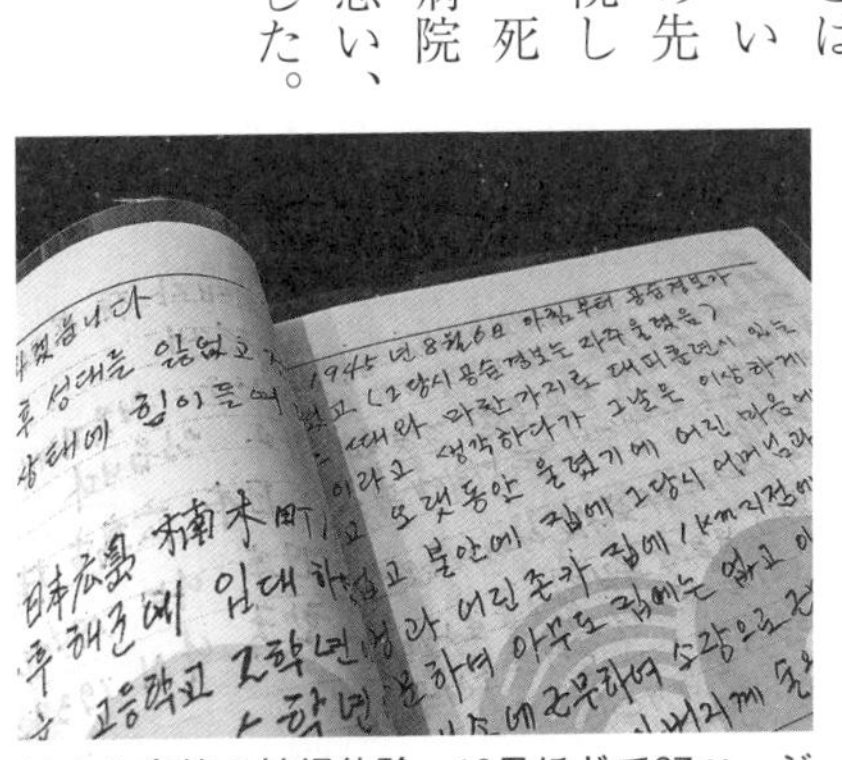

林さん自筆の被爆体験。10日ほどで37ページを書き上げた。

長崎とのつながり～渡日治療へ

　その時、韓国原爆被害者協会釜山支部のことが浮かび、釜山支部に電話しました。当時、釜山支部の副支部長の姜正守（カンジョンス）さん（『証言２０１８』に被爆体験を掲載）が、釜山の原爆被害者に声を掛けて何度も日本の長崎にある友愛病院に連れて行くという噂を聞いたからです。副支部長の姜さんに直接会い、私の事情を説明しました。その後、姜さんが鄭ビョンソクさんと私以外に3名を連れて釜山港を出発し、長崎の友愛病院に入院することになりました。残念ながら友愛病院には耳鼻咽喉科がなかったため、外来で長崎大学病院の検査を受けました。その病院からも喉頭がんステージ3なので早く手術しなければ、命が危ないと言われましたが、すぐ手術は受けられず友愛病院に戻ってきました。２００６年2月14日に友愛病院から退院しましたが、その時、長崎市役所の（原爆被爆対策部）援護課から韓国の赤十字社（特殊福祉事業所）に、私の渡日治療がすでに申し込まれたという連絡をもらいました。２００６年2月25日に渡日治療申請書が自宅に届き、日本に出発しました［編集部注：韓国・釜山と福岡は高速船（ジェットフォイル）で約3時間。福岡・長崎間は高速バス、あるいはＪＲ特急で約2時間なので、朝自宅を出ると午後には長崎に到着できる。このため、林さんも一度帰国して、渡日治療として再来日したと考えられる］。27日に長崎市役所の援護課に申告して直ちに長崎大学病院に入院しました。

　また、長崎市役所の援護課長が釜山にいる妻を日本に呼んでくれ、２００６年3月1日に長崎大学病院に着きました。翌日の夜7時頃に病院の会議室に呼ばれた私たちは、中田先生より喉の手術に関して話してもらいました。危険な手術であるため、万が一私が亡くなっても医師には責任がないとの同意書にサインしてから、手術の内容を絵を描きながら教えてもらいました。中田先生から説明を聞いてから、8時に手術室へ入り、

林さんと姜正守さん（2020年１月に100歳で死去）

8時間にわたる手術を受けました。手術は大成功したそうです。しかし、その後から私はもう話せない障がい者として残りの人生を生きていかなければならないという不安から、うつ病と不眠症に悩まされ、睡眠剤を飲み始めました。4月2日に退院し、釜山の家へ帰ってきましたが、とてもつらい状況でした。

声を失った日々

しかし、気を取り直したころ、ちょうど父の法事があって甥（林載和）の家に親戚が集まりました。その時、韓国原爆被害者協会陜川支部の理事である甥から、陜川原爆被害者福祉会館への入居を勧められました。甥と一緒に福祉会館を見学しましたが、それまで、陜川に原爆被害者の福祉施設があることを知りませんでした。釜山へ帰ってからすぐソウルの赤十字社に3通の手紙を出しましたが、返信が無く待っていたところ、福祉会館の金課長から入所通知の連絡をもらいました。２００６年6月28日に入所通知が届き、福祉会館で暮らすようになりましたが、喉頭がんの再発や転移が心配になり、年一度は大学病院で検診を受けた方がよいと思いました。

２００７年3月6日に渡日治療のため、長崎大学病院に入院しました。担当医の大津留晶先生に診断書を請求し、長崎市役所に「援護特別手当」（医療特別手当＝原爆症認定）の申請を希望しましたが、日本語が話せず、通訳者にお願いしました。しかし、通訳者は援護特別手当についてあまり知っておらず申請できませんでした。それで、担当医にお願いしましたが、何度も延ばされ、結局申請ができないまま２００７年４月2日に退院しました。その後、約一年間、大邱（テグ）の障がい者センターで「食道発声法」（食道内に取り込んだ空気を逆流させながら、食道の粘膜を声帯の代わりに振動させる発声法）を学びました。また渡日治療の申請を出し、２００８年2月4日にオリオンホテルで一泊し、翌日に長崎大学病院（4階４０１号室）に入院しました。6日に胸や腹のＣＴ撮影をしてもらい、耳鼻咽喉科の検査を受けましたが、痰がたくさん出るのは喉が乾燥しているからだと、気を付けてくださいと中田先生に言われました。がんの転移が心配となり、12日には西諫早病院でＣＴ検査を受けましたが、異常なしと診断され、26日に退院しました。

長崎の支援者・平野伸人さんとの出会い

毎年3月末、長崎平和活動支援センターの平野伸人代表と高校生たち、そして釜山原爆被害者二世の会長が高校生を引率して福祉会館を訪れ被爆者の年寄りを労（いた）わってくれ、一緒に昼食を取ります。

2007年3月末、平野さんが引率した高校生たちが福祉会館に被爆者へプレゼントを渡し、ねぎらいの挨拶をしました。その時、ふと2005年に長崎友愛病院で平野さんに会ったことを思い出しましたが、平野さんは私のことがわからないようでしたから、通訳を務めてくれた柳永秀（福祉会館の入居者）さんに次のことを話してもらうようにお願いしました。「2005年12月、私が友愛病院に入院していた時に夜の7時頃に釜山支部の姜さんのお見舞いに平野さんが来ました。その時、姜さんが平野さんにプレゼントを渡していて、私は高麗人参のエキス2本を平野さんに渡しました。日本語ができなかったため、エキスの瓶に私の名前を書いてあげました。当時は平野さんのことをあまり知らず、姜さんと日本語で話し合っていましたから、何となく長崎で有名な方なのだろうと思いました」と伝えてもらうようにしました。あれから何年後のある日、長崎の高校生たちを連れて福祉会館に平野さんが来て、驚きました。友愛病院で会ったことを思い出し、通訳の柳永秀さんを通じて、平野さんに援護特別手当の件を頼みました。その時に診断書などすべての書類を平野さんが持って帰りました。あれから平野さんと親しい関係が始まりました。それから8月頃、長崎市役所の援護課で勤務している韓国人ソンヨンファさんから、韓国語で特別手当の受付が完了し、受理されたという電話がありました。平野さんのおかげだと感謝の気持ちで胸がいっぱいになりました。［編集部注：平野さんが市役所に状況を問い合わせた段階ですでに、手当交付が決定していたが、林さんは自らを気遣ってくれた恩義をずっと忘れていない］。それから、ソウルの赤十字社特殊事業所から、長崎市役所の援護課で（申請を）受付した日から計算し、遡って手当が通帳に振り込まれたという連絡をもらいました。その知らせを聞いた家族は「これで助かった」と喜び合いました。

その後、また渡日治療を申請し、2008年2月2日に長崎大学病院に入院しました。その時の担当医、宇佐俊郎博士はがんが専門で、何日間にわたり様々な検査やPET-CT撮影をしてもらいました。その結果、異常がないと診断され、3月22日に退院できました。喉頭がんの手術から一年、また一年が経った頃、手術の後遺症で鼻からにおいも嗅げず息もできず、手術した喉の穴から空気が入ってしまったせいか、消化不良で悩まされるようになりました。便秘になり、薬が効かず痔がだんだん悪化しましたが、ある日から血便がたくさん出ました。もしかして大腸がんではないかと、とても心配となり、大邱赤十字社病院に予約し、2008年8月5日に手術を受けました。24日に福祉会館の館長、局長、課長がお見舞いに来てくれ、感謝の気持ちが湧いてきました。治療薬をもらって26日に退院し、生きるか死ぬかという思いで運動を始めました。一日約2時間ずつランニングマシンで室内運動をして、夜にも30分ずつ運動しています。それでも、喉頭がん手術後から睡眠障害に苦しみ、韓国で一番強い睡眠薬2錠を飲んでいます。運動しても眠れないことが一番の心配です。睡眠障害でとても疲れていて、ストレスやうつ病など様々な病気が私を蝕んでいるような気がします。しかし、私のために頑張ってくれた平野さんのことを考えると、長生きしたいと思います。

被爆二世で在外被爆者を支援する平野伸人さんは毎年3月、高校生を引率して林さんが暮らす原爆福祉会館を訪れ、韓国人被爆者との交流を続けている。

在外被爆者の不安と不便

普段は福祉会館で不自由なく暮らしていますが、(原爆症認定の更新のため)3年ごとに大学病院の診断書をもらって長崎市役所に申請しなければならないことが不安に感じます。万が一、喉頭がんが完治したとしたら、特別手当も打ち切られ、一般特別手当(健康管理手当)が支給されるそうです。私の場合は、喉の手術を受けたため、全国の大学病院の耳鼻咽喉科に問い合わせしたところ、世界どこの国でも移植が進んでいるとしても、いまだに喉頭の移植はできないと聞きました。このまま生涯、生きていかなければならないでしょうか。私と同じようながん患者は3年ごとに診断検査を受けて申請するのではなく、「生涯、終身刑（のように出られない＝逃れられない病気を抱えている）であること」を認めてもらえたらと思います。

もし特別手当が打ち切られたら、誰から補償をもらったら良いでしょうか。そして、直ちにお金が支給されなければ家族みんなが暮らしていけません。このことを平野代表と橋場紀子記者に相談しましたが、解決できるよう是非お願いしたいと思います。

日本と韓国のこれから～そして訴えたいこと

アメリカが原爆を落としてから74年が経ちましたが、1965年の日韓協定（日韓基本条約）によって日本側から謝罪の心より数百億ドルをもらった韓国は目覚ましい経済発展を成し遂げることができました。前（朴槿恵）政権では何の問題もなく日本と仲良くしましたが、驚いたことに文（在寅）政権に入ってからは日韓関係がちょっとおかしくなったと思います。文政権を支持する人々が日本政府を批判し、議会内部の混乱を招いています。これから、政権交代すれば日韓関係はとてもよくなると思います。

日韓両国においては、被爆者の補償締結がうまく進んでいると思いますが、私たちが被った原爆被害に対し、日本政府から補償も受けられず先に世を去った方々はとても無念であると思います。被爆されても薬も治療もろくに受けられず亡くなった両親や兄弟がとても可哀そうです。父は原爆被害で全身に火傷を負いましたが、一度も薬をもらったり、病院に行ったりすることができず短命でした。母も大腸がんで帰らぬ人となりました。私も喉頭がんで大手術を受けました。もし原爆の被害がなかったら私の人生、暮らしはまた違う姿ではなかったでしょうか。

原爆がいかに恐ろしいものであるか、被害が二世にまで現れるケースが周りに多くあり、私の子どもたちにも被害のしわ寄せがきています。原爆の被害でどれだけの大勢の人が命を落としたか、また未だに原爆の被害で亡くなっているか、私たちは正確にわかりません。

明確なのは、被害者として今、生きていることであり、全世界のすべての人々に向けて、平和に暮らすためには核は必ずこの世から消えなければならないと訴えたいです。

現在、原爆被害者たちが入居し、平穏で安全な暮らしをしている建物は１９９６年10月18日に開館し、多くの被爆者が暮らしています。過去がどうであったかを気にせず現在、両国が助け合うことを願い、ここで余生を元気に過ごして死を迎えたいと思います。

３０４号の入居者、林盛助（はやし・もりすけ）

陜川の原爆被害者福祉会館には約100名の韓国人被爆者が生活する韓国唯一の原爆ホームである。

군생활을 하는 동안 몇 번이나 입원했습니다. 성대 소리가 이상해져서, 약물치료를 받고 제대했습니다. (결혼 후) 부산으로 이사를 가서, 개인택시회사의 운전사로 일하면서 평범하게 살고 있었는데, 어느 날부터 목소리가 이상해지고 목도 조금씩 아팠습니다. 군생활을 할 때 복용했던 약을 먹었지만 전혀 효과가 없었습니다. 부산의 고신대학교 병원에서 검진을 받은 결과, 후두암이라는 진단을 받았습니다. 방사선 치료를 받았지만, 또 암이 재발하여 고생하다가 피폭자치료를 전문으로 하는 나가사키 대학병원에서 도일치료를 받고 8 시간에 걸친 성대제거 수술을 받았습니다. 수술은 대성공적이었다고 했습니다. 그러나, 그 후부터 저는 더이상 말을 할 수 없는 장애인으로서 남은 인생을 살아가야하는 냉혹한 현실에, 우울증과 불면증에 시달리게 되어 수면제를 먹기 시작했습니다.

미국이 원폭을 투하한지 74 년이 지났습니다. 우리들이 입은 원폭피해에 대해, 일본정부로부터 아무런 보상도 받지 못한채 먼저 세상을 떠난 분들은 많이 억울하다고 생각합니다. 원폭피해를 입었지만, 약도 치료도 제대로 받지 못한채 세상을 떠난 부모님과 형제들이 너무 불쌍합니다. 아버지는 원폭피해로 인해 온몸에 화상을 입었지만, 한 번도 약을 받거나 병원에 가지도 못하고 결국 단명하셨습니다. 어머니또한 대장암으로 돌아가셨습니다. 저또한 후두암으로 큰 수술을 받았습니다. 만약에 원폭의 피해가 없었다면 제 인생과 삶은 또 다른 모습이지 않았을까 생각합니다.

원폭이 얼마나 무서운지, 그 피해가 2 세에게 도 나타나는 경우가 주변에 많이 있어, 제 자식들에게까지 피해가 가고 있습니다. 원폭의 피해로 얼마나 많은 사람들이 죽었는지, 또 아직도 죽어가고 있는지, 우리는 정확히 알 수가 없습니다. 분명한 것은 피해자로서 지금 살아가고 있다는 것이며, 전 세계의 모든 사람들을 향해, 평화롭게 살기위해서는 핵은 이 반드시 이 세상에서 사라져야한다고 호소하고 싶습니다.

히로시마의 버섯구름

1945 년 8 월 6 일, 히로시마에 원자폭탄이 투하되었다. 부상을 입거나 방사선의 영향으로 그 해 연말까지 약 14 만명의 사람들이 사망했다.

한국인 원폭피해자의 체험담

임성조 (林盛助)

[피폭당시] 7 살 (일본나이로 6 살)
히로시마 원폭 폭심지로부터 약 1.4 킬로 떨어진 자택(楠木町 1 丁目)에서 피폭

1945 년 8 월 6 일, 아침부터 공습경보가 울려서, 어느 때와 마찬가지로 대피훈련이 있는 날이라고 생각했습니다만, 그 날은 이상하게도 평소보다 길고 오랫동안 울렸기에 어린 마음에도 무섭고 불안했습니다. 아침 8 시경, 고막이 찢어지는 듯한 '꽝' 하는 엄청난 소리와 함께 순간적으로 기절을 했습니다. 20 분 정도 시간이 지났을 즈음에 정신을 차렸지만 주위가 암흑천지로, 어디가 어디인지를 분간할 수 없었습니다. 셋째 형과 저는 무너진 집에 깔린채 꼼짝도 할 수 없는 상태였는데, 제 머리에서 피가 많이 났습니다. 형도 어깨에 큰 부상을 입어 움직일 수 없었습니다. "사람 살려" 라고 큰 소리로 외치자 마침 집으로 돌아온 아버지께서 우리 형제를 구해주셨습니다. 아버지는 피를 많이 흘리고 있는 저의 상처부위를 대충 옷으로 감아, 등에 업어서 무조건 뛰기 시작했습니다. 땅은 이 뜨거워 맨발로는 걸을 수가 없었습니다.

8 월 6 일의 아침에 둘째 형(임성문, 고등학교 2 학년)은 자전거를 타고 학교에 갔는데, 행방불명이 되었습니다. 형을 찾아 여기저기 수소문하면서 기다려보았지만, 결국 찾지 못하여 포기할 수 밖에 없었습니다. 형이 사망했다는 생각이 들어 그 슬픔은 이루 말할 수가 없었습니다.

우리 가족들은 1945 년 11 월말 즈음에 시모노세키로 가서 배가 출항하기를 기다렸다가 12 월 말경에 부산에 도착했습니다. 도착 후, 환전하는 과정에서 아버지가 사기를 당해버려, 가지고 있던 돈을 다 잃고 거지같은 생활을 했습니다. 가지고 있는 물건을 다 팔고 굉장히 고생하면서 살다가 아버지의 고향인 합천으로 돌아갔습니다. 아버지는 원폭피해로 제대로 된 치료도 받지 못하고 고생하시다가, 제가 중학교 1 학년 때 52 세의 짧은 생을 마감했습니다. 어머니또한 원폭피해로 인해 위장이 좋지 않아, 제대로 소화를 못하셔서 음식을 먹을 수가 없었습니다. 마산의 병원에서 치료를 받고 검진한 결과, 원폭피해로 인한 대장암 선고를 받았습니다. 그러나 돈도 없어 치료를 받지 못한채 58 세의 나이로 어머니는 이 세상을 떠났습니다.

어머니가 돌아가신 후 저는 고아가 되어 다시 합천으로 돌아가 혼자 살았습니다. (입대 후) 당시 21 살 그 때부터 목상태가 별로 안좋아

原爆、私の証言

［証　言　者］　松尾　久夫
［生　年　月　日］　1927（昭和2）年9月10日
［被　爆　当　時］　17歳。三菱長崎兵器製作所大橋工場（爆心地から1・2キロ）にて被爆

初めに、私の生い立ちについて語ります。昭和2年9月10日生、家族は両親、兄2人、姉3人、私、弟2人、二女の子供1人の11人でした。長女は、戦争前に病気で亡くなり、被爆当時は、長崎市上野町442番地（現在の橋口町14－21番地）で家族全員が被爆し、5人が亡くなり、そのうち、母、弟、二女の子供3人は、遺体さえ見つけることが出来ませんでした。父も、五島町のビルの屋上で作業中被爆し、顔と手に火傷を負い、それが悪化して、5年後亡くなりました。

時がたつのも早いもので、原爆投下の悲劇から70年の歳月が流れ、長崎市内を見回しても、一部を除いて原爆の痕跡を見つけることが、不可能になってまいりました。時代が進むにつれ、人々の記憶もうすれ、過去のものになりつつあります。私も高齢になり、忘れてしまったこと、かすかにしか思い出せない記憶もあります。しかし、今でも昨日の出来事のように、はっきりと目に焼きついた光景もたくさんあります。これらを思いおこし、私が原子爆弾の攻撃をうけ、工場から脱出して、被災地のなかを走りながら、辿った道筋で、この目で見たこと、経験した事実を正確に記録し、後世に伝えたいと思い、この文を作成しました。

私が被爆した場所は爆心地から1200メートル、年齢は17歳。

私は、被爆当時、大橋町にあった三菱長崎兵器製作所大橋工場（現在の長崎大学の所）の仕上げ場で、航空魚雷の水平尾翼を動かす部品（横舵機）の製作に当たっていました。

昭和20年（1945年）8月9日、その日は、朝から晴れていました。

朝食を済ませ、母に仕事へ行って来ると声を掛け、せみの声を聴きながら家を出ました。1分程歩いた時、「久夫、今夜は帰って来るのか」と後ろから母の声が聞こえたので振りかえると、母が家の前の道まで出て、笑顔で立っていました。しかし、その夜は防空当番で、工場警備のため泊まる日でしたので、私は「今夜は帰らん」と返事をすると、見る見るうちに母の笑顔がきえ、寂しそうな表情に変わったのです。思えば母が、「姿と会話」を残してくれたのではないかと、その時の情景は、現在でも、私の脳裏から消える事はありません。

後ろ髪を引かれる思いで、見送る母と別れ、山里国民学校前の坂道を下り、途中、右脇の石垣をくりぬいて作られた防空壕の前にいらっしゃった女の人に朝の挨拶を交わし、浦上川に架かった本大橋を渡り工場に向かいました。

工場に着き、朝礼、国旗掲揚、ラジオ体操をすませ、仕事にとりかかりました。昼近くになり、夜食の食券をあつめに来た女の子に食券を渡しながら、隣の中島さん、林さんと4人で雑談をしていた時、突然、フラッシュを焚いたような強烈な閃光と、音が背後からしたので、エアータンクか何かが爆発したのかと振りかえると、窓の外は真っ赤な火の海を見たまでは記憶があり、私は無意識でその場に伏せていたようで、次の瞬間、身体が強烈な風圧で地面に締め付けられ、息が詰まるような感覚で我にかえり、伏せていたことに気がつきました。

静かになったので立ちあがろうと思っていた時、組長さんが、みんな大丈夫かと叫ぶ大きな声に、私も、大丈夫と答えて立ち上がって見ると、廻りの様子が一変していました。屋根は吹き飛び、鉄骨の柱や梁などが折れ曲り、倒壊し、舞い上がった砂塵で霞んだ空に、赤く鈍く光る太陽が見えていました。これはいったい何が起こりこの被害になったのかと、呆然としながら組長さんの所に行くと、他の人達数人も集まり、この被害の状態があまりにも大きく、対策を話し合っていると、誰かが「工場に火でも点いたら大変なことになる、急いで外に出よう」と話し合い、外へ出ることにしました。私は北側の窓から外に出ようと、出かかったのですが、倒れこんだ鉄骨や障害物があまりにも多く、隙間を見つけては、乗り越え、潜ったりしながら、必死の思いで窓にたどりつき、窓を乗り越えて工場の外に出ました。出た所は、道を挟んで、隣は精密工場で右側には外トイレがあり、その先は広場になっていました。この広場には、地面を掘って作った防空壕が数ヶ所あり、また、工員の昼休みの遊び場にもなっていました。かなりの広さの中には、飛び散った多くのがれきが散乱し、さらに広場越しに見える先には、防雷具工場や、鋳物工場のほか、別の工場も破壊されていました。

外に出るまでは、自分が居た工場だけが倒壊したとばかり思っていたのです。これは何が起き、この大きな被害になったのかと理解できず、考えながら家に帰ろうと、工場の敷地内の道を走っていると、けがをして近づいて来る人がいるので、会ってみると、小学校時代の同学年の深堀君でした。背中は火傷し、ズボンの裾はさけて垂れ下がり、足を見ると、ふくらはぎの皮膚が両足とも、すねの方に吹き寄せられ、チリメンの様に縮んでいました。どうしたのかと尋ねると、丁度外にいて背後から光線を受けたと言っていました。こんなけがをして良く歩けるなと思いながら、実家の方も気になるので、家に帰るから元気でな、と声をかけ別れました。その後、彼がどうなったのかはわかりません。

彼と別れ、前の方を見ると、工場の周りを囲んでいたコンクリートで出来た塀が倒れているのが見えたので、其処から工場の外に出ようと走っていると、左側には、木造2階建ての工員食堂が倒れている前を通って、工場と家野町との間の道に出ました。

ここ家野町付近一帯も被害が大きく、すべての民家がなぎ倒されていました。家に帰ろうと国道に向かって走っていると、お爺さんが、自宅と思われる3～4段の石段をもがきながら、這い上がろうとしておられるのを見て、この惨状は、なにが起きたのか理解できませんでした。

その場を離れ国道に出た目の先に、あぜ道があり、その先に長崎本線の線路が見えたので、あぜ道を走っていると、右側の田んぼの先に建っていた家が、激しく燃えていました。

手前の田に立っていた電柱も、北側に倒れ掛かって燃えていました。

今走っているあぜ道の左側の田んぼは、1メートルほど低く、その田には水面から苗が10センチほど伸びた中に、警防団の服を着た人がうつ伏せに倒れていました。鉄道の石垣につくと、手前は小川だったので川におり、水の流れを飛び越え、線路の石垣を這い上り、線路の上に立って市内の方を見ると、西郷橋の踏切付近の多くの枕木から、白い煙のようなものが立ち昇っていました。

市内の方に向かって走りながら、この破壊力は何が爆発したのかと想像しながら走っていた時、運悪く、左足に釘を踏んでしまったのです。その足を見て、初めて、素足で上半身は裸であることに気付きました(その傷があとになって化膿し、良くなってはまた化膿するのを繰り返して大変苦労しました)。途中、枕木から白い煙が出ていた所を確かめると、枕木に塗ってあったコールタールが燻ぶっているだけでした。

踏切で線路を降り、西郷橋(この橋は加工した平たい厚い石を2枚平行に並べて渡しただけで、「どろ橋」と呼ばれていました)を渡りながら先を見ると、ガスタンクが破裂し、北側に潰れていました。これが被害のもとかと思いながら、自宅に向かって川沿いの道(この道は旧道で「三本松」と呼ばれていた)を走っていると、「助けてください、助けてください」と悲痛な声がする方を見ると、ガスタンクの手前に、制服を着た女子中学生が、草むらの中に座って、上半身をゆすりながら助けを求めていました。

しかし、当時の状況では、私にはどうすることも出来ず、すまないと思いながら、その場を後にしました(あとになって、その子の声が耳に残り哀れでなりません)。今、自分がいる道からあの場所まで爆風で飛ばされたのではないかと思いながら、岩屋橋の方に走っている途中(工場まで鉄路の引き込み線道が引いてあった所)まで来た時、橋の先の方から、両手を大きく振りながら、私を呼んでいる男の人がいるので、橋を渡って走り寄り「何か用ですか」と尋ねると、「倒れた家の中から、助けを求めている人がいるので、助け出すから、手伝ってくれ」と頼まれました。中をのぞいて見ると、50歳ほどの女の人が見えました。

そこで2人で、ふさいでいたがれきをはね除け、引き抜いたりして隙間をつくり、なんとか無事助け出すことができました。女性は見たところ怪我もなく元気そうでした。

周りを見渡すと、大橋町付近一帯は、燃えている所はありませんでした(原爆投下から30分ほど過ぎた頃)。私は、2人に別れを告げ家に帰ろうと本大橋に来てみると、手前の橋桁が、川の中に立っていた橋脚からずれ落ちていました(私が、朝工場に行く時渡った橋)。

どうしようかと考えていると、母が、前の晩に、明日西の畑に行って豆を取って来て、炊いておくといったのを思いだし、畑に行けば母に会えると思い、来た道を引きかえし、線路を必死で走って照円寺の下で線路から参道におり、音無［おとなし］から畑に向かいました(来るとき枕木から出ていた白い煙は、大部分は消えており、先ほど救いを求めていた女子中学生の声もありませんでした)。畑の見える所に上がろうと、坂道を上っている途中、右側の畑に、つるは爆風で吹き飛び、カボチャの実だけがころがっていました。

この時、4~5人の女性達も登っていました。


上にあがって畑の方をみると(ここは現在の田川病院の前)、目の下には、兵器工場の男子寮「西郷寮」が倒壊していました。寮の方に坂を下り、寮の近くまで来たとき、海軍の兵隊さんが、ここに乾パンがあるよと教えてくれたので行って見ると、一斗缶に8センチ角程の乾パンが入っていました。

私は10枚ほどズボンのポケットに入れ、暫く兵隊さんと、この悲惨な状況を話し合っていると、この被害は、広島に落とされた「落下傘付き原子爆弾」に違いないと話されました。

兵隊さんと別れたその先は、長崎［医科］大学の射撃場で、なかを通っていると、顔が血まみれになった人がいるので、近くによって見ると、兵器工場の診療所の先生でした。「どうされたのですか」と尋ねると、診療中に被爆し、ガラスの破片で怪我をしたと話されました。

先生と別れて畑の方に歩いていると、不思議そうに地面を見ている海軍の兵隊さんがいたので、何を見ているのですかと尋ねると、これを見てと指差された所を見ると、地面がもぐらが通った跡の様に渦巻き状に土が盛り上がっていました。これは、爆弾が落ちて不発した跡ではないかと、話したその時、岡の上で爆発が起こり、20～30メートルほどの火柱が上がりました。

岡の上には高射機関砲陣地があったので、火薬弾でも爆発したのだと思いながら、射的場を出て母を探しに坂をのぼって畑につき周辺をさがしましたが、ここの畑にはいませんでした。

畑から少し上にあがって見ようと思い、岩屋山に登る道まで上がって目にしたのは、市内は火の海と化し、炎と煙に包まれ、まるで地獄絵を見るようで、しばらく見ていました。

さらに上に少し登って見ようと、ドンク（蛙）岩まで来た時、岩屋山の方から、親子連れと思われる3人が、1人を背に、1人の手を引いて降りて来る人とすれちがった時、火傷のきつい匂いがして、私の脳裏から長く消えませんでした。上に登るのをあきらめ、下の畑にも行って母を探しましたが、この畑も見つかりませんでした。母は、この遠い所まで来て、一人で百姓をして、家族のため働いてくれました。私が、残業で夜遅く帰っても、いろり端で食事を用意して、私を待っていてくれた優しい母でした。射撃場にいたとき爆発した陣地は、この畑から100メートル程先にありました。今でも形があります（私が居るここは、現在の西町4－21）。

畑をあきらめて、坂をおり、西郷橋の踏切に通じる道を走っていると、ショウノウの匂いがして、心地よい気持ちでした。近くに工場がありました。線路の近くまで来たとき、道脇の日影から、「兄さん水を飲ませて」と声がしたので行って見ると、3人の女学生が並んで寝ていました。僕、水は持っていないよと返事をすると、田の水でもいいから汲んで来てと頼むのですが、汲んで来る容れ物も無く、考えた末、当時、救護訓練でけがをした人には水を飲ましてはいけないと、教えこまれていたのを思いだし、彼女達にその話をして「救護の人達が来るまで、待っていなさい」と言ってその場をはなれました（道脇は田んぼでした）。

暫くして、列車が道ノ尾駅の方から下ってきて、私が立っている目の前を通過し、浦上駅に架かっていた鉄橋の手前で止まりました。

まもなくして引き返し、私がいる西郷橋の踏切をまたいで止まりました。すると、最後尾の貨車の入り口にいた人が、「怪我をした人がいたら連れてきて乗せてください」と、私に声をかけられたので、さっき寝ていた女学生3人の所に近づくと、「私も乗せて、私も乗せて」と呼びつづけていました。その3人を連れて行き、まず1人を入り口に待っていた人に手を引いてもらい、私は下から押し上げ乗せたあと、私も車両に上がると、まえに乗った女の子と目が合うと、彼女の目がうるみ、「有り難う」と言ったような表情が今も忘れられません。私は次の子を乗せようと手首をつかむと、皮膚がむけたのにはびっくりしました。なんとか引き上げ座席に連れてゆき寝かせました。

3人目の子も乗せられました。この車両に乗ったのは3人だけで、他にいないので、私は車両から降りて立っていると、しばらくして列車はバックでここを離れました。

このときは知りませんでしたが、のちに、この列車は線路点検の為に来たと、乗って来た人の証言集を読み、知りました。時間は、午後1時30分～2時頃、爆心地から約700メートルの地点、また、この列車では、大村連隊に行っていた次兄が、休暇で長崎に帰る途中、長与駅に着いた時被爆したそうです。

また兄は、長与駅から線路点検に行く列車に乗って、長崎に向う途中、道ノ尾に停車した時、ホームで泣いている女の子がいるので、その子の住所を尋ねると、本尾町の田中と返事したので、自宅の上野町の隣町で近かったので、道ノ尾駅でその子を連れて乗り、浦上川に架かった鉄橋の手前で列車が停車したのでそこで降り、自宅近くまで連れて行き帰したそうです。

列車が去ったあと、私は素足でしたので、工場内から必要な物を取りに行こうと思い、列車の後を追うように線路を走り、照円寺下の参道脇に通りかかると、30～40人の人達が、お寺を背に並んだように腰を下ろして休んでいました。よく見ると、私の隣で同じ仕事をしていた中島さん達がいたので、私もそばに行って座り、今日の出来事を話し合いました。すると中島さんが、「握りめしがあるよ」と教えてくれましたが、食べることができませんでした。そこで西郷寮から持って来たカンパン全部を分けてあげました。

その後、工場内に入り、必要な物だけを持って出て、線路の手前の小川に降り、持ってきた石鹸で身体を洗い、服を着て自宅に向かいました。

岩屋橋付近を通る時には、大橋町一帯はすでに燃え尽きていました。

本大橋に来て橋桁が落ちていたので、川を１００メートルほどさかのぼって、川の石垣に階段みたいな物が取り付けてあるのを下り、さらに川の中には、向こう岸まで川を渡れるように、大きな石が並べてあるのを渡って川岸にあがり、墓の急な坂道を上り、出口に出て前を見ると、小西さん宅が今は盛りと燃えている所でした。

それから、山里国民学校の運動場の手前の土手に立って自宅の方を見ると、あるはずの家は燃えて無く、見えるのは井戸の枠、かまど、五右衛門風呂だけが見えました。ここに来るまでは、自宅はあるとばかり思っていました。

坂をおり裏門から運動場に入り、坂道の下に掘って有った防空壕の前まで来た時、この防空壕は国民学校の大事な書類の避難壕に使用していると聞いていたので、扉がないので壊れたのかと見ながら地面を見ると、土手に平行に地面が一直線にモグラが通った跡のように、土が盛り上がっていました。

自宅に向って歩いていると、人がうつ伏せに倒れているので、近づいて確かめると、弟の純秀(すみひで)でした。弟は13歳で、学徒動員で三菱電機工場に行っていましたが、警報発令中は自宅待機でしたので、運動場で遊んでいたのでしょう。よく見ると、頭の右上には、５センチほどの穴が開いていました。弟の死を目撃しても、この状態の中では、死すら信じられず、涙もでませんでした。

他の家族も心配で、学校の土手に掘ってあった、町内で使っていた防空壕に探しに行くと、入り口で家族で寝ていた奥さん（壕の上に住んでいた人）に「私の家族は見ませんでしたか」と尋ねると、「お姉さんが中にいますよ」と聞かされましたので、地面に寝ていた人達に気遣いながら奥に進むと、壕の中ほどに、下に降りる壕の入り口の所で、壁を背にしてすわっている姉を見つけました。

そばによって姉の名を呼んでも反応がないので、肩に手をあてると、姉はすでに冷たくなっていました。弟に続いて姉も死んだのかと、家族の死、現実をようやく受け入れ、初めて悲しくなり涙のうちに別れを告げ、入り口に戻り、奥さんに姉はすでに亡くなっていたことを告げると、さっきまで自分の子供の名を隼功(はやのり)と呼び続けていたそうです。姉は、姿の見えぬ我が子が心配で、息絶えるまで呼びつづけたのでしょう（この子は、人の話で、私の母が背負って出かけるのを見たそうです）。出来たら姉の胸にだかせてあげたかった。この防空壕は人が使用していたただ一つの壕でした。私も夜の空襲で2度使用しました。現在は埋められ、壕の位置もわかりません。

入り口で、奥さん達を介抱されていたご主人と、今日の悲劇を話していると、ご主人は、県庁前で被爆されたそうです。ご主人が水を汲みに行くと言われたので、「何処にですか」と尋ねると、「山里国民学校のプールまで行く」と言われたので、「私も行きます」と付いて行くと、プールの中はがれきが吹き込み、水面は浮遊物が覆い、飲める状態ではありませんでした。

私は、小さい時から、北側校舎脇の林の下に、井戸が有るのを知っていたので、ご主人を案内して林の中を降りていると、林の中に警防団の服を着た人が亡くなっていました。井戸につくと、つるべは吹き飛ばされ、あたりをさがすと、5メートルほど先で見つけそれを拾い、水を大きなやかんに満たし、私もその場で飲み、持って帰りました。

運動場を横切り、防空壕近くに来た時、壕の入り口から少し離れた土手に、座り込んだ女性が居るので、ご主人と別れ、近寄って見ると、隣の橋さんのお子さんで、純心女学校の生徒さんで、弥生さんでした。「どうしたの」と尋ねると、報国隊で、工場になっていた盲唖学校の3階で、作業中に被爆したと話しました。左手の腕から血が出ていたので、ハンカチの様な物で傷口を巻いていると、突然、不安そうな声で、「私どうなるの」と問い掛けられ、すぐには返事ができず、言葉を考えた末、「救護の人達が来るまで、待っていなさい」と声をかけ、血が止まったら解きなさいと言って別れました。

立ち上がってうしろを振り向くと、運動場の中を警防団の人が、おにぎりの入った箱をかかえて来て、食べませんかと言われましたが、今は食べたくなく、断りました。それから自宅の屋敷に上がり見回すと、隣の屋敷の焼け跡に、下半身ががれきに埋まり、上半身が炭化し黒焦げに焼けた遺体を見ました。

その後、運動場を一回り見て回りましたが、弟以外の遺体はありませんでした。私は、不安もあり、工場の人達がいた照円寺の参道に戻り、雑談しながら時を過ごしていると、夕方近くになって、列車がバックで下りて来て、照円寺の参道に休んでいた人達の目のまえで停車すると、参道に休んでいた人達が、「家に帰る」と言って、なだれ込むように自力で乗り込む様を見ていました。（この列車が8月9日午後6時頃来た救援列車です）

　私の小学校の同級生で深堀勝一君もケガをして、この列車で大村病院に運ばれたと話していました。

　乗らなかった人達も帰り、私は一人のこされ不安になっているところに、同じ組の4人が女子挺身隊（高等師範学校生）の2人を連れて来て、「ケガをした友達1人を長与駅近くまで送って欲しい」と、私に手伝いを頼みに来ました。私がためらっていると、是非にと他の女子生徒さんも拝む様にして頼むので、私も行くことに決め、ケガをした人の所に案内されて行くと、すでにタンカに乗せられていました。顔を見ると数ヶ所にガラス傷のような跡がありましたが、傷口はきれいにふき取ってありました。

　私達は同僚5人と挺身隊の女性2人と共に、長与駅の方に交代しながら歩き出しました。辺りはまだ明るさがありましたが、住吉神社付近を通る時は、すでに暗くなっていました。

　暗い夜道を歩いていた時、突然、照明弾が上空で破裂し、あわててタンカを投げ出すように道に下ろし、道脇の溝の中に伏せました。静かになったので近寄り、「痛くなかったですか」と尋ねると「大丈夫」との返事でしたので、またタンカを担いで長与駅の方に向かい、住吉トンネル工場前を通り、道ノ尾駅近くまできた時、今日は遅くなり、疲れもあるので、道ノ尾公園下の旅館で休もうと、向かいました。旅館に着いて玄関戸が開いていたので、中に入って見ると、天井などが落ちていて中に入られず、中をあきらめ外に寝る事になりました。

　私は、植木の下にもぐり、寝ることにしましたが、眠ろうと思ったのですが、疲れと、蚊が多く、時折飛行機の爆音がして寝付かれず、肌寒さもありました。山越しに南の空を見ると赤く染まり燃えているなと思いながら寝たようです。

　8月10日、朝早く目が覚めると、浦上水源地の水際が少し先に見えていました。昨日は地獄のような日が、嘘のようにさわやかで、心地よい朝でした。他の人達も起きてきて、揃ったところでタンカを担いで長与駅近くの橋まで来た時、何処へ行けばいいのかと思案していると、近くにいた女性から、橋を渡った先の役場に救護所が有ると聞いて、橋を渡って運動場のような広場を通り、役場に着いた。付いてきた挺身隊の女性2人が中に入り、しばらくして、両親と思われる人を連れて見えられた。娘さんを見て大変喜び「よく連れて来てくれました」と、私達にねぎらいのお礼を言って、役場の中に連れて行かれました。私達の役目は、ここで無事終りました。

私達は、大変疲れていましたので、しばらく日陰で休んでいると女性が来て、娘さんの自宅に食事の用意が出来ていますので、どうぞ来てくださいと女性が案内して、長与駅の先にあった川の堰を歩いて川を渡り、大きな家に連れて行かれ、食事を頂きました。私は、昨日の朝、食べただけでしたので、其の食事のおいしかったのは今でも忘れません。

満腹になったところで、御馳走様とお礼を言って、帰ろうとすると、これはしるしばかりですけどと、差し出されたのを頂き、お礼を言って長崎へ向かいました。長与にいた間は汽車の来た気配は無かったようでした。

長与駅前を通って、帰る途中の道では、駅の方に向って切れ目なく列をなし、歩いている多くの人達と会いました。私達は、道ノ尾駅からは線路上を歩いたのですが、ここでも、人の波は続いていました。その中に、私の家の前に住んでいた今村君が見えたので、何処に行くのかと尋ねると、「病院に行く」と言ったので、後で会えると思ってそのまま別れたのですが、あとで話を聞くと、彼の家族全員が亡くなったと聞きました。

西郷橋の踏切で線路をおりて、岩屋橋まで来たとき、「僕は、この学校の先に自宅があるので、ここで帰りますので皆さんお元気で」と言葉を交わし、別れました。その後、4人とは会っていません。

自宅に戻り、防空壕に入って寝ていた奥さんに挨拶をすると、あなたの兄さんが見えられましたよと、教えられたので、外にいるかも知れないと思い、探しましたが見当たらず、屋敷に上がろうと思い、屋敷の脇にあった学校の裏門の門柱（大きさ、幅40センチ角程）に、石のようなもので「久夫兄の家に来い」と伝言が書いてあるのを見つけ、その足で、兄の家に向かいました。

兄は長男で、東琴平に住んでいました。裏門を出て、長崎刑務所の塀の右側の道を通り松山町に出ようと来てみると、塀が倒れて道をふさいでいる塀を乗りこえ、刑務所の正門前から坂道を下り、松山町に入りました。下の川橋を渡って50メートルほど歩いた右側の線路上に、電車が丸こげして、車台の上には、5～6人ほどの遺体が黒こげになって乗っていました。先の方を見ると、長崎［医科］大学病院に立っていた大きな煙突2本の内、1本が、中途から折れて南の方に傾いていました。浜口町に来て、電車の線路を横切って、岩川町から浦上駅に向かって歩いていると、両側の建物は焼き尽くされ、ただ大きい建物の防火壁など燃えないものだけが、立っていました。浦上駅の手前まで来ると、左側には、山王神社の大きな鳥居が焼け跡にポツンと立っており、とても大きく見えました。

浦上駅の前に着き、線路を横切りました。当時、この線路は、浜口町から坂本町の長崎［医科］大学病院前を経て、ぐるりと回って浦上駅前に出て大きく左にカーブして長崎駅の方に向っていました。

この線路上には電車の架線が切れ、ゼンマイのように丸まって転がっていました。その先には長崎製鋼所の工場も破壊され、鉄骨が折れ曲がり、見るかげもなく無残な姿をさらしていました。

左折した線路沿いを銭座町の方に進むと、この辺も焼きつくされており、左側の聖徳寺の先の銭座国民学校付近が、ちょうど燃えているところでした。家は、大部分は破壊されていましたが、建ったままの状態で燃えていました。私は電車の線路に沿って、長崎駅の方に歩いている途中、ガス会社の工場もこわれていました。［ＮＨＫ］長崎放送局を過ぎ、長崎駅前の広場を見ると、がれきが散乱し、左の方を見ると、中町付近が燃えているところで、中町天主堂の十字架が煙で見え隠れしていました。駅を過ぎ、中島川［岩原川（通称 大黒川）の誤りであると思われる：編集部］に架かっていた橋を渡り、五島町に来たとき、道脇に建っていた赤レンガ作りの倉庫が焼け落ち、中に入っていた缶詰が熱で破裂して、音をたてて飛び上がっていました。そして線路わきには、10人ほどの人達が横に並んで、それを眺めていました。

東琴平に着いて、玄関から兄の名前をいくら読んでも返事が無いので、玄関に立っていると、隣の人が出て来て、「上の琴平神社の防空壕にいるかも知れない」

と教えられたので、行ってみました。すると、奥のほうに人影が有ったので、近くによって見ると、兄嫁でした。もう辺りは薄暗くなっており、兄嫁は大変喜び、防空壕に走り込み、あとを追うように私も入ると、みんなが元気でよかったと喜んでくれました。中を見ると嫁さん家族に、私の父も来ていて、顔に火傷をしていました。それに高島に嫁に行っていた姉と、「チギエ」と姑も心配して来ていました。父は、五島町に九州電力［九州配電のこと：編集部］会社のビルの屋上で、大工仕事を3人でしていて被爆をし、火傷を負ったそうです。壕の中ではそのような話がはずみ、遅くなったので、明日、母たちを捜しに兄と2人で行くと決め、休みました。

翌朝、母たちを捜しに兄と2人で浦上に向かいました。大波止をすぎ、中島川［岩原川の誤りであると思われる：編集部］に架かっていた橋の手前で昨日見た焼け落ちた倉庫で、昨日と同様、缶詰が飛びあがっていました。長崎駅まで来て、昨日燃えていた中町天主堂付近はすでに燃えつき、天主堂が大きく近くに見えていました。

駅前をすぎ、銭座町の聖徳寺を過ぎて、浦上の方を見ると、視界がひらけ、広々とした焼け跡の先に浜口町の丘が見えていました。

浜口町で電車の線路を横切り、下の川の方に向かい、線路上に焼けた電車上の遺体を見ながら、だれか判別できないと、兄と話しながら下の川を渡り、川の脇の道を自宅に向って歩いていると、川の中に高さ1メートルほどの堰があり、川上の水面に4人の遺体が浮いていました。そこから30メートルほどさかのぼったところに、対岸に架けてあった鉄骨で出来た人一人通れる橋が、熱で変形したと思われる曲がりかたをしていました（左は原爆中心地）。

さらにさかのぼって春田橋を渡り、自宅の焼け跡につくと、いとこの森内さんがいて、露店のさつまいも貯蔵庫の中で夜を明かしたそうです。しばらくお互いの近況話をしていました。

突然兄が、防空壕の中で亡くなった妹を見てくるといって出かけました。しばらくして帰ってきて、中で寝ていた近所の子供から、母が孫を背負って、大橋の川の方に行くのを見たと聞いてきましたので、兄と2人で出かけました。

山里国民学校の坂道まで来ると、校舎の地下にあった用務員さんの住まいの付近から煙が出ていたので、校舎の外にある入り口から中に入り、住まいのところにきてみると、土間を挟んだ倉庫に保管してあったお米が、入り口から燃えているところでした。外に出て脇にあったプールを見ながら大橋の手前まで、ふと川底に目をやると、十数人の遺体が見えたので、堰の上の道まで引き返し、草の茂った急な土手を下り堰におり、でこぼこした川底を歩いて遺体のところに行き、一人ずつ確認して回りましたが、母はいませんでした。この川底は、岩盤を人の手で、石のみで粗く削っていましたので、水面からとがった岩が流れていて、「岩が」ないところで、水を飲みながら力尽き亡くなったのか、顔はすべての人が水の中でした。

川をあきらめ、駒場町に私の弟が勤めていた工場に探しに行こうと、大橋にくると、川下の橋の欄干が、爆風で吹き飛び川の中に落ちていました。電車の終点に差し掛かると、架線を受けていた柱が川の方に倒れて、道を塞いでいて、その先端には男の人が押しつぶされて亡くなっていました。倒れた電柱を乗りこえ大橋にきて見ると、橋桁が5センチほど長崎商業学校の方にずれていました。弟がいたと思われる工場あとにも行って見ましたが、遺体はすべて焼けてしまって判別がつきませんでした。探している時、トイレの中で便器にまたがったまま、焼けて亡くなった遺体をみました。遺体は、女性と感じました。その後、ひとまず自宅の焼け跡に帰り、近くの防空壕を探し回りましたが、みつからずあきらめて、東琴平に帰りました。

後日、新興善国民学校でも治療が行われていると聞き、怪我をした人達がいると思い、行って見ると、講堂の中で、事務机と椅子を置き、先生と看護婦さんらしき婦人と2人で、30人ほどの患者を治療されていました。ここにもお母さんの姿はなく、浦上に戻り家族を探し回りました。翌日の朝になって父が、東琴平を引き上げ浦上に帰ると言ったので、帰りに大学病院によって、治療して帰ると言うので、病院に行ったのですが、多くの怪我をした人達が1階も2階も土間にも足を入れられないほど寝ていたので、探すのをやめて、2階の外階段から下りようと、踊り場に立って外を見回すと、左側に立っていた山王神社の大楠2本が焼け、まるで黒珊瑚を見る様でした。遠くを見ると、稲佐山のふもとから山頂に向って白い煙が立ち昇っていました。

1階に下り、父の治療するところも分からず、治療できずに自宅の焼け跡に帰りました。私は、下の川橋で父達と別れ、兵器工場に私物を取りに行く途中、左側の道脇の草むらに馬や馬車と人が投げ捨てられたような状態で、積み重ねられたその一人は、陸軍の軍服を着た兵隊さんでした。この状態は、通行に支障が出る為に、道脇に片づけられたのでしょう。それから工場の門に行き、守衛さんに頼み、中に入って、荷物をもって自宅の焼け跡に帰りました。父達は先に帰っていました。帰ってからも毎日、母達を捜してみましたが、結局見つけ出すことは出来ませんでした。私は母と再会することも、挨拶をかわすこともできぬまま、最後の別れとなってしまいました。また、山里国民学校で亡くなった姉と弟の2人は、自宅近くの運動場で兄と2人で火葬をし、姉弟の在りし日を瞼に描きながら遺骨をひろい上げ、祈りのなかで別れをすることができました。また、ここから30メートル先でも遺体の処理の人達が、7～8人の遺体を運動場に並べて、火葬をしておられました。

それから、原爆投下から1週間がすぎ、何もかもが壊されてしまった被爆地で、生き残った私の生活が始まりました。

私は、被爆直後、この甚大な被害は、どんな兵器が使用されたのか理解できませんでした。知っていたのは、広島に落とされた「落下傘付爆弾」でしたが、性能のことは知りませんでした。

その爆弾が松山町上空５００メートルで爆発し、地上のすべての物を破壊し、無差別に長崎市民の尊い命を奪い、また、路上で見た、ひとり寂しく亡くなった、名も知らない多くの遺体を見て、彼らの無念さを心にとめ、彼らの慰めとなることを望みます。また、祈りの里浦上では、懺悔（さんげ）中のカトリック信者及び神父様をも、がれきのなかに包み込み、尊い命が奪われ、神の国へと送られました。天主堂も破壊され無残な姿で、見る影もありませんでした。ですが、それでも、生きることをあきらめないみんながいたから、私も前に進めました。壊れて何も無い世界でも、生き残って一生懸命生きようとしているみんなと共に、原爆で失った家族たちの分まで生きようと思いました。

これから先、幾度となく戦争は起きてしまうでしょう。それでも世界のみなさんが平和をあきらめない限り、戦争は無くせると思います。核兵器を長崎で最後にし、世界の国々の指導者の皆さんでよく話し合い、世界の平和が実現すれば、戦争のない限り核兵器はいらないと思います。世の中から核兵器がなくなるよう、心のそこから願っています。

【編集部】この原稿は、松尾久夫さんが２０１５年、長崎平和推進協会を通じて長崎原爆資料館に寄贈したものです。今回、ご遺族の同意を得て、本証言誌に再録することにいたしました。再録にあたって、明らかな誤字脱字は修正し、句読点やカッコなどの表記を一部改めました。編集部による追記は［　］で示してあります。

原爆のかげに

［証言者］大場　春子

【編集部】以下の文章は、桜馬場町にあった長崎男子師範学校付属小学校で被爆した大場春子さんが、1959年春という、被災後比較的早い段階で記した原爆の思い出である。出典は、春子さんの夫・大場新さんが2004年に自費出版した『谷間の人生』。残念ながら、本誌に収録するには長すぎたため、被爆直後の様子についてては大幅に割愛し、戦後の状況について詳しく取り上げることにした。朝鮮人に対する見方など、問題のある表現もあるが、記録性を重視して、そのまま再録することとする。明らかな誤字・脱字は修正した。

職員室の北西の窓のかなたに、青白い光がぱっとひらめいた。同室にいた男の先生が、目と耳をふさいで、さっと床に伏せられたのを見て、反射的に私も机の下にもぐり込んだ。かねて、突然の空襲のときは、この袖机の下が一番安全だろうと、思っていた場所である。その後は、ただがらがら、がらがらという破壊音に、どうなることかと心ここにあらずの状態で、床にうつ伏せてただ震えていた。

しばらくして、「皆大丈夫ですか」と、林勝義先生が立ち上がられた。はっと我に返って、「はい」と答えながら、もそもそと机の下からはい出すと、あちらからもこちらからも、次々に立ち上がった。いつの間にか物音は止んでいて、床は硝子の小さい破片や、ごみ、土ぼこりで一杯である。あちこち壁は崩れ落ち、窓はとび、戸棚等ひっくりかえっている。

互いに、皆元気な姿を確かめ合い、最初声をかけられた林先生が、「さあ、それでは今のうちに防空壕へ避難しましょう」と、言われた。私たちはその先生の後につづいて玄関へ出た。玄関はひどい壊れ方である。その上を恐る恐る踏んで防空壕へと走った。

私たちは、「きっと校舎の近くに爆弾が落ちたに違いない」等と言いながら、暗い防空壕の中で、後の様子をうかがっていた。

M先生は、どこへ行っておられるのか、姿が見えない。後の空襲もないらしいので、恐る恐る外へ出て、「M先生、M先生」と、呼び合った。古い校舎は、太い柱が折れ、2階の床は落ちかけている。探していたM先生が、職員室へ通じる廊下を、ぼそぼそと歩いて来られた。「先生、どこにいらっしゃったのですか」と、言っても、しばらく返事もなさらず、緊張した顔をしていられる。顔半分泥だらけである。だんだん話されるところによると、あのとき、教室に居られた先生は、かすかな飛行機の爆音に、外へ出て空を眺められた。丁度そのとき、青白い光がひらめき、顔に熱気を感じられたそうである。幸い、すぐ横に掘りかけの防空壕があったので、2メートルも掘り下げてある中へとび込まれた。勿論、右側へ回って段々を下りる間もないので、居た所から一気にとび込まれたそうで、それと殆ど間を置かず、向う側にあった運動具倉庫が倒れ、入口をふさいでしまったとのこと。後がどうなるか、しばらくはそこでじっと待機しておられたというのである。

石垣のすぐ上にある、市立高女の先生が通りかかって、「うちの学校に爆弾が落ちたらしい」と、言われるので、皆はそこにも落ちたのだろうかと驚く。軽い怪我をした人もあるとのこと。その学校では、初めに気付かれた先生が、避難しようと思ってか、さっと昇降口の方へ走り出られ、皆もそれに続かれたらしく、落ちた屋根などで怪我された模様である。最初の人の行動は、本当に皆を左右するものであると、つくづく感じた。

それから、どれくらいの時間が過ぎたのか、校門の前を変な人たちが通り始めた。はだしの人、上半身裸体の人、どの人を見ても、むっつりと魂をなくしたような顔をして、すたすたと通り過ぎて行く。だんだん様子を聞いてみると、浦上方面に大変な爆弾が落ちて、死傷者も多く、一帯が火の海になっていることがわかった。

この日は、昭和20年8月9日、11時2分、人類2回目の原子爆弾（広島は6日の8時15分）が、長崎に投下された日である。

私は、浦上と山一つへだてた、爆心地から3・5キロくらい、長崎市桜馬場町にある男子師範学校の付属小学校にいた。

私の家族は、その前年父に死去され、母と弟2人妹1人の5人で、爆心地に極めて近い橋口町、浦上刑務所の裏側にあたる所に住んでいた。家に居るであろう母、医科大学付属病院外科に入院し、昨日、虫垂炎手術を受けた、中学2年の弟寛之、弟の看護につき添っている、今年女学校を卒業した妹満子、師範学校の予科生で、学徒動員されて大橋の兵器工場に行っている弟正武、次々に皆の顔が浮かぶ。皆どうしているであろうか。どうか、無事でいてくれますようにと祈っている私の耳に、次々に入ってくる情報は、皆私の心を突きさすことばかりだ。逃げて来た人に聞くと、ある人は、付属病院はひどくて、大部分は死んだそうだという。ある人は、城山方面は全滅だという。ある人は、大橋の工場もすっかりやられたという。私はいよいよ全員駄目だと思った。今日から、私は一人ぼっちになったのだ。家も家財も何もない。ただこの体一つなのだという思いが、ただ頭の中をくるくると、から回りするだけだ。炎々と燃え広がっているという町、とにかくこの目で見なければ、とても、とても信じることはできない。


この日の午後、春子さんは、学校の同僚らとともに西山越えで浦上方面へと家族を探しに向かうが、橋口町近辺のあまりの惨状に、家まで戻ることをあきらめ、いったん学校へと引き返す。翌10日、意を決して、ふたたび橋口町に向かうも、家の方に登る細い道が死体でふさがっており、またも家の近くまで足を踏み入れることができなかった。学校に戻ってみると、生き残った弟・正武が訪ねてきており、再会を果たす。11日、今度こそ手がかりを得たいとふたたび西山越えをしていたところ、本原一丁目あたりで親戚と偶然出会い、母と妹・満子、弟・寛之の3人が、医科大学付属病院で被爆するも奇跡的に生き残り、今は三組川内に身を寄せていることを知る。その後、本籍の瀬川村から従兄弟が迎えに来て、しばらくは瀬川でお世話になることになった。以下は、瀬川に到着して以降の描写である。

静かに墓から下りて来ると、そこに待っていたものは、敗戦の知らせであった。「日本は負けたんだ」「そんなことがあるものか」「それでもラジオで、天皇陛下のお言葉があったぞ」等と口々に言い合っている。ラジオを聞いていない者は、とてもすぐ本当のことだとは思えなかった。そんなざわざわした空気の中で、河内の金森病院へ行き、弟の抜糸をしていただいた。空襲を考えて、よほど丈夫に縫って下さっていたのであろう。手術の翌日から、あっちこっち動き回っていたにもかかわらず、経過は順調で、すっかり良くなっていた。

又2、3日が過ぎた。勤めを待っている私、生徒である弟たち、このままではどうにもならず、19日又船に送られて早岐へ出た。そこで汽車の切符は買ったものの、汽車は機関士が居なかったり等で、いつ来るともわからないということである。力なく待合所の外で待つうち、汽車が来たぞという誰かの声に、あわてて立ち上がった。待っていた者はぞろぞろと乗り込んだが、ひどく混雑はしていなかった。すれ違いに長崎の方から来た汽車は、はみ出しそうに一杯である。皆落ち着かない表情でそわそわしている。だんだん伝え聞くところでは、今に外国の兵隊が進駐して来て、危い目に遭うから逃げているのだということだ。途中ですれ違ういくつかの列車にも、そんな人が一杯で、なかに乗りきれない人は、屋根の上にまで、腹ばっている者もいる。

汽車が道の尾を過ぎて浦上へ近づくと、汽車の窓から見た被災地は又ものすごく、見渡す限り、黒っぽい色一色である。見慣れているはずの私たちでも、今更ながら目を閉じたくなってしまう。その後で木々の緑を見たときの喜び、今まで木々の緑がこんなに私たちの心を、和ませていたとは気がつかなかった。

心配しながら、7月に結婚している妹の家へたどり着くと、妹は顔を見るなりこわい顔をして、「なぜ今ごろ帰ったんですか。皆外国兵が来て乱暴すると言って、逃げているんですよ。ここら辺の人も食糧など持って、山奥へ逃げるのに、田舎からわざわざ出て来る者がありますか。」とどなられた。私たちの体を心配してでもあろう。しかし、嫁いで一月ぐらいでは、自分の家族が大勢来て居候するのも、肩身が狭くもあるのだろう。

自分の家を持たない者はどこへ行っても、長居はできないのだということを、つくづく感じたのであった。

20日に西浦上の三組川内から、又あの焼跡を通って、桜馬場町の付属小学校へ、4キロ以上の道を歩いた。死体も大分片付いていけれど、道端の馬の死がいは腸のところが、堪えられない臭いを放ち残っている。一応焼いたのであろうが、体が大きいので、焼けてしまわなかったもののようである。

引き取り手のない死がいを寄せて、川原では火葬しているところもある。

松山町の大通りへかかったとき、向うから通りかかった朝鮮の婦人に肩をつかまれた。私は、はっと身を固くしたが、その人はぽろぽろ涙をこぼしながら、「まあ田川先生ではありませんか、生きていらっしゃったのですか。私は菊子の母です。」と言って、私が元気でいることを大変喜んで下さった。菊子さんというのは、去年山里小学校で担任した、今5年生の子供なのである。更にその人は言葉をついで、「私と菊子は、あのとき山へ薪取りに行っていて助かりました。菊子は、『田川先生どうなさっただろうか、死なれただろうか。』とそればかり心配して、泣いていました。今日帰って知らせてやったら、どんなに喜ぶことでしょう」としみじみと語られた。

日本が負けて、朝鮮人は今こそとばかり威張って、乱暴等もはたらいているということを聞いていたのに、やはり良い人たちも沢山いたのだった。

学校へいってみると、平戸の知子姉からの手紙が、ぽつんと机の上にのっていた。姉の手紙をそのまま記す。

「あゝ何という事でしょう。ラジオが充分きかれぬまゝに伝え聞く。ことここに至るの御玉音。泣くに泣けぬ。日本人の誇りをどうする。最後の一発まで、最後の一人まで戦ってと、じだんだふむ許りです。十五日の放送。長崎の悲報、電報も電話も通ぜぬ。大村の伯父様（辰蔵）に連絡とるも、何ら手がかりなし。米鬼に親も兄弟もとられたと、覚悟はしているものゝ、それならそれで、骨の一つも拾いたいと思う許り。停戦の今親も妹も弟も皆事によっては死ぬの秋です。もし長崎の肉親が一人でも生きているなら、一度逢ってから、次の苦難を受けたい。学校もないでしょうから、皆一度中津良【かつて平戸にあった村の名前：編集部】にくることです。一晩でも笑って暮らし、次の処置におもむきましょう。母さんは、満子は、寛之は、正武は、英子は、春子はと、毎晩毎晩うつらうつら眠れも致しません。春子だけは大丈夫と思うが、外の者は駄目とかんねんしてはいるものの、血の続く者のかなしさ、未練が残ります。長崎よりの戦災者が帰るにつけ、心配はます許り、春子、何とかして一時も早く私に、皆の様子を知らせて下さい。十五日のラジオの放送の事もあるし、気はあせるばかりです。戦災地区の想像から、春子一人に希望をかけているのです。速報を待つ。かくさず知らせて下さい。あたりまえに。」

以上姉の手紙は、乱暴に書きなぐられ、後には日付も宛名も何もない。姉がいかに心をかきむしられ、居ても立ってもいられない気持ちでいるかを思い、またしても涙ぐむのであった。

生きてゆくためには、足を棒にして配給米をもらいに行き、缶詰その他の配給を受けに行った。配給も長い列に並んで2時間も3時間も待って、やっといただき、それを背中にしょって二里の道をてくてく帰ったりした。

師範学校男子部も長崎から大村へ移転することになった。私の勤めている付属小学校も閉鎖され、大村市の女子部付属小学校に、しばらくお世話になることに決った。そこで、私たちも大村へ行って住もうということになった。弟が家を見つけるため、大村の伯父さんの家へ出かけ、伯父さんの尽力で、幸いなことに4、5日して空家を借りる約束ができた。家移りと言っても、簡単なものである。私たちには送る荷物もなければ、手に持つ荷物さえない。8月31日、母たちを送り出して、学校の都合で私だけ残り、学校の近くの知人の家へ泊まった。

仕事を済ませて家へ帰る日は、大変な雨だった。雨をついて長崎駅へ出て見ると、駅前広場はひざまで没する一面の水である。この大きな災害のため、溝も壊れたりつまったりしているためであろう。

駅につくと、この水で鉄橋がゆるんでいて危ないので、ここから汽車は出ないと言われ、がっかりしてしまった。仕方なくまた駅を出た。用心しながら歩いていたが、一面の濁った水で足元もわからず、溝らしい所へ足を踏み入れ、腰までもつかってしまった。空からはなお、雨がどんどん降ってくるし、もう着物も持ち物も、余すところなく水びたしである。川のように流れる焼け跡の道を、もう何も考えないで、2里(8キロ)ぐらいのところを歩いて道の尾駅へ行った。びしょぬれの私は汽車に乗っても、掛けることもできず、隅っこに立ったままだった。

　大村の家は伯父の家から１００メートルぐらい離れた所で、二軒長屋の東側だった。がらんとして何もない家であるが、自分たちの家と名のつく所は、いいものである。もう誰にも気兼ねなどしなくてよい。翌日、何もないと落ち着かないだろうと、伯父さんは、自分の家の長火鉢を持ってきて据えてくださった。ただそれ一つでずいぶん住まいらしくなることに感心した。夜は寒かろうと、古い毛布を持って来てくださったり、瀬川へ出かけ、ご自分の兄弟たちに呼びかけて、敷布団1枚、中着1枚、掛布団2枚など集めてくださったり、何くれと世話してくださった。

　弟たちの弁当箱もないまま、缶詰の空缶を代用として持たせた。大村中学校に転校した下の弟、この他には罹災者も少なく、代用の弁当箱をみて、こそこそ悪口を言い、あるときは隠されたりして、つらい目にもあっていたようだった。

　ある日、師範学校に行っている弟は、非常なおう吐にみまわれた。夜など一睡もできないほど何回も吐いたり、下痢したりした。１、２日するとうそのようによくなるが、また何日かすると同じことを繰り返す。それは何回も何回も定期的に後まで続いた。今考えるとそれも原爆のためだったらしい。母の手のやけどもなかなか治らず、いつまでも包帯を巻いていた。

　かゆをすすり、少しの芋を分け合って食べたが、発育盛り、食べ盛りの弟妹を持つ私の家では、いつも空腹がちだった。人々は竹の子生活と言って、衣類を食べ物に替えたそうであるが、それもできない。だんだん寒くなってきても、着る物さえろくになかった。冷えてゆく夜を、皆くっつき合って、あるだけの衣類をかぶり、ふるえながら寝なければならなかった。皆無事であったことをあんなに喜んだ母も、「こんなに生活が苦しければ、あのとき一思いに、家族全部死んでおればよかったね。」と言い言いして嘆いた。お金でもたくさんあれば、またどうにかなったかも知れない。家財全部灰となり、弟2人はまだ学生、母は無職、妹の勤めていた郵便局も続けて失職、ただわずかな私の俸給だけが、かろうじて5人の命をつないでいた。後のことを楽しみに節約してためていた、何百円かの私の貯金も、戦後の物価の暴騰で、あっけなく消えてしまった。

種々のアルバイトをした後、妹の職場も決まり、生活は幾分らくになったはずであるが、弟2人の学費を出せば、後はかろうじて生命をつなぐだけが精一杯、衣類や身の回りなどもちろんかまうこともできなかった。

弟正武は昭和23年に、長崎大学学芸学部を卒業し、私は現在の夫新と結婚した。昭和26年には末弟寛之も学芸学部を出て、母の務めは一応終った。これから自分の自由を楽しむことのできるようになった。昭和29年7月、母は胃癌のために60歳でこの世を去った。しばらくでも楽をさせたかった母への思いは、私の生涯消えることはない。［後略］

戦争を綴る

——50年前の小学校文集から

【編集部】

以下に掲載する文章は、小学校教師時代の山川剛さんがまとめた文集2冊から再録したものです。いずれの文集も約50年前の発行で、前者は親が自らの戦争体験を綴ったもの、後者は児童による親の世代の聞き書きとなっています。再録にあたっては、以下の方針を採りました。

・原文の漢数字をアラビア数字に改めるなど、表記を変更した箇所があります。

・掲載の許可が取れた方のみ顕名とし、その他はイニシャルとしています。

・日本によるアジアの植民地化と蔑視という文脈を考慮に入れなければ十分に理解しえない記述もありますが、あくまで1945年当時の感情を振り返ったものとしての記録性を重視し、そのまま掲載しました。

『父と母の昭和20年前後』

長崎市立滑石小学校5年1組PTA編

（1970年9月発行）

昭和20年頃の私の生活

広瀬　徳子

昭和19年末、敗戦の色はこゆくB29は日本の都市を次々に爆撃していきました。私は今度、神ノ浦ダムが出来た外海町の一部、その頃黒崎村の一開業医の娘でした。

長崎の学校を卒業すると、すぐ家にかえり、なれない百姓をしたり小学校の先生になぎなたをおしえたりしながら、救護班の一員として、何時でるかもわからない負傷者のために父や外の看護婦たちと、たいきさ

せられていました。

でも、食料、薬品、ありとあらゆる物は、軍隊の方にまわされ、私たち田舎の医者には雀の涙ほどの配給医薬しかありません。薬をつつむ紙も入れる袋もすべて医者の雑誌を切って使用しました。まして、ほうたい等あるはずがないので、着物の裏を消毒して使用しなければなりませんでした。

昭和20年、次々と日本の都市は灰にされてしまいました。私の村にも戦争のむごたらしさがおこりました。米を積んだ輸送船が、機銃そう射（飛行機が低空飛行して人や家を機関銃で射撃すること）され、村の事務所に数十人の負傷者が運びこまれました。頭をいぬかれた人、腸がとびでた人、それはそれは、治療をしながらも戦争とはむごいあわれなことだと思いました。然しこんなことを口にだして話し合うことは出来ませんでした。

8月9日、原爆は長崎の空に落とされたのです。30キロメートルはなれた村でもガラスがわれ、外にいた人はかるい火傷をしました。夕方5時頃より長崎をにげだして来た負傷者の人を、治療開始してから2ヶ月位の間に、田舎の医者でさえ、日夜休むひまなく治療をしましたが、次々と死者の数はふえ、80名位の人が亡くなってしまいました。全身はれあがった病人、傷口よりウジ虫がはい出す負傷者。

日夜の差なく負傷者の手当てにあたっていた8月15日、ついに日本は降伏したのです。声もなくラジオの前にすわり、唯々涙するばかりでした。

その後の生活は苦しくなるばかり、私たちは生きるたのしみを忘れ、人形のごとく考えることさえ出来なくなってしまいました。

こんな平和がくるなど夢にも思ったことはありません。二度とあのいまわしい戦争などおこすことのない国を私たちは守りぬいていかなければなりません。

終戦当時の生活

広瀬　早人

大東亜戦争たけなわなる時（当時22才）陸軍軍医少尉としてシンガポール南方第一陸軍病院勤務（昭和20年3月）、約半年間は内地にて医学教育も忘れるような軍人教育を受け、将来の日本の運命は君等若人士官の肩にかかっていると言われ、死を賭して国のために働くつもりでいました。昭和20年8月15日、終戦の詔勅に従って、武器を返上、英軍の捕虜となり、シンガポール周辺、山の上、岡の上に二、三度転々としてキャンプを移動させられ、階級章はそのままで、兵科の軍人は作業隊として毎日、英軍指揮下で強制労働、私どもは旧陸軍病院の編成のままで病人の診療にあたりました。

最初は死を覚悟して国を出たものの、日本の全面降伏でどこか僻地の山の中で一生永久捕虜ではないかとの心配もあり、また、戦犯の現地裁判、絞首刑等もあり、英軍の捕虜関係者がぞくぞくとして英軍の刑務所に送られましたので、内心、皆の者が恐怖で一杯でした。

終戦後2ヶ月位は、手持ちの食料も減り粥食がつづき、煙草もなくなり現地人との品物の交換でなんとか、うえをしのぎました。その生活も3ヶ月位でだんだん改善され、煙草も配給になり、なんとか空腹状態はなくなりました。

そして終戦後約半年目から、病院船、復員船が約3ヶ月から半年に1回来る様になり、長期療養を要するもの、従軍期間の長い人が一次、二次として帰国できるようになり、なんとか少しずつは帰られるかと一縷の希望がもてるようになりました。

また、終戦3ヶ月後に復員船の便りで、8月9日、長崎にも大型爆弾がおち、父母をはじめ全部爆死かと空しい気持ちでしたが、約1年位して日本赤十字社の通信機関を介して通信が届き家は焼かれたが疎開しているとの事で一応安堵いたしました。

終戦後、帰還までの約2年間の捕虜生活は、ただ英軍の命令どおり、帰国の日をただ一途に、病人の診療にあたりむし暑い南国のシンガポールの南十字星を仰いで、むなしい日々がつづきました。そしてようやく昭和22年6月復員。

戦前戦後の遊び方

H・S

私の子供の頃は戦争時代で思う様にも遊ぶ事もできませんでした。

しかし、朝に夕に空襲に見舞われながらも友達と遊んだことがとてもなつかしく思い出されます。当時は遊ぶ道具も余りありませんでした。私の家庭は父が軍属でしたので、1年の内に1回2回転校するのは度々でした。

その地方によって遊ぶ事も異なっています。しかし共通点は女の子のほとんどが「お手玉」や「手まりつき」です。お手玉の中には、数珠玉や当時主食ともなる大豆を母に隠れて入れたものです。また、大分県地方では「石けんばた」といって、地面に丸をはじめに一つ、次に二つと続けて書き、その中に石を入れて遊ぶのです。男の子供達は地面取りといって、釘を地面に突き刺し大きく取った方が勝ちです。寒い地方に行くと体が暖かくなる様に「なわとび」や「おしらくまんじゅう」をします。この「おしくらまんじゅう」は大きな円を書き大勢な子供が入って円の外に出たものが負けです。これをしていると休み時間もあっと言う間に過ぎたものです。

高知県地方の子供達は、貝がらをおはじきにして遊びます。白や黄色、きれいな貝がらです。1センチ位の小さな貝がらを浜辺に取りに行くのです。中でも黄色なつやのある貝がらを波打ちぎわで見つけた時は最高です。そうして数が多くなる様一生懸命拾ったものです。

終戦を迎えたのは、丁度5年の時です。少しずつ品物が出て来る様になると、私達の遊びも変わって来ました。それまでボールで遊んだ事がなかったのに、学校でも使う様になりました。それがソフトボールです。私達はボールにとりつかれた様に夕方おそくまで遊びました。それにくらべて現代の子供達は遊ぶ工夫が足りないと思います。お金さえ出せば自分の欲しい物が手に入るし、それだけ品物が豊富になったせいでしょうか。母親たる私達も考えなければいけない事と思います。

『原ばくで死んだぼくのおばさん
—原爆聞き書き集—』

長崎市立西町小５年
（１９７２年10月発行）

原ばくで死んだぼくのおばさん

４組　Ｕ・Ｓ

ぼくのおかあさんは、原ばくが落ちた時、まだ小学生でいなかにいたので、直せつ、原ばくにあってはいませんが、すぐ上のねえさんが、学徒動員で大橋にあった三びし兵器工場で働いていて原ばくにあったそうです。

そのおばちゃんは、全身大やけどのからだなのに、一人で汽車に乗り、諫早の学校にしゅうようされていました。野母から長崎まで約28キロあるところを、ほかのおばちゃんが何回も歩いてさがしにきてもわからず、諫早にも行ったのにさがしきれずに帰ってきました。

近所のおじさんが諫早にいることをおしえてくれたので、リヤカーを引いて、大きなおむすびなどをたくさん作って、近所の人にも手伝ってもらい、むかえに行ったそうです。諫早から野母まで60キロのデコボコ道をリヤカーにのせ、いたい、いたいと泣くおばちゃんをはげましながら連れてきました。

家についたときは、とてもうれしそうでしたが、そのころは、病院での手当ても受けられず、やけどにきくといわれていたジャガイモをすりつぶしてつけていたそうです。

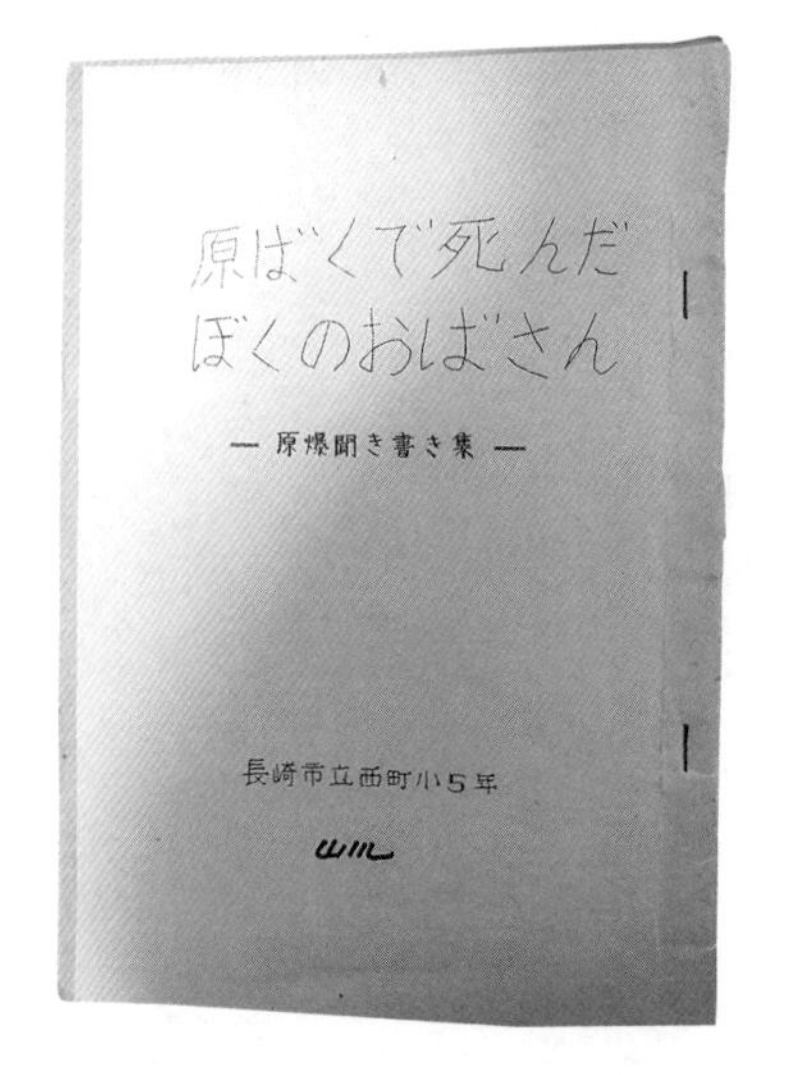

氷をとてもほしがり、はじめのうちは、おなかをこわすというのでがまんさせていましたが、かわいそうになり、おじいちゃんが土井の首まで船で買いに行って食べさせたりしました。

でも、全身のやけどはなおらず、家についてから1週間目の8月23日に死んでしまいました。死んだとき、首すじにむらさきのはん点が出ていたそうです。きっと、ほうしゃのうかもしれません。

おかあさんは、この話をなきながらしてくれました。ぼくも原ばくのおそろしさが、改めてわかりました。

戦時中の話を聞いて

6組　T・C

母は上海で生まれ、上海の国民学校を卒業しました。女学校に入ると空しゅうが激しくなり中国人の住んでいる町にときどき爆弾が落とされました。学校の授業は午前中だけで、昼からは体育館できぬの袋に火薬をつめる仕事をしたり、ぞうきんを縫ったりしたそうです。

学校が遠いので、電車で通学をしていたけども、中国人がゆうかいをしたり、いたずらをしたりするのでとてもこわかったそうです。

家の前には防空壕がほられ、その中には食料品がいつも入っていました。内地ほど空しゅうはひどくありませんでしたが、B29が通るたびに、ぼう空頭きんをかぶって防空壕にいちもくさんに入ったそうです。

8月に入ると中国人は日本人が負けるとわかって日本人に石を投げたりつばをかけたりしてあぶなくて、学校には7日ぐらいからいけませんでした。

長崎に大きな爆弾が落とされ全めつしたことが知られ、長崎には帰れないと話を聞いて、こどもながらにとても悲しかったそうです。その爆弾が原子爆弾だということをあとで知ったそうです。

終戦になると中国人の兵隊が社宅に入ってきては品物を平気でとっていき、とられたとわかっていても追いかけていくと殺されそうなのでだまってそれを見ていただけだったそうです。

その社宅も追い出され、ある国民学校に収ようされました。その学校で母の父が医者にも見てもらえずなくなったそうです。

そこからまた小さい社宅にうつされ、21年の3月までまずしい生活をしながらすごし、かもつ船におしつめられて1週間もかかって鹿児島にひきあげて来ました。母の前のひきあげ船は、機雷があたって大部分の人は助かったけれども、船とともにしずんでしまわれた方もおられたそうです。

戦争のこわさは、こどもながらに感じてはいたけれど、長崎に着いて、焼野原となった駅付近を見て「こんなにひどかったとは。」とびっくりしたそうです。

原子ばくだんについて

4組　Y・C

原ばくの落ちた時、お父さんは、こうやぎ島の川なみぞうせん所に学と動員で待っていた。

長崎の方から青白い光がしたと思ったしゅん間に大きな音といっしょに、まどガラス、まどわくがふきとんだ。

それから3時ごろ、大浦につき、五島町に来たら火の海で通られずに県庁の方にもどり、立山の方にいった。ところが、初めに見たひがい者は、右のほほにガラスがささって、血が流れていた。今の放送局の上へ出たところ、木はかれ木のようになっていて、畑に葉が1枚もなかった。下の方は火の海でした。

多くの人が放送局の上の方ににげていた。みんなやけただれて、ひふは赤黒くなってやけ、ひふがやぶれてたれ下がっていて、水をくれといってたおれる人もいた。そんな人を見ながら大学の上の方に出た。大学病院の中はやけ、大きなえんとつは、くの字にまがっていて、今にもたおれそうになっていた。

今の浦上駅ふきんは、人家はやけおち、長崎せいこう所のてっこつだけが、まがりくねって立っていた。

それから、浦上天主どうの上に出てきた。天主どうは半分くずれて、下の川に黒こげになった死体が水もみえないようにうかんでいた。

松山、城山、山里など、やけ野原となっていたが、まだあっちこっちもえていた。その中で山里小学校だけが黒ずんだすがたは、目立っていた。天主どうから山里小学校が目じるしに、残り火の中を工業3年のいとこと走っていった。

西町の自分の家の方をみたら、家は1けんもなく、いとこのうちにいったら、いとこのうちは、お父さんだけ生きていて、兄弟5人が死んでいた。それから5分位、死んでいる人をとびこえて自分の家に来てみたら、家は立っていたけど、かわらはとび、かべはくずれおち、たち家の時のようになにもなかった。家の人はいなくて心配したが、ぼうくうごうにはいっていて、弟が1人、足にやけどしていた。ほかのものは、みんな元気だった。

近所の家はみんなもえおちてしまって、道にはひなんしてきた人の死体、きんじょの人の死体は三菱兵器のさいごうりょうの人の死体とがおりかさなって、通ることもできないじょうたいだった。その夜はまだ、りょうがもえていた。

それから1ヶ月ぐらいは、そのままのじょうたいで、そのあとで、時津、長よのおうえんの人が来て死体をまきの上につみかさねてやいた。それでもまだ、道から少しはいった所には3ヶ月位しても死体があっちこっちにあった。ぼうくうごうには半年位すぎても死体があった。1年位すぎても、今の刑む所の所のぼうくうごうに死体が2、3体あっ【判読不能】米軍がもっていった。

このようなさんじをおこす原爆は、二度と使ってもらいたくない。思い出すのもおそろしい。

とうじの西町には、家が200けんくらいあったが、そのうちで、家ぞくの人が死ななかった家は2けんで、立っていた家は10けんくらいだったそうです。

平和への誓い

深堀　繁美
（被爆者代表）

原爆が投下された1945年、旧制中学3年生だった私は、神父になるため親元を離れ、大浦天主堂の隣にあった羅典神学校で生活をしていました。中学校の授業はなく、勤労学生として飽の浦町の三菱長崎造船所で働く毎日でした。

8月9日、仲間とともに工場で作業をしていた時、突然強い光が見え、大きな音が聞こえました。近くに爆弾が落ちたと思い、とっさに床に伏せましたが、天井から割れた瓦が落ちてきたので、工場内にあるトンネルに逃げ込みました。夕方になり、トンネルを出て神学校に帰りました。夜遅くには浦上で働いていた5人の先輩が帰ってきましたが、一日もたたずに全員が亡くなりました。

翌10日の昼には、浦上の実家へ戻ることを許されたので、歩いて帰ることにしました。途中には、車輪だけとなった電車や白骨が転がっており、川には真っ黒になった人が折り重なっていました。生きているのか死んでいるのかもわかりません。時々「水…、水…」という声が聞こえますが、助けることはできません。浦上天主堂は大きく崩れ、その裏手にあった実家も爆風で壊れていました。父は防空壕の中の兵器工場で働いていたので助かりましたが、姉2人と弟と妹は亡くなっていました。しかし、たくさんの死体を見てきたためか、不思議と涙も出ません。今思えば、普通の精神状態ではなかったのだと思います。

まちには亡くなった人を焼くにおいが、しばらく立ち込めていました。何のけがもない人が次々に亡くなっていく現実を目の当たりにすると、次は自分が死んでしまうのではないかという恐怖感が、なかなか振り払えなかったことを覚えています。このような思いは、もう二度とどこの誰にもしてほしくないと思います。

昨年11月、「平和の使者」として、フランシスコ教皇が長崎を訪問されました。最初の訪問地、爆心地公園に足を運んだ教皇とともに原爆犠牲者に献花した、あの時の場面が蘇ります。そして、39年前に広島でヨハネ・パウロ二世教皇の「戦争は人間のしわざです」との印象深い言葉を、より具体化し、核兵器廃絶に踏み込んだフランシスコ教皇の言葉に、どんなにか勇気づけられたことでしょう。さらに、「長崎は核攻撃が人道上も環境上も破滅的な結末をもたらすことの証人である町」とし、まさに私たち長崎の被爆者の使命の大きさを感じる言葉をいただきました。

また、「平和な世界を実現するには、すべての人の参加が必要」との教皇の呼びかけに呼応し、一人でも多くの皆さんがつながってくれることを願ってやみません。特に若い人たちには、この平和のバトンをしっかりと受け取り、走り続けていただくことをお願いしたいと思います。

私は89歳を過ぎました。被爆者には、もう限られた時間しかありません。今年、被爆から75年が経過し、被爆者が一人また一人といなくなる中にあって、私は、「核兵器はなくさなければならない」との教皇のメッセージを糧に、「長崎を最後の被爆地に」との思いを訴え続けていくことを決意し、「平和への誓い」といたします。

令和2年8月9日

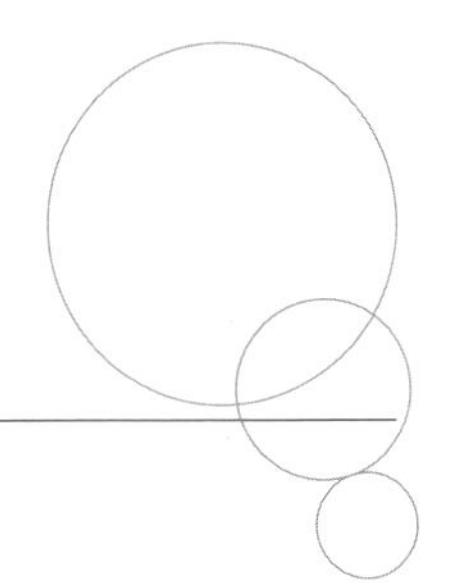

反核・平和運動

2020年６月４日　長崎平和公園。コロナ禍のため、平日昼間にも関わらずほぼ人がいない。例年なら修学旅行生などでにぎわっているはずである。（撮影　山口響）

長崎・この一年を振り返る（19年8月〜20年7月）

山口　響（長崎の証言の会）

1、原爆症認定訴訟

○長崎市で入市被爆し、のちに心筋梗塞と診断された兵庫県三木市の高橋一有さんが、原爆症と認めなかった国の処分の取り消しや300万円の損害賠償を求めた訴訟の判決で、大阪地裁が請求を棄却する原告敗訴の判決（19年11月22日）。
○長崎で被爆し、下咽頭がんと肺がんを患ったのに原爆症認定申請を却下されたのは違法として、長崎市の男性が国に却下処分取り消しを求めた訴訟で、原告側が訴えを取り下げ（20年1月6日付）。男性が19年8月に死去したことによる、遺族の意向。
○長崎で被爆した近畿在住の3人が、大腸がんや胆管がんを患ったのに原爆症と認めなかった国の処分の取り消しや計900万円の損害賠償を求めた訴訟の判決で、大阪地裁が、神戸市の男性1人について原爆症と認め、処分を取り消す原告勝訴の判決（20年1月31日）。賠償請求はいずれも棄却。本人は15年6月に死去し、遺族が訴訟を引き継いでいた。
○原爆の放射線で病気になった被爆者が病状を経過観察している場合、原爆症と認められるかどうかが争われた3件（広島原爆1件、長崎原爆2件）の訴訟の上告審で、最高裁第3小法廷が、「病気の悪化や再発の恐れが高いなど、経過観察自体が治療に不可欠で、積極的な治療行為の一環と評価できる特別な事情が必要」とする初判断を示す（20年2月25日）。最高裁が

「要医療性」要件について初めて統一的な見解を示した。その上で、原告３人について「特別な事情は認められない」と指摘し、原爆症と認定しなかった国の処分を取り消すよう求めた請求を退け、原告の敗訴が確定。近年、厚生労働省が「要医療性」要件を厳格に適用する傾向があると弁護団は指摘している。

なお、この訴訟にあたっては、訴訟に携わる被爆者や弁護団が日本原水爆被害者団体協議会（被団協）の関係者とともに最高裁を訪れ、被爆体験の苦悩や国への要望をつづった被爆者の手紙98通を提出していた（19年11月15日）。

○長崎市で被爆し前立腺がんを発症した苑田朔爾さんが、原爆症と認めなかった国の処分取り消しを求めた訴訟の控訴審判決で、大阪高裁が、請求を棄却した一審大阪地裁判決を支持する原告敗訴の判決（20年５月27日）

○長崎市で被爆し乳がんを発症したとして、神戸市の女性が原爆症と認めなかった国の処分の取り消しや１００万円の損害賠償を求めた訴訟の判決で、大阪地裁が、原爆症と認めて処分を取り消す原告勝訴の判決（20年６月３日）。賠償請求は棄却した。

○広島市で被爆した男女11人が、原爆症と認めなかった国の処分取り消しを求めた訴訟の控訴審判決で、広島高裁が、５人について請求を棄却した一審広島地裁判決を取り消し、原爆症と認める一方、他の６人は一審に続き敗訴とした（20年６月22日）。一審は原告が24人で全員敗訴したが、うち13人は、提訴後に13年の原爆症認定新基準で原爆症と認定されるなどしたため控訴せず、11人が控訴していた。

２、被爆者健康手帳の交付

○死亡した父は被爆者だったとして、被爆者の遺族らが受け取る葬祭料の申請却下処分取り消しなどをその長女が長崎市に求めた訴訟の控訴審判決が福岡高裁であった。長女には葬祭料を受け取る権利がないとした19年２月の長崎地裁判決を支持して、長女の請求を棄却（19年９月11日）。長女の父は生前、入市被爆したとして被爆者健康手帳の交付を申請したが却下され、16年に長崎地裁に提訴。係争中の17年に93歳で死亡し、被爆者かどうか判断されないまま訴訟は終了。原告側は上告を断念。

3、被爆地域拡大と「被爆体験者」

○長崎原爆投下時に国が定める地域外にいたため被爆者と認められていない「被爆体験者」と遺族ら約200人が、県と長崎市に被爆者健康手帳の交付を求めた第2陣訴訟で、最高裁第1小法廷が原告側の上告を退ける決定（19年11月21日）。原告の一部を被爆者と認めた一審長崎地裁判決（16年2月）を取り消して全員の請求を退けた二審福岡高裁判決（18年12月）が確定した。

敗訴が確定した原告のうち17人が、改めて同手帳や第1種健康診断受診者証の交付を県や長崎市に申請（20年7月9日）。却下されれば、処分取り消しを求め長崎地裁に再提訴へ。

○長崎市は、被爆地域の拡大などを目的として「市原子爆弾放射線影響研究会」（会長・朝長万左男日赤長崎原爆病院名誉院長）を設置している。20年3月23日の第11回目の会合では、小児期の放射線被ばくに関し、100ミリシーベルト未満の低線量でも白血病のリスクが高まるとする海外の論文が報告された。

○長崎市と市議会でつくる長崎原子爆弾被爆者援護強化対策協議会（原援協）が厚生労働省に要望（20年7月2日）。「被爆体験者」支援事業の対象となる合併症に「がん」を追加するよう特に求めたが、厚労省側からは科学的な知見が得られていないことなどを理由に、前向きな回答がなかった。

○米国による1954年の太平洋・ビキニ環礁での水爆実験を巡り、第五福竜丸以外の漁船が被ばくした事実や調査結果を国が隠し続け、必要な治療を受けられなかったとして、周辺で操業していた高知県の元漁船員と遺族ら29人が計約4200万円の国家賠償を求めた訴訟の控訴審判決で、高松高裁が、請求棄却の一審高知地裁判決を支持し、原告側の控訴を退ける（19年12月12日）。

○広島では、原爆投下直後に放射性物質を含んだ「黒い雨」を浴びたのに、国の援護対象区域外だったことを理由に被爆者健康手帳の交付申請を却下したのは違法として、広島県内の男女84人（死亡者含む）と遺族が市と県に処分取り消しを求めていた訴訟で、広島地裁が原告勝訴の判決（20年7月29日）。84人全員を被爆者と認定し、手帳の交付を命じた。

4、在外・外国人被爆者

○広島で被爆後に帰国した韓国籍の男性らが被爆者援護法の適用外とされたのは違法として、遺族が国に損害賠償を求めた2つの訴訟で、最高裁第2小法廷は原告側の上告を退ける決定（19年8月7日付）。死後20年で賠償請求権が消滅する「除斥期間」を過ぎたとの理由で原告側敗訴とした二審大阪高裁判決が確定した。10月29日にも、広島や長崎で被爆後、帰国した韓国籍の男女らの遺族が国に起こしていた同様の5件の訴訟で、最高裁第3小法廷が原告側の上告を退ける決定。
○日本に住んでいないことを理由に被爆者援護法に基づく援護を受けられず精神的苦痛を受けたとして、韓国人被爆者121人の遺族が国に慰謝料を求めた集団訴訟について、国が残りの7遺族にそれぞれ110万円を支払うことを条件に長崎地裁で和解し、終結した（20年2月20日）。長崎地裁では10年10月以降、計121遺族が提訴し、国と大半の遺族の間で順次和解が成立した。ただ、一部の遺族は、除斥期間を過ぎたとの理由で国に和解を拒まれるなどとして、訴えを取り下げた。
○福岡俘虜収容所第2分所（長崎市香焼町）で死亡した連合国捕虜73人の追悼集会が同分所跡地の追悼記念碑前で開かれる（19年9月14日）。被爆者団体やオランダ、オーストラリア両国の在日大使館関係者ら約40人が参列。他方、同第14分所（長崎市幸町）について、原爆で死亡した外国人捕虜らの追悼碑を、オランダ人元捕虜の遺族や長崎の市民有志らが長崎原爆資料館前の市有地に建立する予定。21年5月初めの完成を目指す。20年7月28日に朝長万左男氏を代表とする建立委員会が発足。

5、平和祈念式典、長崎平和宣言、「平和への誓い」

○20年の長崎平和宣言の起草は、コロナ禍のために会合が開けないなど、例年と異なった進め方となった。
○「平和への誓い」を読み上げる被爆者代表の選定は、市の選定審査会方式に変更されているが、20年度は13人の応募があった。審査会は20年6月4日、浦上天主堂で長年にわたって被爆体験講話を続けているカトリック信徒、深堀繁美さんを選出と発表。

○長崎市の田上富久市長が、20年8月9日の平和祈念式典に、沖縄県の玉城デニー知事を招待する考えを明らかに（19年10月23日）。実現すれば、沖縄知事の出席は初。玉城知事が10月3日、翌20年6月23日の沖縄全戦没者追悼式に長崎・広島の両市長を招待し、両市の平和式典に自身が参列したい意向を示していた。

6、被爆遺構

○田上・長崎市長が、アジア太平洋戦争末期に県防空本部が置かれた「立山防空壕」について、国史跡「長崎原爆遺跡」への追加指定を目指す考えを示す（19年9月6日）。

○山王神社の境内の地中から見つかった石造物が、長崎原爆で倒壊したとみられる「三の鳥居」の部材の一部であることが判明（19年12月23日）。「長崎原爆遺跡」の調査検討委員会の会合では、国指定史跡「長崎原爆遺跡」の構成要素の一つである山王神社の指定範囲を「二の鳥居」以外の境内にも広げることを確認（20年3月23日）。21年度に境内に埋まっている「四の鳥居」の発掘調査に乗り出す方針。

○「旧城山国民学校校舎」の一部が、戦後の建設であることが判明（20年5月）。長崎原爆被災者協議会（被災協）初代会長だった杉本亀吉の遺品の中から、戦後の校舎改修工事（48～51年）のころに撮影したとみられる写真が見つかり、市被爆継承課の奥野正太郎学芸員が分析、確認した。

7、被爆74・75年の長崎―主に「継承」をめぐって

○県内の研究者らが「長崎の近現代資料の保存・公開をもとめる会」を発足させる（19年9月）。県が長崎市に開設予定の「郷土資料センター」（仮称）について、11月に県に提出した公開質問状への回答を県から受ける（12月25日）。同会は、同センターに公文書管理の専門職（アーキビスト）が置かれず資料収集・保存における県の姿勢も不十分として、「全体として不安が残る」との見方を示した。

○核実験に抗議し、長崎で座り込みを続けている被爆者らが78年8月に旧長崎国際文化会館に寄贈した初代の横断幕が所在不明に。表に「核実験を直ちに中止さ

せましょう」と記し、裏には初回から寄贈まで4年間の座り込み日時（約80回分）と、延べ約1500人分の参加者名が書き込まれていた。市が長崎原爆資料館の所蔵庫や書庫など館内を探し回っても見つからず、廃棄に関する記録もなかった。

○長崎平和推進協会継承部会が新設した「英語研修班」による英語での被爆体験講話が行われる。長崎外国語大学で留学生ら20人に（19年11月14日）、また、国立長崎原爆死没者追悼平和祈念館で、外国人ら約50人に対して（20年2月16日）。

○国立長崎原爆死没者追悼平和祈念館で、被爆体験記朗読ボランティア「被爆体験を語り継ぐ　永遠の会」の大塚久子代表と長崎大多文化社会学部2年の山口稔由さんが、被爆者の三重邦子さんに対し体験の聞き取り（19年11月25日）。同館は4月、約2万7千人の被爆者健康手帳所持者に被爆体験記を募る文書を送った。応募者からは体験を聞き取ってもらう「執筆補助」の申し込みが多かったため、執筆補助を務めるボランティアを募集。大学生7人と「永遠の会」の有志7人が2人一組のペアとなり聞き取る仕組みを作った。

○長崎原爆被災者協議会と諫早市原爆被災者協議会が、諫早市天満町の百日紅公園（原爆当時は市営火葬場で、原爆による死者400～500人を火葬したとされる）に「慰霊の碑」建立へ。20年8月9日の除幕を目指し、賛同募金をスタートさせた。19年12月、約2年の交渉を経て市が同公園の使用許可を出す。

○広島、長崎の二重被爆者で、10年1月に亡くなった故山口彊さんの「没後10年の会」が長崎市内で開催（20年2月23日）。死去後は長女の山崎年子さんと孫の原田小鈴さん、ひ孫の原田晋之介さんが継承活動に取り組んでいる。

○国立長崎原爆死没者追悼平和祈念館が、被爆者の動く立体映像と音声、人工知能（ＡＩ）機能を組み合わせることで、利用者が被爆証言を聞き、質疑応答もできる新しい取り組みを構想中。被爆者の山脇佳朗さんの協力を得て19年度に試作品を作る。20年2月には東京都内で試験運用があり、小学生約10人が参加した。

8、高校生・大学生

（1）高校生

○第22代高校生平和大使23人が19年8月18日～8月23

日の日程で欧州訪問。国連欧州本部に過去最多の21万5547筆の署名を提出した。同本部に届けた署名は累計で200万筆を超えた。20年度は、長崎県の6人を含め、過去最多の28人が第23代大使に選ばれたが、8月の恒例の欧州訪問は、コロナ禍のために中止が決まっている。

○市民団体「高校生平和大使派遣委員会」などが、20年7月19、26日、8月2日の3日間、長崎と米ハワイ州の高校生によるオンライン学習交流会「ホオポノポノ・プロジェクト」を実施。本来は8月にハワイの高校生2人を日本に招待する予定だったが、新型コロナウイルスの影響で中止に。21年3月には県内の高校生3人を米国ハワイに派遣する予定。

（2）大学生

○ナガサキ・ユース代表団第8期生8人が選出される（19年12月）が、コロナ禍のために20年の核不拡散条約（NPT）再検討会議への参加は取りやめに。その代わり、主に海外向けにオンラインで発表会を開いた（20年5月24日）。国内外の約90人が視聴。

○長崎大核兵器廃絶研究センター（RECNA）と国際基督教大（ICU）平和研究所は、20年度から日本と韓国の大学向けに「平和・軍縮教育」の教材・カリキュラムの共同開発に取り組む予定。

○県立大シーボルト校金村ゼミの学生たちが「平和カレンダー」を作製。同ゼミの学生は15年から「Peace×Piece プロジェクト長崎」と題し、平和について考えてもらう動画やフリーペーパー作製などに取り組んできた。長崎平和推進協会が若者の平和にまつわる企画の必要経費を補助する「アジア青年平和交流事業」の一環。

9、被爆二世・三世

○県内の被爆二世138人のうち16・7％が、二世であることは自身の健康を脅かす原因と考えていることが、長崎大大学院災害・被ばく医療科学共同専攻の大学院生・大石紘大さんの調査で判明（19年9月）。調査は1～2月、長崎原子爆弾被爆者対策協議会が長崎市と県の委託を受け実施した被爆二世健康診断の受診者を対象に質問票を配布。

○日本被団協が被爆二世の全国実態調査を行い、中間報告（19年10月）。約3400人が回答。継承活動については「取り組みたいことはない」が55・5％で、「ある」は32・4％にとどまった。国が実施している二世の無料健康診断は51・3％が利用しておらず、20・3％は無料健診の制度があること自体を知らなかった。

○長崎市が、被爆二世と三世の援護施策拡充を申し入れていた県被爆二世の会（丸尾育朗会長）など3団体に対し、これまでと同様、援護対策は「国の責任」とし、市独自の拡充は困難と回答（19年10月10日）。

○県被爆二世の会が長崎市内で総会（20年7月1日）。崎山昇事務局長は、被爆二世運動を活性化させる上で、新たに被爆三世を組織化する必要があるかどうか検討する考えを示した。

○長崎市と市議会でつくる長崎原子爆弾被爆者援護強化対策協議会（原援協）が厚生労働省に本年度の要望（20年7月2日）。被爆二世の健康を管理する手帳交付制度の創設などを求めた。他方、全国被爆二世団体連絡協議会（崎山昇会長）も要請書を厚生労働省に送付（20年7月）。▽二世、三世が抱える健康不安など実態調査の実施▽二世健康診断へのがん検診追加▽三世への健康診断対象拡大▽海外に居住する二世の健康診断実現など6項目を要求。

○全国被爆二世団体連絡協議会が、4月に米ニューヨークで始まるNPT再検討会議へ代表団を派遣することを確認（20年2月15日）。［のち、NPT再検討会議そのものが延期］

10、教皇フランシスコの来日

○ローマ・カトリック教会の教皇フランシスコが来日（19年11月23日～26日）。教皇の来崎は81年2月の故ヨハネ・パウロ2世以来2度目。長崎には11月24日に訪れ、松山町の爆心地公園で「核兵器のない世界は可能であり必要だと確信している」と演説。教皇はその後、日本二十六聖人の殉教地（西坂公園）を訪問。約3万人が集まった県営ビッグNスタジアム（松山町）でミサを執り行った。午後には広島に移動して、平和記念公園で演説した。

○長崎で開いたミサに参加するため来日した在韓被爆者や支援者らが11月23日に空路入国した際、福岡出入国在留管理局福岡空港出張所での入国審査で約5時間足止めされたことが判明。ミサ自体には参加できた。管理局側は審査の際、在韓被爆者らの予定表を見て「デモをしにきたのか」などと尋ねたという。
○広島と長崎の平和団体やカトリック教会の関係者が、核兵器廃絶をめざして活動する被爆者らを支援しようと「核なき世界基金」を設立（20年7月7日）。ローマ教皇の被爆地訪問を受け、カトリック広島司教区の白浜満司教が提案。

11、新型コロナウイルスの感染拡大

コロナ禍によってさまざまな活動が停滞を余儀なくされた。以下、簡単にまとめる。
○日本被団協がＮＰＴ再検討会議にあわせた米ニューヨークへの代表団派遣を中止すると発表。長崎県内でも派遣に向けた連絡会が立ち上げられていたが、派遣を中止。
○長崎平和推進協会と長崎被災協が被爆体験講話を4月から7月末まで中止。長崎市の「家族・交流証言者」の定期講話は6月11日に再開。
○長崎原爆資料館が一時休館（4月10日～5月31日）。
○「高校生平和大使派遣委員会」が20年3月下旬に予定していた韓国への派遣、ＮＰＴ再検討会議への派遣をそれぞれ取りやめ。高校生1万人署名も中止していたが、7月5日に街頭での署名活動を5カ月ぶりに再開。コロナ禍に対応するため、デジタル署名も開始。
○17年のノーベル平和賞授賞式で被爆者として初めて演説したカナダ在住のサーロー節子さんによる5月の長崎訪問も中止。
○20年8月の原爆忌関連の行事も軒並み、縮小または中止を強いられた。長崎市が8月に予定していた米ハワイへの高校生派遣、県外原爆展、青少年ピースフォーラムは中止。8月9日の平和祈念式典は、参列者を500人に抑える方針。カトリック長崎大司教区が例年、8月9日夜に営む追悼行事「たいまつ行列」や、長崎原爆殉難者慰霊奉賛会や城山連合自治会、連合長崎が例年8月9日の夜に浦上川で催す追悼行事「万灯流し」も中止が決まった。20年11月29日に長崎市で開催予定だった「長崎平和マラソン」も開催を1年程度延期すると決定（20年5月18日）。
○長崎市と広島市が7月～9月に米ハワイ州で予定していた初の原爆展が延期。米戦艦ミズーリ記念館、ハ

ワイ大ヒロ校で開く予定だった。
○核兵器廃絶を巡る現状や課題について全国の被爆者に尋ね、1661人の回答を得た共同通信のアンケートで、コロナウイルスによって今後も核兵器廃絶運動や体験継承を「大きく妨げられる」「ある程度は妨げられる」とした人は計63・1％（20年7月）。
○他方で、オンラインによる新たな取り組みも。
・市民団体「ピースバトン・ナガサキ」（調仁美代表）は動画投稿サイト「ユーチューブ」で、原爆資料館の展示物などを紹介する動画を4月から公開。
・日本非核宣言自治体協議会は、全国の加盟自治体職員と一般市民向け研修会で6月に被爆体験を話す予定だった佐藤正洋・長崎市議会議長に活水女子大2年の小川由姫さんがインタビューする動画を7月に公開。
・長崎市が、平和問題の継承について若者のアイデアを聞く「若者ブレインストーミング」をオンライン上で開催し、県内外の大学生らが意見交換（20年6月26日）。
・「核兵器廃絶国際キャンペーン」（ICAN）が、原爆資料館の展示物を英語で紹介するオンラインツアーを7月22日に広島で、24日に長崎でそれぞれ実施。

12、文化・スポーツ

○サッカーJ2のV・ファーレン長崎が県庁で平和祈念イベントを開く（19年8月10日）。被爆俳人・松尾あつゆきさんの孫、平田周さんが講話。引き続き、FC琉球とのアウェー戦「平和祈念マッチ」のパブリックビューイングもあった。
○広島と長崎の子どもたちがサッカーを通して交流を図る「ピースマッチ」と「平和祈念広島女子フェスティバル」が広島市内で（19年8月7～11日）。
○非政府組織「ピースボート」は、長崎港に停泊した船内で、広島で被爆したピアノを演奏するコンサートを開く（19年8月9日）。
○写真家・大石芳野さんの写真集『長崎の痕』を平和教育に生かしてもらおうと、被写体となった被爆者らでつくる「『長崎の痕』を広める会」が、長崎市立全小中高に計151冊を寄贈。市立銭座小で贈呈式（19年11月12日）。
○第25回「平和・協同ジャーナリスト基金賞」が発表され、書籍『揺るがぬ証言　長崎の被爆徴用工の闘い』

が奨励賞に選ばれた（19年11月28日。韓国人元徴用工3人が長崎市などに被爆者健康手帳交付を求め、訴訟で手帳を勝ち取るまでの経過を克明に記録している）。
○「ナガサキ映画と朗読プロジェクト」が長崎原爆資料館で（19年12月14・15日）。映画監督・稲塚秀孝さんが主導し、地元の朗読グループなどの協力で今年初めて開催。

13、その他

（1）民間の動き
○「ヒバクシャ国際署名」に取り組む「県民の会」（朝長万左男、田中重光共同代表）の結成3周年の集いがあり、これまでに集めた署名数が30万筆を突破したと報告（19年9月28日）（**本書の田崎昇さんの文章を参照**）。他方、佐世保市の市民団体が8月4日に開いた原爆の写真展をめぐり、佐世保市教委が団体側からの後援申請を断る。写真展と同時に取り組む「ヒバクシャ国際署名」の街頭活動を「政治的中立性が保てない可能性がある」と判断したという。20年8月の同種の写真展に関しても、市教委と市の両者が後援申請を拒否。
○核実験抗議の座り込みを続ける県内市民団体の交流会が長崎市内で開催（19年9月21日）。今年で31回目。今年は長崎市と西彼長与町から3団体が参加。

（2）行政の動き
○長崎原爆資料館と市平和会館、市歴史民俗資料館が、来館者への案内や警備、駐車場管理などの維持管理業務について、19年9月1日から指定管理者制に移行。24年8月末まで。指定管理者となるのは司コーポレーションなど3社で構成する「長崎平和施設管理グループ」。
○長崎市が「被爆75周年記念事業」の選定結果を発表（19年11月8日）。平和盆踊り大会、芸術家・竹田信平さんが爆心地公園の地表にペンキで被爆者の声紋を描くアートプロジェクト、被爆証言の演劇、被爆体験記出版事業など11件が選ばれた。
○長崎市が被爆75年の主な平和関連事業を発表（20年2月14日）。20年度一般会計当初予算案に事業費5220万円を計上した。米ハワイへの高校生派遣、青少年ピースフォーラム、県外原爆展などを実施。東京五輪・パラリンピックに合わせ、広島市と共同で原爆展を東京・埼玉で開催予定。被爆資料の収集を強化するため、担当の嘱託職員1人を増員。被爆者の日記や写真、生活用品などを念頭に、市内の被爆者約2万6千人に収集への協力を呼び掛けへ。
○長崎市が、長崎原子爆弾被爆者対策協議会（原対協）が運営する雲仙市小浜町の原爆被爆者温泉保養所「新大和荘」について、21年1月末で閉鎖する方向で検討していることを明らかに（20年6月9日）。
○田上富久長崎市長が、21年度以降、国内50大学を対象に順次、原爆展を開催したい意向を示す（19年12月）。広島市と連携する。

（3）国際交流
○長崎原爆で倒壊した旧浦上天主堂にあったとされる被爆十字架が米オハイオ州ウィルミントン大平和資料センターからカトリック浦上教会に返還され、同教会で返還式（19年8月7日）。同センターのターニャ・マウス所長が、髙見三明カトリック長崎大司教と信徒代表の藤田千歳さんに手渡した。45年10月に長崎に進駐した米軍人ウォルター・フックが、親しくなった当時の山口愛次郎カトリック長崎司教から譲り受けたとされる。フック氏が82年、同センターに寄贈。
○長崎市が、「長崎平和特派員」として、オーストリア外務省の軍縮軍備管理不拡散局長などを務めたアレクサンダー・クメント氏を認定したと発表（19年9月26日）。特派員は２０１０年の認定開始以来、通算で1団体と23人目。
○長崎原爆の実像に迫った書籍『ナガサキ』の著者、スーザン・サザードさんが長崎市内で講演（19年11月10日）。
○日本や韓国、マレーシアの大学などで学ぶ13カ国の学生が、被爆の実相や核兵器の現状について学ぶ「ユース・カンファレンス・イン・ナガサキ」が長崎市内で開催（20年2月10～12日）。国立長崎原爆死没者追悼平和祈念館が主催。
○日本被団協がＮＰＴ再検討会議に合わせて開く予定の原爆展について、外務省が展示パネルの内容を変更するよう求めていることが判明（20年3月3日）東京電力福島第1原発事故とチェルノブイリ原発事故に触れた2枚について、外務省は「ＮＰＴは原子力の平和利用を認めている」として、被団協側の主張とは相いれないと説明しているという。［のち、ＮＰＴ再検討

会議そのものが延期〕
○国連軍縮研究所のレナータ・ドゥワン所長が来崎（20年3月8日）。長崎原爆資料館訪問、田上長崎市長との意見交換、長崎被災協の田中重光会長ら3人の被爆者との面談など。

14、被爆者の高齢化

○県被爆者手帳友の会が19年7月30日に死去した井原東洋一前会長の後任に朝長万左男氏を選出（8月27日）。
○長崎県と長崎市が交付した被爆者健康手帳の所持者数が19年度末で3万5597人となったことが判明（20年5月20日）18年度末には3万8025人で、2427人減。全国では13万6682人で、9194人減。

15、おくやみ

この期間中に以下の方々が亡くなった。カッコ内は逝去日。
○李実根氏（リ・シルグン）さん（20年3月25日）‥広島県朝鮮人被爆者協議会会長。山口県出身で、16歳の時に広島市で入市被爆。75年に広島県朝鮮人被爆者協議会を結成。会長を務め、北朝鮮在住の被爆者への支援活動を続けていた。
○内田伯（うちだ・つかさ）さん（4月6日）‥「長崎の証言の会」代表委員。16歳の時、三菱兵器大橋工場で被爆。戦後、爆心地復元運動や、旧城山国民学校の被爆校舎保存運動などに尽力。**（本書の内田さん追悼特集を参照）**
○畑敏光（はた・としみつ）さん（4月12日）‥長崎市内の画材店「彩美堂」会長。長崎原爆の被爆者でもあり80年に美術展「ながさき8・9展」を企画。
○清水多喜男（しみず・たきお）さん（5月15日）‥諫早市原爆被災者協議会会長。同団体が高齢化と後継者難で一時休止した後の17年夏、自ら会長に就き、再建に尽力。

ヒバクシャ国際署名――県内50万筆の目標達成

田崎　昇
（ヒバクシャ国際署名をすすめる長崎県民の会）

被爆者が核兵器廃絶を求めて世界に国際署名を呼びかけてから4年余、被爆地長崎で活動推進のための県民の会を設立してから4年。本年9月9日に目標の50万筆を達成しました（20年9月29日現在、50万9070筆）。これらの署名は全国から集まった署名とともに国連に届けられます。

初めて被爆者が呼び掛けた署名

2016年4月、広島・長崎の被爆者の代表9名が「すみやかな核兵器廃絶を願い、核兵器を禁止し廃絶する条約を結ぶことをすべての国に求めて」核兵器廃絶国際署名を世界に呼びかけました。核兵器禁止の署名はこれまで国内外のNGO（非政府組織）によって行われてきましたが、被爆者が呼び掛ける国際署名はこれが初めてでした。呼びかけの原点は「再び被爆者をつくらない、同じ苦しみを後世の人々に経験させてはならない」という強い願いです。被爆地長崎ではオバマ米国大統領が広島を訪問した16年5月27日に合わせて、被爆者5団体の代表が平和公園で長崎での署名活動をスタート。これを受けて同年9月26日、県内の県民、団体が結集して「ヒバクシャ国際署名をすすめる長崎県民の会」を発足しました。共同代表に谷口稜曄氏（長崎原爆被災者協議会会長・当時）と朝長万左男氏（核兵器廃絶地球市民集会ナガサキ実行委員長）を選び、事務局を長崎原爆被災者協議会内に設けました。9月26日は国連が定めた「核兵器廃絶デー」に当たります。

草の根活動の展開

県民の会では賛同団体から参加したボランティアス

タッフ約10人による事務局体制を整えました。この4年の間に、両共同代表と事務局スタッフを含めた事務局会議は、月に1回のペースで合計54回開かれました。

まず、草の根ネットワークを全県下に広げるために、活動の推進役となる代表賛同人、賛同人の就任をお願いしました。長崎県知事中村法道氏、長崎市長田上富久氏、長崎平和推進協会理事長横瀬昭幸氏が代表賛同人就任を快諾されました。同時に県内の自治体の首長をはじめ、議会や各種団体、グループの代表、個人に賛同人就任を呼びかけ、180人以上の方が承諾し活動の中心的役割を果たされました。県下の自治体を直接訪問し要請した結果、佐世保市を除く計21の自治体首長が賛同人を引き受けられました。さらに、自発的に活動された団体、個人の方もたくさんおられ、県外はもちろん韓国にも活動の輪が広がりました。

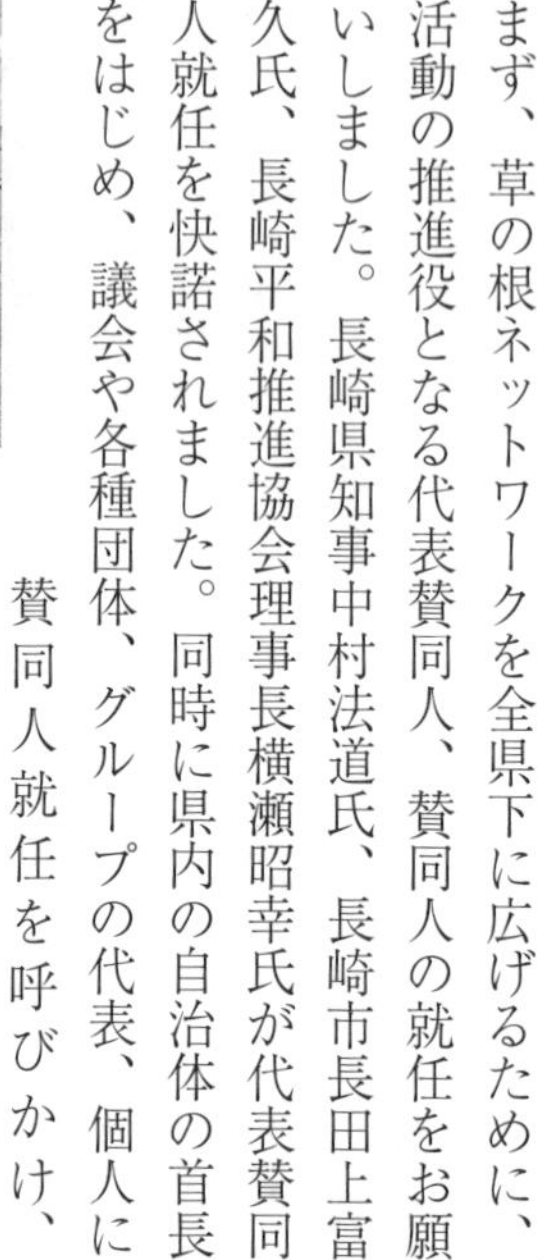

2019年９月26日　浜町アーケードでの街頭宣伝

街頭宣伝と学習会、折々のイベント

県民の会が設立された9月26日にちなんで、毎月26日に長崎市浜町アーケードで街頭宣伝と署名活動を行いました。音楽や歌のグループの方々も参加した街頭宣伝は若者の関心を集め、新聞・テレビでも報道されました。このほかにも大村市・諫早市・南島原市などでも不定期ながら開催し、4年間の街頭宣伝は合計50回を超えました。また、署名の意義について考え、核兵器の脅威などについて学ぶ学習会を何度も開きました。長崎大学核兵器廃絶研究センターの先生方を招いての核軍縮に関する学習会、被爆者の証言を聞く会、長崎県宗教者懇話会との共催による平和についての学習会などを開催しました。そのほか折々の多彩なイベントも開かれました。このようにして50万筆の目標を達成できたのは、多くの団体、県民の皆様のご支援とご協力の賜物ですが、被爆者の切なる願いと署名そのものが持つ力に負うところが大きかったと思います。17年8月、志半ばで亡くなられた谷口稜曄さんのご霊前に県民の会としてこの成果を報告するとともに、ご遺志を継いで核兵器のない世界の実現に向けまい進することをお誓いします。

コロナ禍の原水禁世界大会

平野　忠司
（原水爆禁止長崎県民会議）

私の家は、長崎市南部の高台にあり、朝長崎に入港するクルーズ船を数か月前までは楽しみにしていました。「長崎は灰色の船ではなく、白い船が似合うよなぁ」と思いに浸ることがここ何年も続いていました。しかし現在はその面影もなく、全く何の変化もない朝の風景になってしまいました。

東京でコロナ感染者が確認されたのが1月30日。2月3日からは横浜港に入港したクルーズ船騒ぎ。2月27日は何の権限もなく出された安倍首相の「小学校・中学校・高校・特別支援学校への臨時休校要請」……と国内でもコロナ感染は徐々に深刻さを増し、一刻も早く対策を打つべき時期にきていました。しかし、日本政府は、中国・習近平国家主席の4月来日を控えていたため、中国全土ではなく都市封鎖となっていた武漢からのみ入国制限をしていました。そのため中国や韓国からの入国制限を強化したのは、3月5日に延期が決定した直後の3月9日のことでした。また、小池百合子東京都知事は、東京オリンピック・パラリンピックの1年延期が正式発表される前日の3月23日、記者会見で「オーバーシュート」「ロックダウン」「クラスター」など突然に衝撃的なカタカナ語を用いながら、既にコロナ感染が拡大し危機的状態にあることをやっと都民へ伝え始めました。東京都の感染者は、3月は一桁台から十人台だったのが、3月24日は18人、25日は41人、26日47人、28日64人、29日72人…と一挙に実態が見え始めました。小池知事はその後も「ステイ・ホーム」「ウィズ・コロナ」など都民を煽る手段として、今でも言葉遊びを続けています。

今年は、全国からの招集は厳しいという原水爆禁止日本国民会議（原水禁本部）の判断で、オンラインの世界大会となりました。しかし、被爆75周年の節目でしたので、原水爆禁止長崎県民会議（原水禁長崎）としては、①原水禁長崎集会（8月8日）、②ミニ集会・黙とう（8月9日）、③新聞意見広告掲載（8月9日）の3点の実施を決定しました。

「オンライン集会」は、①広島大会・長崎大会・福島大会、②国際問題や高校生のシンポジウム、③分科会・特別分科会、④独自集会や現地行動等から構成されています。一部を除き多くがビデオ収録で、英語と日本語に翻訳されています。当日にユーチューブでアップされた後も、常時掲載されているので、何度でも視聴でき、個々の学習資料として活用できます。

従来のように、長崎に来て被爆体験を直接聞いたり、分科会で直接議論を交わしたりしてもらうことができず残念です。また、被爆遺構巡りなど長崎でしか学習できないこともあります。他県参加者が8月9日の登校日の平和集会を見た後、深い印象を持ったと感想で述べています。オンラインにはオンラインのいいところがありますが、現地開催は絶対に必要です。

8月8日の「原水禁長崎集会」は、コロナ禍でもあり規模を縮小して行います。前半は一般的なあいさつや報告ですが、後半は被爆体験講話を企画しています。第二部として映画「ひろしま」（1953年作）を上映します。約900人入る会場に約300人の人数制限があります。アルコールや検温計・マスクなど従来にない必需品があります。また来場者の氏名や連絡先の把握など、今までなかった気の使い方が主催者として必要になります。

新聞意見広告（8月9日）は、「核も戦争もない21世紀に！」というスローガンをメインに、「反核・平和」の取り組みや原水禁の活動を被爆75周年の節目と

して紹介しています。

今年に入り、「2・11ヤスクニ共闘講演会」以降、大きな集会や講演会は行っていません。「3・11さようなら原発集会」や「5・3 9条フェスタ」の講演会を中止しています。「5・1メーデー」さえ通常の集会ができていません。コロナは、私たちの運動まで制約しています。

企業では、これを機に事務所を廃止し「在宅ワーク」のみにしたり、出張を止め「オンライン会議」に切り替えたりしています。働き方改革の点からみればそれも一つの方法ではあります。

原水禁運動でも、個々の学習や情報交換は「オンライン」でも可能で、コロナを機に改革することも必要です。しかし、原水禁運動は広島や長崎の現地に集まり、現地を原点とした闘いです。したがって、8月に長崎に来ることは非常に重要で意味深く、長崎大会・広島大会・福島大会は、どんなことがあっても継続していかなければなりません。

一刻も早いコロナ終結をのぞみます。

『証言 長崎が消えた』
長崎の証言の会編集・発行
（定価1,000円＋税）

『証言　長崎が消えた』
長崎の証言の会編集・発行（2006年）
（定価1000円＋税）

原爆は〝浦上〟ではなく〝長崎〟に落とされた。そして浦上地区が壊滅し、長崎市の機能は停止した。これが本書の表題の意味である。

証言の会は、2006年に「西日本文化賞社会文化部門」を受賞した。その記念の意もあって本書は発行された。証言の会活動を始めた1969年から2006年までに『証言』誌に掲載された被爆体験記約1千編の中から特に後世に残したい体験記と若干の論文や詩歌38編を再録している。巻末には『証言』誌に掲載されたのべ1千人の被爆体験記の筆者・証人の名簿を五十音順に並べている。（在庫はありません。）

コロナ禍での原水爆禁止2020年世界大会オンライン

佐藤　澄人
（原水爆禁止長崎県協議会）

8月2日から9日まで、原水爆禁止世界大会が開催されます。テーマは「被爆者とともに、核兵器のない平和で公正な世界を――人類と地球の未来のために」です。広島と長崎の被爆から75年、2020年という節目といわれる世界大会が初めてオンライン開催されます。新型コロナウイルスのパンデミックは世の中の在り方を問うものになっているが、それだけでなく私たち平和運動の在り方も問うものになっています。私たちの運動の原点は「一人から一人へ」の署名行動です。その署名行動が、人が集まり移動したりしないことが効果的な感染拡大防止策であるからだとして、難しくなっています。「核兵器のない平和で公正な世界」への共同が求められている時代だからだということであります。

今回の世界大会は、新型コロナウイルスの世界的な感染拡大とたちむかいながら、原水爆禁止運動の役割を果たすために、そして、多くの人々が集えない困難な状況のもとでも、被爆者とともに、あらゆる手段をつくして核兵器廃絶を世界に訴える世界大会にしたいと、オンライン開催としています。コロナ禍での世界の新しい変化の兆しが感じられる中、新しい条件と可能性をくみつくして、これまで以上に力強く、そして世界のより多くの人々に発信する大会にと思っています。

ことし2020年は、広島・長崎への原爆投下から75年、国連を創設してから75年の節目に当たります。1946年1月、第1回国連総会は「各国の軍備から原子・大量破壊兵器の一掃」を決議し、戦後政治の目標を定めました。

しかし、国際政治の現実は、世界が決めた目標とかけ離れています。

なおも続く核軍備競争。世界にはなお1万4千発を超える核兵器を蓄積、配備。アメリカなど核大国は、自国の利益第一を主張し、核軍備の近代化・増強。世界の軍事費1兆9170億ドル（約200兆円）。新型コロナウイルスのパンデミックは気候変動、社会的経済的格差・貧困など世界中の人々の現実を照らしました。

そして、国連のグテーレス事務総長が「世界のあらゆる場所での即時停戦」をよびかけたように、「自国優先主義」などの対立や分断ではなく、国際協調と連帯でしか、事態の解決はできないことを多くの人が考え始めたのではないでしょうか。

そういう中で史上初めてオンラインで開催された4月25日の世界大会（「核兵器廃絶、気候危機の阻止と反転、社会的経済的正義のために」）は、分断や対立ではなく、市民社会を含めた国際的共同であること、活動が困難な時でも世界の市民がつながれば、大きなメッセージを発信できることを示しました。世界大会に登場した中満泉国連上級代表は、このグローバルな危機は国境で止めることはできない、「あらゆる組織や個人など私たち全員を団結させるものとなることを希望する」と発言しています。

2017年7月に国連会議で採択された「核兵器禁止条約」。これを「希望」として歓迎した被爆者や市民社会と諸国政府の共同が力でした。昨年の世界大会では2020年NPT再検討会議の前にニューヨークでの世界大会開催が呼びかけられ、私たちも被爆地の声を届けようとその準備に大奮闘しました。長崎では「世界大会ニューヨーク」を成功させる連絡会に結集して、核保有国へNPTの義務と合意の実行を迫る市民社会の意思を示しました。こういう流れや、これまでの世界大会の大事な役割が、4月のオンライン開催を可能にし、共同や草の根の運動の活性化をつくりだし、今回の世界大会オンライン開催につながったと考えます。

オンライン開催は世界から移動することもなく参加が可能であり、今回の世界大会へは国連や諸国政府代表、反核平和運動、環境運動、貧国克服を目指す運動などから参加があります。

世界大会は「核兵器禁止条約」発効へ大きなステップとなると期待されます。また、新たな共同を切り開き、コロナ後の新しい世界、希望を語り合うものになると期待されます。

世界大会は草の根からの国際的な連帯行動として、「平和の波」――核兵器廃絶を共通の目標とし、「ヒバクシャ国際署名」を共通の行動として、地球の自転に合わせて世界をまわる草の根の共同行動――を大会と呼応しておこなうことを呼びかけています。

「たった一人の行動から何万、何十万の人々の行動まで、また、コロナ禍の中でソーシャルネットワークを生かした行動から、条件に応じたミーティングや行進など、どのような国、どのような状況の中でも創意を生かして準備し、連帯して取り組める行動」をオンラインでつないで発信するというものです。これもオンラインならではのものだと思います。

世界がつながる被爆75年、原水爆禁止2020年世界大会オンラインです。

被爆75年の取り組み―「爆心地の記憶展」に寄せて

竹下　芙美
（被爆者、長崎の被爆遺構を保存する会）
［聞き手・構成］　橋場紀子

今年1月、長崎市のピースミュージアムで小さな展示会が開かれた。「爆心地の記憶展」。会場に並べられたのは、被爆者・竹下芙美さんが長崎原爆の爆心地で集め、保管してきた被爆資料の数々だ。中には、爆心直下の超高温で焼かれ、表面の泡立ちが残る被爆瓦があり、その泡立ちの中に極細の鋭い突起が見えた。茶碗や仏具の欠片、一部が溶けたガラス瓶、さび付いた鉄線の塊…また、その収集の経緯についても、発掘当時の写真とあわせ細かに報告された。

竹下さんは、発掘の経緯や展示会開催の思いを「あいさつ文」としてこのように記している。

＊＊＊＊＊

1996年4月、平和公園に続き、爆心地公園の整備工事が始まりました。

「爆心直下なので貴重な被爆資料もでてくるかもしれない」と思い出向いた私は、そこで人骨が埋まっているのを見つけました。小さな骨もありました。ただただ、「掘り出さなければ」という思いで、許可を取り発掘をしました。

上空約500ｍで原子爆弾が炸裂したその直下の土中からは瓦、木材、そして茶碗や仏具、歯ブラシ、クシ、衣類、火鉢、傘の骨といった生活用品。さらに、人骨、畳、木材と、上から順に見つかりました。瓦の表面は他では見られないほど大きく泡だっていました。

「あの日」、私は3歳10ヶ月でした。疎開先の時津にいましたが、8月14日に自宅があった西坂町に向かい、入市被爆しました。記憶はほとんどありませんが、「ぴかっと光ると大変なことが起こる」とずっと稲光を怖がりました。

29歳で結婚し、長い間、普通の主婦でした。1987年に沖縄の戦跡めぐりをしたことをきっかけに、被爆者であることを強く実感し、平和活動にかかわるようになりました。

知識として「知っている」ことと、実際は全然違う…「本物」を自分の目で見て、手で触らなければわからない、と思ったのです。

若い時から病気ばかりしてきました。去年は、2度目のがんが見つかりました。人生の残り時間を考える頃となっています。

被爆75年を前に、改めて心に浮かんだのは爆心地で掘り出した小さな骨でした。当時の私と同じぐらいの女の子のものだそうです。戦争も原爆もなく、もし、女の子が生きていれば、私と同じように、辛いこともあるかもしれないけれど、楽しいこともいっぱいあった人生を送られたでしょう。今頃、孫に囲まれていたかも知れません。そんなことを考えると、とても苦しく涙が止まらなくなります。普通に暮らす毎日が、たった一発の原爆によって、一瞬で消しさられてしまいました。

展示している資料はすべて私が爆心地で発掘し、これまで大切に守ってきたものです。どうぞ、じっくり見て、当時のことを想像してください。そして、戦争の愚かさ、原爆の残酷さを、伝え続けてください。（後略）

＊＊＊＊＊

展示は、4つのコーナーに分かれ、①プロローグ（原爆被災状況、発掘場所・爆心地公園周辺の状況）、②発掘経緯・発掘された遺物、③前年2019年に長崎を訪問したローマ教皇への被爆瓦献上について、④発掘されたボタンなどをモチーフに描く絵本プロジェクト、を写真パネルや実際に触れる被爆瓦を展示して紹介した。

その展示パネルを基に「爆心地公園の発掘」（1996年）について記録したい。（竹下芙美さんの被爆体験と被爆遺構の保存や在外被爆者援護の市民活動に

ついては、『証言2015――ナガサキ・ヒロシマの声　第29集』、133～53頁に掲載）

長崎市は被爆50周年記念事業として、今の原爆資料館を開館したほか、平和公園（祈念像から爆心地一帯）の整備を行った。このうち、爆心地がある中心地地区は「祈りのゾーン」として、原爆犠牲者への冥福を祈る空間と位置付けられた。下（しも）の川に遊歩道が作られ、護岸の整備工事をする中で、1996年4月、被爆当時の遺構が見つかった。当時、被爆瓦などの遺物は珍しいものではなく、調査は行われなかった。しかし、工事現場で遺骨などを目にした竹下さんら市民が「工事よりも調査を」と長崎市に強く求めた。市は協議のため、工事をいったんストップしたが、工期があるため工事内容の変更は難しいと返答し、3週間ほどで工事が再開した。

爆心地公園の整備工事。
今の「当時の地層」に向かう階段辺り

竹下さんは平行して、市に発掘の許可を申請。竹下さんと内田伯さん（当時：長崎市職員）の2人に許可が出され、満開の桜が散る中、発掘を行った。内田さんは仕事の都合もあり結果として竹下さんがほぼ一人で発掘を続けた。

発掘された人骨

4月7日、竹下さんは所用で爆心地公園を訪れた。爆心地公園では被爆50周年記念事業の工事が始まっていた。「何か原爆に関するものが出ているのでは」と、公園内を歩きまわっていると南側の護岸工事現場付近で被爆瓦を発見した。

翌日も竹下さんは爆心地公園に出向き、再び公園内を探した。すると今度は、被爆瓦とともに骨の灰の塊のような物を見つけた。

9日に会った長崎大学の教授に助言を求めたところ、医学部の内藤芳篤名誉教授（解剖学）を紹介された。竹下さんはその日のうちに内藤教授に連絡し、鑑定をお願いした。そして、同日の夜にはヒトか動物の骨の灰の塊と回答を得られた。

内藤名誉教授による見つかった人骨の鑑定

10日にも爆心地公園を訪れ、被爆遺物を探した。11日、下の川沿いに下りて探したところ、夕方に大人の背骨などまとまった骨が見つかった。すぐに内藤教授に鑑定を依頼。結果、20代半ばの女性の骨と分かった。翌日、発見した骨の周りを発掘したところ、すぐそばから中に4、5本の歯が入った子どもの小さな頭骨が出土した。

すぐに長崎市に「工事よりも調査を」と訴え、市は協議のため、工事をいったんストップした。工事が止まっている間、市への訴えを続けるとともに、できるだけ発掘を進めた。

長崎大学教育学部で地質学の専門家だった長岡信治教授（当時は助教授）が5月4日に現地調査を行った。

市は工期があるため工事内容の変更は難しいと返答し、5月中旬に工事が再開したが、竹下さんは6月中旬ごろ、発掘できなくなるまで遺物の収集を続けた。現場から見つかったヒトと考えられる骨片は、骨壷3つ半にもなった。骨は長崎市が受け取った。

掘り出すことができなかったヒトの骨

背骨と肋骨がまとまった状態で見えた。しかし、この骨は掘り出すことができなかったため、現在も展示窓左側にある階段横の石垣奥にそのまま埋まっている。

発掘現場での献花

竹下さんは、自分と同じぐらいの年齢だった女の子のものと思われる骨が見つかったことに衝撃を受けた。子どもの骨の近くには炭化したひと塊のそば殻、そして20代半ばの女性と思われる骨も出土した。原爆が投下されたのは昼前であったため、「お母さんはお昼ごはんの用意をしていて…この子はその近くでそば殻の枕で寝ている間に、突然の原爆が投下されて、自分が亡くなったことすら気づかないで眠ったままではないか」などと想像しては、涙が止まらなくなったという。

現場から多数の骨片が見つかり、花を捧げる

爆心地で見つけた女の子の骨と、発掘時に舞い散っていた桜は、今でも竹下さんの心に深く刻まれている。

［注：当時の取材などの資料を確認すると、内藤芳篤教授が判断できたのは子供の骨ということと、成年の骨（再度要確認）ということだけで、性別は判断できていない。子供の骨が出土した付近から女の子の物と思われる洋服のボタン等が出土しているということで、女の子であろうと推定。成年の骨も性別は判断できなかったが、子供の骨の近くで出土したということと、当時、成年の男性が午前11時頃に家にいるという事自体が考えにくい等の理由から女性と推定している。］

地層の調査を行う長岡信治教授

長崎大学教育学部で地質学の専門家だった長岡信治教授（当時は助教授）が1996年5月4日に現地調査を行った。教授は「陸上の原爆遺構は、数多く知られているが、原爆堆積物や埋没遺構・遺構の報告は少ないことから、この露頭は原爆落下当時の被害のみならず、変質した地表面や原爆生成物をそのまま保存した貴重な資料と考えられる」と、調査内容をまとめた論文「長崎市原爆落下中心地碑南東に現れた1945原爆堆積物」（長崎大学教育学部 自然科学研究報告

調査中の長岡教授

第57号、1997年）に記した。爆心地で見つかった遺構を記録・保存すべきとの教授の提言は、その後の遺構保存の動きに大きく影響した。

発掘された地層

長岡教授の論文によると、地層の説明は下記のようになっている。

地層①－江戸時代以前の沖積平野の氾濫原堆積物、または江戸時代以降の水田堆積物と推定

地層②－氾濫原を最初に人工的に埋め立てた堆積物

地層③－炭化木片集積層。火災、又は野火の跡と推定

地層④－地層③の焼土を整地する際の埋め立てと推定

地層⑤－1945年の原爆堆積物と推定。高温酸化を受け溶結した表土、大量の表面が発泡した屋根瓦片や柱などの炭化木片、壁土、ヒトと考えられる骨片も多く出土

地層⑥－瓦・レンガ・ブロックなどの破片の集積層。復旧工事などによる地層⑤の再堆積と推定

地層⑦－埋土と判断。被爆復旧工事、又は原爆落下中心地の公園整備などによる盛土と推定

地層⑧－公園整備の際に持ち込まれた腐植土

地層展示窓設置に向けた作業時に撮影。地層⑧はすでに取り除かれており、写っていない。撮影日：1996年５月４日

原爆による堆積物の層

発掘を進めると、屋根瓦、梁や柱の木材、生活用品、人骨、畳、床と思われる木材、石が上から順に見つかった。家がそのまま押しつぶされ、50年もの間、埋もれていた様子が見て取れた。

発掘された遺物は主に、

・炭化した木材（被爆後の火災で燃えたものと考えられる）
・被爆瓦（屋根瓦に熱線があたった部分だけが泡立っている。いくつかの瓦には鉄が焼きついている。瓦の泡の大きさは爆心地以外では見られないほど大きいものであった）
・火鉢（当時は無くてはならない生活用品だった）
・生活用品（食器の破片・キセル・三角定規・瀬戸物のおろし器・すり鉢・仏具）
・ボタン（いろいろなサイズ、色のボタンが出土。学生服のボタンも見つかった）
・溶けた金属製品（鍋だったのか、それとも他の物だったのか。アルミとみられる金属の塊）
・ガラス製品（ガラス瓶やインク瓶、皿）
・支那事変従軍記章（支那事変に従軍、あるいは関係した人に顕彰のため授与した記章。表には軍旗と軍艦旗が交差し、その上に八咫烏（やたがらす）、上部に菊紋が見える。記章の裏には「支那事変」と右横書きで書かれている。飾版には右横書きで「従軍記章」と書かれている）

であった。

展示窓の設置工事へ

見つかった遺構の詳細な発掘調査は実施されなかったが、市民の要望により市は追加予算を組んで「被爆当時の地層」が見える展示窓の設置を決

2020年４月に亡くなった内田伯さんと。爆心地の松山町に自宅があった内田さんは解体工事の度に被爆遺物がないか探しに行っていたという。

めた。

銭座小学校　原爆被災資料展示室

竹下さんが爆心地から発掘した遺骨や遺物は長崎市が受け取った。大量に出土した被爆瓦や茶碗の欠片などは、市がすべてを引き取ることはできず、状態の良いものを選んで受け取った。

残りの遺物を棄てるのは忍びなかったため、できる限りの被爆遺物を収集、竹下さんの自宅に保管した。竹下さんは集めた資料を次の世代に見てもらいたい、と2003年に母校の銭座小学校に保管していたほとんどの資料を寄贈した（およそ1000点）。銭座小学校の原爆被災資料展示室は、学校に事前連絡をすれば一般の人も見学することができる。

ローマ教皇に「被爆瓦」を献上

2019年11月24日、ローマカトリック教会のフランシスコ教皇が長崎を訪れた。竹下さんは「ローマ教皇に、私が持っている被爆瓦などを見ていただきたい」、「可能であればバチカンへ持ち帰っていただきたい」と考え、10月29日、カトリック長崎大司教区の髙見三明大司教に相談。ローマ教皇来崎の際に被爆瓦と溶けたビール瓶を見ていただき、良ければバチカンの方へ送るということになった。献上のための箱は、カトリック浦上教会「被爆マリア」の祭壇を手がけた西村勇夫さんが製作。また、少しでも原爆の惨状を知ってもらえればと被爆瓦についての説明書も日本語と英語で作成し準備を進めた。11月24日、空港から爆心地へ向かう車中でローマ教皇が被爆瓦をご覧になり、髙見大司教によると「教皇は眉間にしわを寄せ、悲しい表情をされて『本当にむごいことです』というようなことをおっしゃった」そうだ。「後ほどバチカンに送りましょ

爆心地で発掘した被爆瓦を、髙見三明大司教を通じて、長崎訪問したローマ教皇に献上した

うか」と髙見大司教が尋ねると「送料がかかるでしょう。持って帰ります」とローマ教皇がお答えになった。髙見大司教は長崎からバチカンに届いた初めての被爆遺物かも知れませんと話している。

竹下さんは、被爆75年という節目の年に企画・開催した展示会の終わりに次のような文章を掲げた。今回、『証言２０２０』への寄稿にあわせ、改めて思うことを尋ねてみたが、「これがいい」と話した。

＊＊＊＊＊

爆心地で掘り起こし、大切に保管してきたものを、見ていただきありがとうございました。

「原爆がどういうものか、戦争が普通の生活をいかに無残に奪っていくか」ということを、あらためて考えていただく機会になったとしたら、非常にうれしく思います。

戦争や原爆がなければ、さくらこちゃんを始め、命を落としたたくさんの人たちは、死ぬことは無く、いろいろな人生を過ごしただろうと思っています。

そういうことを、しっかり心に、記憶に刻むには、原爆の痕跡を目で見る、直接触る、という事が重要だと考えています。

そのためにも、被爆の資料を残し、未来の人たちに見てほしいと思います。

どうぞ、爆心地公園の「展示窓」に何度でも足を運んでください。

そこで、原爆のことを考えてください。

そして、そこで命を落とした人を忘れないでください。

ご来場いただきまして、本当にありがとうございました。

[「さくらこちゃん」とは、竹下さんが爆心地で骨が見つかった子どもに勝手につけた名前。被爆時、同年代であったことから親しみを込めて名付けた。今後、「さくらこちゃん」をモチーフに絵本を作りたいと考えている。]

企画展内容

立案・主催　竹下芙美

期間　２０２０年１月28日(火)～２月24日(月)
26日間

場所　ナガサキピースミュージアム
（長崎市松が枝町７－15）
入場無料、期間中入場者４４６人

被爆75年、コロナ禍のブラジルより

渡辺　淳子
（ブラジル被爆者平和協会理事）

新型コロナウイルスの感染拡大で、長崎だけでなく、日本中、いや、世界中の移動や活動が制限された被爆75年－NPT・核拡散防止条約の再検討会議が延期になった、平和祈念式典が縮小となった、修学旅行生が長崎に来られず被爆講話・遺構巡りがほとんど中止になった……など、できなかったこと、なくなったことばかりが聞こえてくるが、インターネットを利用した「オンラインミーティング」は飛躍的に増加・充実した。ブラジル在住の被爆者とオンラインでつないだ被爆講話など新しい試みも生まれ、これまで以上にSNSを利用して各地の被爆者とも連絡が取りやすくなったようにも思える。コロナ禍でのブラジル在住被爆者の状況、そして平和活動について、SNSのビデオ通話などを使ってブラジル被爆者平和協会の渡辺淳子理事に聞いた。

（構成・聞き手　橋場紀子）

ブラジルでもコロナで大きな影響が出ていますが、いかがお過ごしでしたか。

渡辺淳子さん「ブラジルは、国が大きいので、人口も多く、感染者が多い（感染者514万人で世界第3位、2020年10月、世界保健機構［WHO］のHP参照）。最近、少しずつ経済活動も戻ってきているけれど、それなりに気を付けている。『3密（密閉、密集、密接）』を避けて、マスクを着けて、手洗いをするというのはどこの世界も当然。ブラジルは日本のようにマスクの習慣がなかったけれど、マスクをするというのが浸透してきているし、外出時は消毒用のアルコールを持つのが基本になっている。テレビなどでも放送している。パンデミックの3月、4月のころは、外出を禁止され、家の中にいるように言われ、高齢者や疾患がある人は移るとひどいから、在宅するよう、言われていた。だから、私たちはずっと家にいて、買い物もできなかった。同居の息子が(食料や日用品を)買ってきてくれて、買ってきたものはすべて一つずつ消毒して、冷蔵庫に入れている。それでもブラジルには、『ファヴェーラ』といってスラム・貧民街など3密を避けられない場所もあり、そこは感染リスクが大きい。

1か月ぐらい前から夫とフェイラ(朝市)にようやく行くようになった。マスクして、手袋して、野菜や果物などの買い物ができるようになった。日用品は変わらず、息子が買い物をしてくれる。メトロ(地下鉄)やバスは、この7か月間、全然、乗っていない。外出に気を配らねばならぬので不便です。

今までは家事より(被爆者)協会関係の仕事が多くて殆ど外で動いていましたが、コロナ禍になってからは、自宅での生活となり一日の半分以上は主婦業に専念し、その合間で今まで出来なかったいろんな整理をしています」。

コロナの影響はブラジルの被爆者のみなさんにも出ているのでしょうか。

渡辺さん 「在宅でほかの人とのコミュニケーションがなかったけれど、最近、ニュースが入ってくるようになって、身近な人で、ああ、あの人も(コロナに)かかったらしいよ、というのは聞く。ベレンに住んでいる被爆者が感染したと聞きました」。

「(被爆者協会月例の)例会はできない、とにかくみんなで集まることはできない。3月に外出禁止になってから協会は行っていないので皆で事務所で会うことはないが、協会の仕事はメールや電話で話し合って解決しています。会長の森田(隆)さん(『証言2019』に被爆体験を収録)も(理事の)盆子原(国彦)さんも、会って話をするということはできない。オンラインで「被爆証言」をやっているときに(画面上で)顔を見ている状況。森田さんの日本食のお店(「スキヤキ」という日本の食料品店を経営)ではよく買い物をしているので、その買い物の時に（森田さんの長女）綏子（やすこ）さんとは会える。また、日本とブラジル間の郵便が止まっているので毎年の手当の更新、保険医療費請求申請などが出来ないでいる」。

「個人的にも病院にも行けず、オンラインで先生の意見を聞いて薬を出してもらう状態。先日は、孫と遊んでいて、足首をねん挫したので、完全武装で病院に行って、レントゲンを撮った。その後、リハビリに通うのも危険だから、家の中で自分でリハビリをやっていた」。

今年の「被爆75年」にも影響が出たのではないですか。

渡辺さん「75年だったので、被爆劇の方も色々なところからの予約が5つはあったが、みんなキャンセル。みんな行かれない」。

「私自身も今年は75周年だったので、日本に行きたかったのだけれど、あんな状態だったので無理、行けないと覚悟をしたよね。今年は2年に1回の、（日本から医師団を派遣する）南米被爆者検診も中止になった。現地病院での検査も中止となった（日本の医師は原則としてブラジルでは診察できないので、検査等は先に現地病院で済ませ、その結果を日本の医師に示す検診スタイルが取られている）。その検診に合わせて、HICARE（ハイケア、放射線被曝者医療国際協力推進協議会：広島の機関）やNASHIM（ナシム、長崎・ヒバクシャ医療国際協力会）の制度によって日本で研修したブラジルの医師を集めた研修会も中止。検診の前もっての打ち合わせに、広島県から担当者が来て、色んな話をする予定だったのが取りやめになった。こういう状態じゃ、行き来できない、集まれない、だから、取りやめになった。」

「さらに、こちらの大学教授が森田さんとの私の被爆証言を基に漫画本『HI-BAKUSHA PRO-JECT』を制作し、8月に出版記念行事が予定されていたが、出来ないでいる」。

渡辺淳子さんは、2歳の時、広島で被

1歳の頃。後列で父に抱かれているのが渡辺さん

爆しました。国は当時の調査に基づいて、「大雨地域」（南北19キロ、東西11キロ）在住の人に、がんなど特定の病気が発症した場合に被爆者健康手帳を交付し、被爆者と認めます。渡辺さんはこの地域で黒い雨を受けた被爆者で、協会（旧名称・在ブラジル原爆被爆者協会、２００８年にブラジル被爆者平和協会に改称）が発行した被爆体験集『私の被爆体験～南米在住ヒバクシャ　魂の叫び』（２０１４年10月10日発行）に以下のように被爆体験等を記しています。（『魂の叫び』には１９８７年の南米在住被爆者アンケートや、その後に書いた被爆証言が収録されている）

被爆地を離れ、ある日、被爆者となる。

被爆当時　２歳
被爆場所　広島県安佐郡久地村大字宇賀（爆心地から18km地点で黒い雨による被ばく）
１９７９年　健康診断受診者証交付
１９９４年　被爆者健康手帳に切り替える

ロス産まれの母のお陰で物心ついた頃より大きくなったら外国に行くんだと何時も心にありました。20歳過ぎたころブラジル移住のポスターを見て心躍り親の反対をおしきって、もう二度と日本に帰れないと漠然と思いながら花嫁移住をしたのは25歳でした。１９６７年６月27日サントス港に着岸した時から、明治生まれの舅、姑、夫の姉、夫、一匹の犬に囲まれ、ブラジル・サンパウロでの生活が始まりました。生活様式、言葉の不自由、何が有っても行くところのない身、それでも無我夢中で２人の息子を育て、13年ぶり（38歳）に故郷の地をふんだ時初めて、黒い雨で被爆したと知らされました。

1967年、移住船ブラジル丸でサントスに着いた時、夫と

必要な2人の証人が生存されていて、「健康診断受診者証」の交付を受ける事が出来ました。

夫婦、2人の子と借家で生活していた1989年、自分達の家を買う為、私は一人で訪日し、千葉県松戸市の病院で家政婦として6年間働きました。その間、2年以内にブラジルに帰国しないと移住権は無くなる為に2度ブラジルに帰り1か月程家の事をこなし、又、千葉に帰ると言う状態でした。出稼ぎ4年が過ぎた頃体調が日に日に悪くなり、仕事を休んで広島の実家に帰り、被爆者がかかっていると言う広島市千田町の「健康づくりセンター」を紹介されて検査を受け広島市役所から出向して居られた富岡さんと言う女性の方に親切にして頂き、鎌田七男先生に見て頂きました。

造血機能障害と言う事で、すぐ「被爆者健康手帳」に切り替えて下さり（黒い雨の手帳では治療が出来ない為）治療して薬を頂きました。その時の適切な処置のお陰で、その後元気になり現在に至っています。その時がなかったら現在の私はなかったであろうと思います。御恩はずっーと忘れることは出来ず、2013年の訪日で「広島支援の会」の豊永恵三郎様の仲介により、鎌田七男先生にお逢いしお礼を言う事が出来ました。

出生は広島市の天満町ですが、戦時中、父方の祖母の田舎、爆心地から18キロ離れた広島県安佐郡久地村大字宇賀（現在の広島市安佐北区安佐町大字久地（くち））に疎開していました。

1945年8月6日、朝8時頃天気が良く、母は乳飲み子の弟を抱いて家の庭に、私と2歳上の兄は近所のお宮の前で何時ものように皆と遊んでいました。突然、強い風と共にたくさんの焼け焦げた紙が飛んで来、舞い落ちてきました。母は驚いて、すぐ私と兄を迎えに行き、その時黒い雨が降って来ました。その焼け焦げの紙の中には郵便局の通帳があったと当時の様子を父母は言いました。そして、其の後、私の体はひどい下痢状態が続き、「淳子はもう死ぬかも知れない」と思ったと言いました。

父は小さい時にトンネル工事の為に置いてあった爆発物を触って手の指を切断した為、当時は広島市内の軍需工場で働いていました。8月6日は夜勤あけで建物の中で帰りしたくをしていて、空に3基、飛行機が円をかいて飛んでいるのを見たと言いました。その後、市内にいる親戚の安否を尋ねまわり、18キロ離れた家まで帰る途中の様子を随分後になってから私は少しずつ聞くことができました。

母方の叔母は、私が幼児の時、叔母の背中にプクプクと膨れている場所が有り、それによく触っていた覚えが有ります、大分大きくなってからそれはガラスが入っているのだと聞きました。現在ロス在住、広島原爆投下1キロで直爆し頭に腫瘍が出来ており手術ができない箇所にあるため薬で治療をしていました。当時は、外国からの「原爆症認定申請」は出来ない為、私の訪日に合わせて来日し、広島の共立病院、青木克明先生の診察で原爆症認定申請をし2005年に認定されました。

南米での被爆者検診は、1985年から2年おきに日本からの医師団派遣で行われていました。当時、被爆と言う本当の意味が解からないまま、偶然、現地の日系新聞に日本からの医師団が被爆者検診にブラジルに来るから、原爆手帳を持っている人は申し出て下さいという記事を目にし検診を受けました。何度めかの検診があった時、在ブラジル原爆被爆者協会の森田会長から、「渡辺さん、協会の手伝いをしてくれんかねー、皆、歳をとり、具合も悪うなって、日本から医者が来ても手伝う人が居らんようになってしもうたけー」と声をかけられたのが2003年、それから現在に至ります。私が60歳の時です、2歳時の原爆投下は記憶に無く、広島市内でパン製造業をしていた父母にひきとられたのは13歳の時です。ブラジルに来てから子供も成長し年金生活を始めた矢先の事です。

在ブラジル原爆被爆者協会（新名称：ブラジル被爆者平和協会）事務所（森田隆会長のスキヤキと言う店の中二階）で私は、事務所の膨大な資料の中から多くの事実を知りました。何も知らないままでの協会の手伝いは、まず、事務所の整理をし、その中で今の私の原点にもなる2つの出来事がありました。

一つは、1945年9月に収録された「ヒロシマ・原爆の記録」という16㎜のフィルムがあり、ニッケイ4世の男性に頼んでDVDにして頂き、それをサンパウロのシネマテカ（映画収集保存機関）と言うところで10人の被爆者と一緒に見たとき、もう一つは、協会に1987年にブラジル、アルゼンチン、ペルー、パラグアイと南米被爆者の約200人のアンケートが保管されておりそれを読んだ時です。黄色になったその一枚一枚をめくりながら読んだ時の体の震えと鳥肌が立ち、無性に流れる涙、その中から溢れる怒りは、どうしてこんなことが……と。初めて原爆投下というものの真の姿が見えその時のショックは今も体に残っています。

ブラジルでも、毎年、8月6日、9日と近づくといろんなところから取材が来ます。私は、記憶がないから証言は出来ないのだと思っていました。でも、だんだん年を取って亡くなったり、話せなくなったりした時、被爆者本人が語れなくなる。そういう事実を目のあたりにしたとき、記憶がなくても被爆者として次の世代に伝えていかねばならない！　多くの被爆した方が自分の口で話されたその気持ちは……その思いは……私でも伝えて行けると思う様になりました。

2008年から、4カ月間、ピースボート（日本、NGO）で世界を巡りました。それから現在まで28ヶ国で交流をする中、1954年アメリカ、ビキニ環礁での水爆実験、第五福竜丸の被ばく、何処にでも起こりうる医療機器の事故（1987年、ブラジルで起きたセシウム137）、又、モナザイト鉱物での被ばく（サンパウロ市）、ウラン発掘、により放射能被害が増え続け、援助もない中、苦しみ続けている世界の放射能被害者に出会いました。その誰もが、広島、長崎と同じく精神的・肉体的健康被害・政府による援助の皆無・差別と言う様に同じ悩みを抱えながら余生をおくっていることに怒りと腹立たしさを禁じえませんでした。

其の為にも、人間による原爆投下という事実の放射能被害者である私が、自分の口で真実を証言し伝える事がいかに大事かが解りました。福島原発事故による放射能の怖さを今世界の人々は身をもって知りながら未だ原発依存に身を寄せようとしている。

あの日、共に遊んでいて黒い雨にかかった2歳上の兄は、小さい時から足の骨の状態が悪く歩行に苦労しながらの人生で、68歳の時、肝臓癌でこの世を去りました。この兄の死を持って、私の精神的な苦痛は、初めての孫が生まれた今、現実として頭にこびり付いています。

それ故、これから生きる世代の為にも……

同じ年で被爆し12歳で亡くなった佐々木禎子さんの生きたいと願った平和な世界の為にも……一人の被爆者として事実を語って本当の放射能（見えない、匂わない、感じない）の怖さを云い続けなければならない！

〈『魂の叫び』より転載〉

ブラジルでの被爆証言・平和への取り組み

ブラジル在住の被爆者は現在、約75人（2020年10月）（現地の被爆者協会には1984年から最大で約270人が登録した）。被爆者協会は長年、在外被爆者の援護格差の撤廃、支援拡充をめざし、日本政府への陳情や在外被爆者援護に取り組んできました。ここ数年、特に力を入れているのが被爆体験の継承、「被爆劇」の公演です。

ブラジルでの被爆劇はどのように始まり、どのようなスタイルで行っていますか

渡辺さん「2012年から13年にかけて、サンパウロ市が劇場振興法プロジェクトの一環で、日系移民自らの人生ドラマを基に、演劇を作る、という企画をしました。その時は10のグループが参加して、私たち『OS TRES SOBREVIVEVTE DE HIROSHIMA』（広島の3人の生存者）は、被爆劇を上演。それが今も、私たちだけ続いている。これまでに26回公演し、約1万人が観てくれました。

劇の元になるストーリーは森田さんが中心。そこに2歳被爆した私と5歳被爆の盆子原さんの被爆証言が組み込まれ、スライドや照明、太鼓・笛の演舞が華を添えています。セリフはすべてポルトガル語で、森田さんが生まれるシーンでは盆子原さんがお父さん、私がお母さん、森田さんも自分を取り上げた医師の役を演じるなど、3人の役どころも絶えず変わっていきます。上演時間は約1時間以内、戦前・戦中・戦後、そして現在にかけての話。軍歌を歌ったり、（兵隊のような）行進や敬礼をしたりするシーンも出てきます。

もう7、8年経って、最初と基本は変わらないけれど、やることは少しずつ良くなっている。最初は監督と私たち3人だけだったけれど、最近は太鼓や笛などの演奏も加わっている。

被爆劇は、サンパウロでだけでなく、リオデジャネイロやクリチバ、カンピーナス、サントス、リベロンプレットなどの都市でも上演したことがあり、飛行機に乗って行ったり、車で5時間かけて出向いたりしたこともある」。

会場の反応はどうですか

渡辺さん「演劇を観た反応というのは、とにかく証言と違って、（観る人の）年齢、職業がいろいろある。大学の先生、医者……と観に来る人は幅広く、回を重ねるごとに身体が不自由だったり、病気を持っている人など色んな層が見に来ている。（満席で）会場に入れない人も増えています。

そして、（劇が）終わって、私たちが出てくるまでみんな待っててくれる。ハグしたり、感想を言ってくれたり、涙を流しながらお礼を言ってくださったり、写真を一緒に撮ってくれと言ったり……終わった後は疲れを感じますが、『ああ、やってよかったな』といつも仲間で言い合っています。

被爆劇のポスター

ブラジルはいろんな国の人がいるから、それぞれの思いがあるわけでしょ。ある程度の年齢の人は戦争も体験している。原爆を落としたのは戦争を早く終わらせるために落としたという概念がある。でも、そうじゃないんだ、被害に遭うのは力のない国民、主婦とか、子どもが犠牲になるわけでしょう。現実を知れば、自分のこととして知るわけじゃない、自分がそういう目に遭ったと思うじゃない？　劇を通じて、この人たちは舞台俳優ではない、普通の人なんだ、お年寄り、経験した人がやっている。だから、本当の気持ちを聞き入れてくれる。自分たちが（劇から）受け取った惨状を、（質問や感想として）私たちにぶつけてくれる。どんな会場でも（収容でき

公演中の渡辺さんと森田隆さん

る）人数が決まっていて、それ以上は入れない。だから、外で打ち切られた人も何人もいて、またやってくれという要請がある。何回も見る人たちがいる。私たちは、原稿を見ながらではなく、自分の口で（話していて）、その時忘れていることもあるし、会場の雰囲気で新しく出てくる言葉もある、そういう風に、（劇を通して）生の感情のやり取りができる」。

コロナ禍では、被爆劇の公演も中止を余儀なくされましたね。

渡辺さん「今年は、5回決まっていたのができなくなった。代わりに、オンラインで収録していたものを流したのだけれど、（舞台が演出上）暗くって、何をやってるか観ている人にわかりにくかった。実際に見るのと、感情的なものが伝わりにくかったのではないか。初めて劇を観た人の意見を聞いたが、暗くてちょっとわかりにくいという意見があった。演劇を観てくれた人は、私たちは素人だから、プロじゃないから、被爆証言をしている、舞台をやっているというのが、自分たちの感情に素直に入ってくるらしいのね。だから、オンラインで映像を見ているのとすごく違うと思う。（今後、社会が）動くようになれば（被爆劇もできるようになるが）、私たちがそれなりに年を取りよるから、いつまでできるかはわからない」。

今年はオンラインでのイベント参加や被爆証言もなさっています。

渡辺さん「初めてのオンラインは、7月23日のピースボート主催の被爆証言会だったけれど、本当は森田さんだけ（出演）だった。森田さんが96歳で、オンラインなんてできないし、相手がパソコンの画面でしょ。ブラジルでは3人で行動してやってるから、3人ならやります、と（主催者の）ピースボートに（森田さんの長女の）綏子さんが言った。

オンラインは今までに、日本2回・ブラジル2回したのだけれど、難しいと思うね。被爆劇、被爆証言、相手が目の前にいるわけでしょ、だから、素直にできるわけ、こういう風に自宅でよ、パソコンの画面を見ながらしゃべるというのは難しい。相手の顔を見て、しゃべっているわけだから、会場の雰囲気でわかるわけじゃない、（オンラインでは）自分の方を見てくれているか、それがわからない。自分自身の感情を素直に出せないもどかしさを感じています」。

「ブラジルでもオンライン証言、学校の先生から頼まれて、2つ（済んで）、来週再来週にもう2つ、あるの。まだ馴染めてないけれど、自宅で、座ってて、証言したり、話をするわけだから便利がいい、という利点はある。世界が瞬時につながる。こういう人がまだ生きてて、面識がない人が知ってくれるのはすごいことだと思うのね。この前、オンラインの証言をやった時、森田さん、盆子原さん、私、一人ずつ証言するわけよ。その時は、3つの高等学校の生徒が見たわけ、授業の一環で。後で、聞いたら、1万人が見た、と。オンラインはそういう利点があるわけ。生徒だけじゃなくて家族も見る。やりにくさも感じるけれど、自宅にて、瞬時に世界の人と繋がり便利が良いと思うようになりました。（オンラインの準備も）息子が同居していますので教えてくれて助かっています。だんだん要領が分かってきて気持ち的には慣れて来ています。ただ、ブラジルの被爆者がパソコンを使いこなせるのは果たして何人か分かりません。それでも、少人数でもオンラインで被爆証言を世界に出来れば、今まで広島・長崎原爆投下が全てにおいてどのような惨劇と、その後何をもたらしたかを知らしめるきっかけになると思います。

　こういうことがあった、してはいけないんだ、ひとごとじゃないんだと（コロナ禍でもオンラインで伝えることができた）。核禁条約（の批准が）47か国（2020年10月16日現在）、あと3か国で成立するんだから、ブラジルは署名しているけど批准してない、手伝ってくれる人たちとブラジルも批准してくださいという運動をしている。政府の問題というのではなく、原爆はこういうもの、放射能はこういうもの、核兵器

オンラインミーティングをする渡辺さん
（提供：ピースボート）

はこういうものと知ってほしいために私たちは被爆証言をやっている。コロナ禍の中、世界中で今までと同じ生き方が難しくなっており、これも、自然破壊をした人間がもたらした結果だと思うし、それはそれなりにこれからどう生きて行くかを模索しながら方法を探って行かねばならぬと思っています。

だからインターネットは、その一環として大いに役立つもので、特に我々高齢者にとってはどのように使っていくかが課題になると思います。オンラインでは、特に時間に制限があり自分の言いたい事を伝えるのに苦労します」。

ブラジルでの被爆証言、平和活動への思いを聞かせてください。

渡辺さん「絶対に無駄じゃない。私たちは、森田さんが21歳の被爆、現在は96歳。広島で（原爆を）受けて、生き残って現在まで行動している。盆子原さんは5歳、記憶がある。私は2歳の被爆で記憶がない。その『3世代』が被爆証言をする、それぞれが違う。私は被爆証言というよりも、放射能被害とか、核被害とか、原爆投下で、その後、どうなったか。

特に私はいつも思うのは、差別問題。福島の問題でも、（太平洋上で被ばくした）第五福竜丸でも、世界のウラン発掘の被害者、みんな同じ被害者。ピースボートで（世界を）回ってそういう人たちに会っている。私は（佐々木）禎子さんと同じ年［編集部注：広島で被爆し、鶴を千羽折れば白血病が治癒すると祈った少女］。（彼女は）12歳で亡くなったけど、同じ年に被曝して、私は生きている。心のつながりを感じている。彼女の代わりというのはなんだけれど、彼女が被爆したせいで亡くなって、生きたいと思っても生きられなかったという、それを折り鶴に託して現在にあるわけだけれど、その気持ちを受け継いで、私は生きているから彼女の思いを伝えていく。38歳まで被爆者とも知らなかった。60歳で被爆者協会に入って、被爆者がなんであったか、被爆者がどういう思いをして亡くなったか、生きているのか、そういう人たちのことがすごくわかってきて、それから、世界の放射能被害者の現状とか、そういうものをひっくるめての私の被爆証言になるので、記憶にある被爆証言ではないけれど、私が実際に会って、その人たちから受けた感情、被爆証言を私の前で話している人たちの話を聞いて来た。そういう気持ち、その時に受けた感情の部分、いろんなものをひっくるめて思いや（話した人の）顔が私の中に入っているのを、被爆証言の時に出している、ということ。

（ピースボートの）船で回った時に、ある人から『あんたは証言しているが、実際ににおいをかいだの分からないだろう』と言われた。もちろんわからない、わからないけれど、私が被爆というもので受けた心の中にあるものを、受けた感情を素直に語って話している。それしか私のやり方はない。だから、実際に記憶にある人たちともちろん私は違う。それでも話してくれという人がおられるから、それを正直に出している。だんだん話せる人がいなくなって……誰が（これから）話していくの？　被爆者の一人として自分が話していけばいいと悟った。

だから、文書に書いて話したくない、その時の会場を見たときに、年齢層が違う。ちっちゃい子、小学生、高校生、大学生、社会の人、全然違うわけでしょう。その会場の雰囲気で、小さい子にはこういう話はひどいな、と出るときもある、こうだったよ、ということを知ってもらわないといけないということは惨状の事も（話す）。実際に語った人たちの顔が浮かんでくる。過去のことではない、75年前こういうことがあったんだ、という事は世界の人たちに知ってもらいたい、と。生の声を聞いてもらって、その時に聞いた時の、素直に入ってきた気持ちが素直にこれからの世界の平和に、核のない世界になるような、人になるようにこれからの人生を歩んでほしい」。

ブラジルに移民して、52年とのことですが、長崎、広島、というのはどういう存在ですか

渡辺さん「心の中には日本で、広島で生まれて育って、自分のふるさとは払いきれるものじゃない。現実は父も母もいない、ほとんどなくなって、友達も疎遠になってるし、育った環境というのは気持ちも離れない。行ける間は行って、空気を吸いたいとか……そのうちに絶対にいけなくなる時がある。自分の体のこともあって……親の反対を押し切って、こうしてブラジルに来て52年になっちゃうけど、だけど、自分は日本人だということは変わらない。（ふるさとの）そこに立ちたいというのは、人間なんじゃないの。体が動くうちは行きたい。ただ、行ってみたい、そこにいてみたい。だけど、最初の頃は行ったら懐かしくて、なんでもかんでも嬉しくて、だんだんと最近になると早く帰りたくなる。そこは自分が住むところじゃなくなる。自分の家があればいいけれど、日本にお金を使って滞在して、食べて、動いて、永久にそこにおれるわけじゃないでしょ、自分の家はブラジルでしょう。やっぱり、自分が選んだところだから、生まれは日本の広島だけれどこっちの方が長いもんね。日本にもお友達はいっぱいいるけど、そんなに行き来しているわけじゃない。話したらそれだけのものになっちゃうでしょ。日本に来て、あの人に会いたい、あそこに行ってみたい、と思うけど、やはり、1回で済むこと。話しても空白期間が長くて、話が合わなくなって、生活様式も随分違うし。やはり、もう、基盤がブラジルになってるから、ここには私の家族があり、人生もあるわけで」。

近影（お孫さんと）

最後に、日本のみなさん、『証言』の読者のみなさんにメッセージがありましたらお願いします。

渡辺さん「これからを生きる人達に！　特に時代を担う世界中の若い人達に託します。

75年前、原爆が人の手によって、広島・長崎に落とされた事を忘れないでください。

そして、その後人間がどうなり、心身の苦痛と差別の中どう生きてきたかを知ってください！

二度と貴方達に繰り返されないように、考え、行動して、核の無い平和な世界を作り上げて頂きたい。

コロナ禍の今、まさに世界中の人々が恐怖を感じています。

見えない、臭わない、感じない事が如何に怖いものかを！

それは、放射能・核も同じであると言う事を心に留めて下さい!!」

記事は足で書く
――旧広島陸軍被服支廠問題を取材する高校生記者たち

花岡　健吾
（崇徳高等学校［広島］新聞部顧問）

はじめに

被爆75年目の8月6日は、日本のみならず世界を席巻するコロナ禍の下、厳かに過ぎていった。平和記念公園の慰霊碑の前で行われる式典への出席人数は限定され、8時15分には多くの市民が自宅などそれぞれの場所で75年前のあの日に思いを馳せた。

旧制崇徳中学校（現：崇徳中学・高等学校）は爆心地から約2・2kmの場所に位置し、75年前の8月6日に鉄筋コンクリート造りであった講堂の外壁を除き、全てが倒壊・炎上した。原子爆弾の影響により亡くなった生徒・教職員は522名。校内の敷地に建てられた犠牲者を追悼する慰霊碑が現在も悲しみを訴えている。

被爆75年に向けた活動計画中に舞い込んだ「被服支廠」解体のニュース

崇徳高等学校新聞部では被爆75年となる今年に向けて、昨夏から様々な企画を考えてきた。経年によるあの日の記憶や記録の風化が問題となっている今、高校新聞部として何かをしなければという使命感を高校生たちも抱いていた。同じく被爆の悲しみと苦しみ、継承の悩みを共有する長崎県の長崎南高校新聞部から、翌年に向けてヒロシマとナガサキの高校新聞部で何か共同企画が出来ないかと提案を受け、昨年12月には同校新聞部が広島まで訪れ、2校共同で意見交換交流会を行った。併せて、解体問題が県内を揺るがしていた「旧陸軍被服支廠」見学会に参加した。

旧陸軍被服支廠とは、1905年に建てられた旧日本軍の建物である。爆心地から約2・7kmに位置する現存する県下最大規模の被爆建物で、4棟の鉄筋コンクリート造りの倉庫が倒壊や延焼を免れた。レンガ造りの外観から多くの被爆者たちが避難場所として目指した建物としても有名で、ここで多くの被爆者が息を引き取った。戦後は民間会社の倉庫などとして活用されてきたが、25年程前に県に委譲された。さまざまな活用策が検討されたが実現せず、現在では老朽化と耐震性が問題となり、その大部分を解体する方向を県が示したことで、20代の女性がウェブ上での解体見直しの署名活動を始めるなど市民レベルでの見直し要求の声が高まりつつある

シリーズ
「被爆建物 全部見る」

「旧陸軍被服支廠」

全4棟のうち2棟の解体が議題に上げられている旧陸軍被服支廠は全被爆建物のうち最大規模を誇る。

被爆直後は原爆による被害が少なかったため、多くの負傷者がこの場所を目指して避難して来ており、負傷者のための救護所となったが、負傷者に満足な治療を施すことができず、多くの方が建物内で亡くなった。

元々は1905年4月に陸軍被服支廠広島出張所として開設され1907年11月に支廠へと昇格、1913年（大正2年）8月に竣工した旧日本陸軍の施設で、近隣には北側の陸軍兵器支廠の他、陸軍要塞砲兵連隊（後の重砲兵第2連隊）、演習砲台などの陸軍施設が多く所在した。この被服支廠では旧日本陸軍の軍服や軍靴、マント、帽子、手袋などの衣類の他、飯盒や水筒、石鹸のような小物が生産された。昭和になると日本軍の戦線が拡大し、武器や戦備の多様化に対応して防寒服や防暑服、航空隊用や落下傘部隊用、挺身隊用被服なども取り扱うようになり、最盛期には2000人の工員が動員された。

戦後、この場所は県立皆実高校や広島工業高校の用地などに転用され、現在では4棟のみ残る。1棟を中国財務局が、3棟を広島県が所有し、県の所有3棟のうち2棟は耐震性などの理由から解体する方向で検討されている。

「崇徳学園新聞」231号

時期であった。被服支廠で被爆した中西巌さんとともに被服支廠の案内を行っている「つむぎ屋」主催の見学会に参加した長崎南高の生徒は「このような被爆建物にこんなに近づけたのは初めて。広島と違い長崎には被爆遺構がほとんどなく、被爆の実情を後世にどう残すのかが課題」と自らの問題としても捉えたようだ。また本校新聞部の髙垣慶太（当時高2）も「広島にこんなところがあるとは知らなかった」と大きな衝撃を受けた。

本校新聞部もその後に長崎を訪問する予定だったが、コロナ禍が徐々に進行したことで断念し、長崎南高校との共同企画は実現しないこととなった。その間に被服支廠を1棟保存、2棟解体を決定する県議会の開催が迫り、解体するか保存するかを巡って、ネットやメディアなどで様々な報道がなされたこともあり、県内外を巻き込み多くの議論が立ち上がった。所有者である広島県はネット上でパブリックコメントを募集し、その結果を踏まえ、1年の検討を行うこととなった。全棟保存にかかる100億円ともいわれる巨額の費用が大きなネックとなっていることも広島県では大きく報道されていた。

崇德学園新聞 第231号 2020年(令和2年)1月15日(水曜日)

物言わぬ語り部「被爆建物」

旧陸軍被服支廠の解体 県が検討

争点は「耐震性」「保存コスト」

本当に壊して良いのか

疑問の声を挙げたのは27歳の女性

1週間で1万2千筆が寄せられる

継承者育成の流れに逆行する政策

社会を変えるのは若者の声と行動

〈速報〉春高バレー 悔しい初戦敗退

県も市民からの意見求める

NEWS 231

～法語～ 握り拳とは握手できない ガンジー

崇德学園新聞 第231号 2020年(令和2年)1月15日(水曜日)

映画「このセカ」片渕須直監督

被服支廠訪れ 取り壊し反対を表明

「被爆建物は現在の人たちだけのものではない」

「我々が作るアニメは実際には触れない」

「利用にこだわらず、当時のそのままを残すべき」

被服支廠を片渕監督に案内

記者の目

新聞部内に「平和問題担当班」立ち上げ

旧陸軍被服支廠解体問題は、当時を生きたヒロシマの方々と現在を生きる私たち、未来に生まれあの日のことを知る機会が格段に少なくなるはずの子どもたちを巻き込む「お金の問題」以上の考えるに値する価値のあるものだと考えた部員たちもいた。勝手連的に「平和問題担当班」が立ち上がり、12月に被服支廠を案内してくださった「つむぎ屋」を主催する福岡奈織さん、瀬戸麻由さんらと交流を深めつつ、その価値を再認識し、「平和問題担当班」班長となった髙垣慶太は個人の企画として、県内の生徒・学生に向けて「被服支廠ってなんじゃろ？～若者どうしで考えよう～」という被服支廠現地案内イベントも実施した。これまで関係を築いてきたラジオ局や新聞社に連絡し、放送や紙面で取り上げてもらったり、プレスリリースを作成し県庁の記者クラブに配布するなどの方法で積極的にPRを行ったおかげか、このときには県内在住の高校生平和大使2名など15名の生徒・学生が参加し、被爆遺構の価値や活用法について若者たちで積極的に意見を交換した。

崇德学園新聞 速報版

与党議員 被服支廠を視察

議員取材

「若い世代が発信を」

「どうしても残さなくてはならない」

崇德学園新聞 速報版

若者どうしで話し合う
～被服支廠の価値について～

共有された活用策

「若い世代に関心を持ってほしい」

地元メディアから注目されました

100億円ともいわれる被服支廠保存費用に関しては、新聞部員内でも、「未来に向けて、被爆建物の保存のためには多くの税金を投入する意味がある」とする部員と、「過去よりも現在生きる人のために税金は使うべきで、一部の建物を保存することで一定の効果は担保できる」とする部員がおり、さまざまな意見が交換されたが、税金の使い方について高校生が考えられることは限られている。枠のある予算の中で保存に関わる巨額の財源を確保するために「募金をする」「クラウドファンディングに頼る」などの案は出たが、自分たちがなにをすればいいのかといったことに関しては具体的に話が進まないもどかしさがあった。

そこで、お金の出所としてどのような方法や案が実現できるのか、高校生が出来ることにはどのようなことがあるのかを考えるために、県選出の現役国会議員や県議会議員に今後の対応の可能性について取材を行った。また、2月の与党国会議員の被服支廠現地視察には地元メディアに混じり参加し、囲み取材では直接の質問も行い、国が積極的に関与することで予算面では一定の目処が立つことも明らかになった。

それを踏まえて県議会議員全員に意見を伺うアン

ケートを実施することを計画し、準備を行っている最中の2月にコロナ禍での休校が決まり、3月中の活動は不可能となった。4月に学校が再開され、新入部員対応や年度当初関連取材を行いつつ、被服支廠問題活動を並行して行おうとしている間にさらに緊急事態宣言による休校が始まり、現場主義を標榜する本校新聞部としては1ヶ月半にわたってクラブの活動停止を余儀なくされた。

コロナ禍の中で、部員がひとりの若者として立ち上がる

その間、先述の高垣平和問題担当班長は個人で「被爆75年ユースラボ」を立ち上げ、オンラインのメリットを最大限に活用した活動に取り組み始めた。現場主義の本校新聞部は「自らの足で記事を書く」を基本としているため、取材相手とこちら側のスケジュールや交通手段の壁に阻まれて取材自体が成立しないこともあった。しかしオンラインでは、ネット環境と機材さえ用意できれば、それぞれの自宅からの移動時間や手段などは一切考慮しなくてすむというメリットもある。

高垣の新聞部平和班としてのこれまでの活動や案内イベントの実践、オンライン企画での経験などが注目され、コロナ禍で延期となったニューヨークでの「NPT再検討会議」の代わりに国際NGOピースボートが4月末にネット上で開催した「オンラインNPT再検討会議2020」にも崇徳高校新聞部として活動報告を行うなどの機会をいただくことも出来た。

コロナ禍を乗り越えて

6月になり、学校が本格再開してからは、県議会議員全員へのアンケートを行い被服支廠の将来を考えつつ、被爆75年特集として（昭和20年8月6日）に崇徳生が亡くなった場所を訪れたり、生存している当時のOBを訪ねて、あのときどのような目に遭ったかを探る取材を行った。この記事の掲載号である「崇徳学園新聞」233号は8月6日の発行であり、当日の原爆忌の直前に各クラスで全校生徒に配布されることになっていた。現代の生徒に少しでも身近に感じてもらえるように、多くの先輩が動員で被爆死した場所を可能な限り訪れ、現在の高校生にもよく知られている場

(9) 2020年(令和2年)8月6日(木曜日) 崇徳學園新聞 第233号

特集：被爆75年

ステンレス製 自作の帽章

手作りの帽章に込められた愛校心

「8・6」を乗り越え、先輩達は…

2020年(令和2年)8月6日(木曜日) 崇徳學園新聞 第233号 (8)

今日から27,394日前の8月6日

75年前、広島で暮らし崇徳で学んでいた若者達は…

私たちが今朝「行ってきます」と出てきた家の近所から

ここ楠木の校舎まで通っていた75年前の先輩は、原爆で死んだ

崇徳中 動員作業場所

昔も今も考えることは同じ

旧制崇徳中 原爆死没者 住所一覧

(11) 2020年(令和2年)8月6日(木曜日) 崇徳學園新聞 第233号

物言わぬ「被爆の証人」旧陸軍被服支廠

このまま解体か

最大派閥 自民議連は1棟保存2棟解体

被服支廠アンケート 結果 全棟保存に「賛意」

伝えたい あの日のこと 残したい あの日の爪痕

県議全員にアンケート

議員の選出選挙区 広島市内／市外で意識差 顕著

「いい質問ですね」 大切なのは「ストーリー」

「県を相手にしてもダメ」 国などの支援に期待

特集「コロナ禍とヒロシマ8・6」 「記者の目」

発信することは「人々の声を伝えること」

有識者や著名人の知識や影響力借りつつ 発信

2020年(令和2年)8月6日(木曜日) 崇徳學園新聞 第233号 (10)

特集 コロナ禍と ヒロシマ8・6

拝啓 75年前の先輩へ

「過ちは繰り返さない 僕らが必ず語り継ぐ」

ZOOMで交流会立ち上げ

オンラインの特徴 最大限に活用

被爆75年ユースラボに招かれた多彩なゲスト

地理的距離超えた交流へ

私たちにも出来ること

私たちにしか出来ないこと

崇徳OB HIPPYさん 思いを繋ぐ

NY国連本部での核不拡散条約(NPT)再検討会議も延期

「オンラインNPT再検討会議2020」 国際NGO「ピースボート」が独自開催

▽

「それなら僕たちが訴えたい！」

新聞部 広島の高校代表で発表・発信

メディアも注目 世間に発信

4ページを使った「被爆75年」特集（「崇徳学園新聞」233号、8・9・10・11面）

所だと分かるような写真と地図を掲載した。また、原爆により亡くなった生徒の住所を分かる限り掲載することで、75年前のその日に、自分の近所からこの地まで通っていた同世代の中高生が、どのような体験をするはめになったのかを感じるきっかけにしたいと考えた。また、別ページでは（昭和20年8月6日）を迎える我々後輩がどのように先輩の体験や思いを継承していこうとしているかについての記事も作成し、ＯＢのシンガーソングライターや在校生、新聞部などの取り組みを取り上げて、自分たちに出来ることを考えるよう提案した。

メディアからの注目と若者の活動

コロナ禍での活動は限定的なものとなり、本来行いたかった活動の半分程度で紙面作成のタイムリミットを迎えることとなってしまった。しかし3月以降、新聞部や平和班班長である高垣の活動を取材したいというマスコミからの連絡が例年になく多かった。中でもジャーナリストの池上彰さんが本校を訪ねてきて、直接取材を受けるなど、大きな注目を集めていることを部員も感じる機会が多く、高垣個人の取り組みも全国放送で何度も報じられるなど、世間からの「平和活動や継承活動への若者の関与を期待する声」が強いということを再認識することとなった。

被爆75年平和特集⑧池上彰×髙垣慶太　崇徳学園新聞　速報版　2020（令和2）年8月31日（月）発行

崇徳学園新聞

速報版

～発行者～
崇徳高校新聞部

被爆75年 平和特集

被爆75年

池上彰×髙垣慶太

「継承」をテーマに対談

「僕たちだけが知って それで終わりではだめ」

新型コロナウイルス感染防止に配慮したマスク姿であったが、2人の間で熱い意見交換が繰り広げられた

6月26日（金）、ジャーナリストの池上彰さんが本校新聞部を訪れ、平和問題担当班長の高垣慶太（3－9）と対談を行った。対談では「被爆の記憶をどのように継承していくか」という話題をはじめ、広島県で解体を含めて議論される旧陸軍被服支廠の保存問題、世界の核政策について話し合われた。

コロナ禍での継承活動

「ストーリー」継ぎ「使えない兵器」へ

「微力だけど無力じゃない」

メディアも注目

2/5 朝日新聞広島版
2/6 中国新聞
広島FM「9ジラジ」
2/10 NHK広島ニュース
2/17 広島FM「9ジラジ」
2/18 広島ホームテレビ「5up!」
2/19 朝日新聞第2広島版
2/20 本願寺新報
3/10 朝日新聞（9ジラジ新聞）
4/29 広島ホームテレビ「5up!」
4/30 朝日新聞広島版
5/12 RCCテレビ「イマナマ!」
5/13 広島テレビ「テレビ派」
5/18 読売新聞広島版
6/11 広島ホームテレビ「5up!」
6/27 広島テレビ「WACTH～真相に迫る～【ひいじいちゃんの被爆体験～コロナ禍のヒロシマ～】」
6/28 朝日中高生新聞
7/24 広島ホームテレビ「[illegible]LINE」
8/4 NHK広島「お好みワイドひろしま」
8/6 広島テレビ「つなぐヒロシマ」「テレビ派」
8/7 広島ホームテレビ「5up!」
8/8 日本テレビ系列「ウェークアップ!ぷらす」
8/9 日本テレビ系列「真相報道 バンキシャ!」
8/20 日本テレビ系列「oha4!」

そして迎えた8・6の日

毎年8月6日には本校で原爆忌法要が執り行われるが、コロナ禍によって今年の8・6は終業式の日ともなった。式の後、例年通り部員総出で平和記念公園周

辺の取材に赴いたが、これほど人の少ない8・6を見たのは初めてだった。被爆80年や100年の節目に、あの日の思いを直接語れる方がどれだけいるだろうかという危惧は以前から抱いていたが、今年はコロナ禍での減少だとは分かっていても、これが近未来のヒロシマの姿かも知れないと思うと大きな危機意識を抱かずにいられない。

新聞部で平和問題担当班の班長としてクラブを牽引した高垣慶太は、この1年の活動について以下のようにまとめている。

> 被爆者の平均年齢は83歳を超え、当時の記憶を鮮明に記憶する方は減っている。戦争経験者や被爆者から直接話を聞ける最後の世代が現在の高校生である。「未来世代への記憶の継承」に関して現在世代は無責任であってはならない。被爆者がひとりもいなくなったとき、そのときこそ「物言わぬ証人」としての被爆遺構が残っているかは決して小さな問題ではない。「その場」に「当時の姿のまま」存在することで「あの日」の出来事を想像させ、追体験できるのではなかろうか。一時期のお金の問題で結論づけることが本当に正しいことなのかを考える時間的猶予は必要なはずだ。
>
> 限られた資産を現在世代に投資するのか未来世代へ投資するのかは難しい問題ではあるが、被服支廠を含めた被爆建物や戦争遺構の保存問題は、未来世代への責任を考慮しつつ、市民、政策決定者が共に議論と理解を深めることが不可欠である。
>
> 保存するのか解体するのか、それを考えること自体が現代に生きる我々に課された大きな課題だと考える。

そして76年目へ……

高校3年生で引退となった高垣慶太から平和問題担当班班長を引き継いだ松浦慎之介（高2）はもともと「1棟保存2棟解体」賛成派だった。大阪生まれで、「平和問題に関してあまり深い思い入れはない」と豪語しつつ平和班の活動には積極的に参加していた。被服支廠に関しても「記憶の継承が目的なら1棟残すことで不足だとは思わない。税金は現在世代のために使うべき」というのが持論だった。そんな彼を高垣が次期班長に指名したのは「多様な意見や見方がなければ物事は深まらない」という思いがあったからだという。そんな松浦が8月に班長を引き継いでからさまざまな活動を始めるうちに、少しずつ意見が揺れるようになった。現地にも行き、肌でそのスケール感を体感した。この建物にまつわる多くのエピソードや人々の思いを知った。「本当に解体してしまってもいいのだろうか……」。班長就任から2ヶ月。今では「将来的には分からない。でも、今は全棟保存の可能性を模索すべき」だと考えている。「この建物があることで、若者を含めた多くの人が『被爆建物の意味』を考えるきっかけになっている。記憶の継承だけでなく、核や平和、核兵器について、過去の出来事ではなく現在の私たちの問題でもあると考える生きた教材としての価値は計り知れない」という彼の意見こそが私たちが見過ごしてはならないことなのだと思わずにいられない。

「広島で育ったものとして考えるべきこと、知るべきことがある」。これらのことを忘れずに、高校生としての視点から「崇徳学園新聞」をこれからも発行していきたい。

被服支廠の主な利・活用検討状況

1995. 9	瀬戸内海文化博物館（仮称）構想策定会議
1997. 3	博物館のあるべき姿について「瀬戸内海文化博物館（仮称）のあり方」としてまとめる。
1997. 10	「瀬戸内海文化博物館（仮称）」事業については、財政健全化計画策定により進度調整を行う事業と位置付けられ、内部的に休止することが決定
2000. 9	エルミタージュ美術館分館誘致の候補地として検討
2006. 9	知事が議会で「エルミタージュ美術館分館」誘致構想見送り表明
2011. 4	松井広島市長が、出汐町倉庫及び広島大学旧理学部１号棟を候補地とした折り鶴の長期保存・展示施設「折り鶴ミュージアム（仮称）」を整備しないことを表明
2017. 8	耐震性調査を開始。建物全体の強度を調べるため本体のれんが壁の一部をくりぬく
2018. 1	耐震性能等調査により､「震度６強の地震で倒壊又は崩壊する危険性が高い」との調査結果が得られ、１棟の耐震化に28億円、内部を使う場合には33億円かかるとの試算結果を示す。
2018. 12（12. 5中国新聞）	広島県が１号棟を集中的に補修し、敷地内に被爆証言を聞く建物を新設するなどとした改修案をまとめる。（自民議連の幹部たちが19年度当初予算の編成過程で、財政負担の重さへの懸念を伝達し、改修案が見送られる）
2019. 2	利活用の目途が立たないため、耐震改修は見送ることとし、１号棟について４億円程度を目途に保存改修案を作成。

【参考】

出汐町倉庫（旧広島陸軍被服支廠）について

概要

・現存する４棟のうち１棟を国が、３棟を県が所有している。
・最大級の被爆建物であり、現存する最古級の鉄筋コンクリート造建築物

所在地

広島市南区出汐二丁目827番35、827番36、827番37（４番60号）

規模　（単位：m、㎡）

区分	第１～３号棟（県）	第４号棟（国）	合計
外寸　長さ×幅×高さ	91.13×25.68×15.25	105.57×25.68×15.25	―
構造	鉄筋コンクリート造３階建	外壁はレンガ組積造	―
建築面積	2,340.09×３棟＝7,020.27	2,684.29	9,704.56
延床面積	5,578.66×３棟＝16,735.98	4,985.12	21,721.10
敷地面積	12,469.88	4,716.20	17,186.08

沿革

年月	摘要
1913.8	竣工　陸軍被服支廠
1945.8	被爆　被爆者の臨時救護所として使用
1946	広島高等師範学校（現在の広島大学教育学部）として使用
1952.3	国立広島大学整備のため、県立広島工業高等学校（千田町）及び県立広島商業高等学校（江波）との交換により、旧被服支廠の内３棟を大蔵省から広島県が取得し、県立広島工業高校の校舎の一部として使用。
1956	県教委から県財産管理課に所属換え。日本通運に貸付け（～1995年３月）
1994.2	広島市が被爆建物として登録
1995.10	ひろしま国体局に、２号棟１階の一部を使用承認（～1997年３月）

60年の時を超えて
―長崎原爆被災者協議会の資料調査に着手

木永　勝也
（長崎総合科学大学）

現在、長崎原爆被災者協議会（以下、長崎被災協と略す）の資料調査を進めている。被災協では、「被災協の運動、歴史、被爆証言の継承活動」の一環として取り組まれている活動であり、われわれ長崎原爆に関する研究を行っている者からすれば、長崎被災協のご理解のもと、進めている活動である。「戦後長崎における被爆者運動・平和運動に関する資料調査を通した核・被ばく学研究の基盤形成」と題した研究課題に対して、公益法人三菱財団より研究助成を受けることができた結果、財政的裏付けを持ちながら取り組んでいる。

２０１９年秋から検討、打ち合わせを行い、直接的には、19年10月４日に被災協で行われた一橋大名誉教授の濱谷正晴氏から日本被団協資料の保存などについてお話を聞く機会をえた[1]頃から進めている。また「ノーモア・ヒバクシャ記憶遺産を継承する会」が取り組んでいる日本原水爆被害者団体協議会（以下、日本被団協）の資料整理が先行事例としてもある[2]。こうしたことにも学びながら、準備作業・予備調査をへて、試行錯誤しつつ作業を進めてきている。長崎被災協の一隅を作業場所にお借りして、20年３月から資料のリスト化（目録づくり）作業を不定期に進めているが、新型コロナの感染拡大の懸念もあり、順調とはいかない作業状態にある。

たとえば「概要」ということでは、資料全体の点数、規模がどの位になるかということがあるが、後述するように未着手の資料もあり、目録づくりのための仮整理で利用している資料保存用の段ボールケース（およそ幅40㎝×奥行33㎝×高さ32㎝、Ａ４またはＢ４の資料を収めることができる）の箱数やそのなかでの資料の点数といった形でしか示せないことも多い。長崎被災協資料についてまだまだ全体像やその特徴がつかめていない現状にあり、本稿も中間報告ともよべない試験的なレポートとなっていることをあらかじめお断りしておきたい。

1、書籍・冊子類などの図書刊行物

さて、現在、整理対象としている長崎被災協の資料について、いくつかにわけて考えていきたい。まず、その一つが、図書・冊子類などである。長崎被災協の事務所でスチールキャビネットに保管管理されている資料で、多様な種類の刊行物がある。刊行図書や自費出版の書籍類、雑誌、定期刊行物、簡易なパンフレット形態の出版物などがある。また現在も受け入れがあり、今後も受け入れが続き増加していくことが想定されるため、暫定的な整理作業である。

整理作業は、目録というかリスト作成の途中で、司書資格をもっている方に整理作業を進めてもらっている。10月末まで確認している図書類で全体の4分の1から3分の1程度の進行状況であり、約1000冊程度である。文献の厚薄もあり確実ではないが、4000点は優にこえるかと思われる。

整理作業のなかで、以前、事務局で作成され所在不明となっていた手書きの「図書台帳」(2種類、1冊目を大学ノートに書き写している)がみつかったが、発行年月が1960年頃の図書から88年8月時点のものまでで、1058点の記載がある。

所蔵されている刊行物には、長崎被災協が発行したものはむろんのほか、日本被団協や原水協の刊行物などともに、白書類など長崎市・県など公共機関の刊行物もある。また、広島被団協はもちろん、各地の被爆者団体の刊行物がある。「図書台帳」には、静岡被団協(「私たちの完全な援護法要求」、64年7月)、沖縄被爆救援会(「平和はみんなの願い」67年11月)、福岡市被団協(「折り鶴のさけびNo.2」、69年)、大阪市淀川被爆者の会(「原爆日誌」)など60年代の刊行物の記載もあるが、まだ所在を確認できてはいない。今後、「図書台帳」に記載されているものが残存、保存されているかの確認・照合も行う必要がある。

また個人の被爆体験記や証言記録なども多く所蔵されており、整理がすすめば、公共図書館(国立国会図書館も含む）や各地の図書館、長崎原爆資料館や広島平和記念資料館館に所在しない刊行物を確認できる可能性は高い。

2、事務局資料

現在も利用頻度が高いと思われ、基本的な資料といえるものがいくつかあり、現在、今後も折に触れ利用され、追補されてふえていく資料群が、事務局資料である。

長崎被災協が財団法人として認可された、1963年以来の法人の**理事会や評議員会の関係資料**がある。厚さ4～5センチの簿冊が6冊程度あり、毎年の会議録のほか決算書などの財務資料等から、長崎被災協の基本的な動向を知ることができる。理事・幹事・評議員会の氏名などもあり、役員名簿としても利用できる。

また、こうした会の基本的な資料としては、今日まで発行され続けられている、**被災協ニュース**（現在、月刊）があるが、全号の所蔵状況については確認できていない。長崎被災協の創立後の、初期のころのニュース（といった名称であったがどうかも含め）未確認である。

長崎被災協の会員名簿でもある、**被爆者名簿**も会の状況を知ることができる基本資料である。1、2冊閉じた冊子状態の名簿があり、被災協の会員名簿ともいえる。被爆者名簿との関連では、**被爆者相談活動の記録資料**がある。仮整理もしていないため分量が見通せないが、資料保存箱で6～7個程度は存在している。時期的には、少なくとも日本被団協が中央相談所を設置した、1976年以後の資料は保存されている。個人ごとに記載されており、病気や生活に関わるような悩みなどセンシティブな個人情報が記載された資料であり広く公開するといった性質の資料ではないかもしれない。長崎の被爆者の動向、基本的な被爆者としての要求を理解していくうえで貴重な資料であり、学術的な手続きもふまえて、科学的な分析・検討が必要であろう。

以上の2つの資料群は、現時点でも活動や事務的業務で利用することが多い資料で、今後も追補などにより増加していく資料であり、行政機関などで「現用資料」に分類されるような資料群である。

一方、現在はほとんど利用されることはなく、行政機関でいえば、公文書館などへの移管対象となる、「非現用」の資料群がある。このなかには、歴史的にみて貴重な資料も少なくないし、被爆体験の継承や、長崎における被爆者運動の形成・展開を検討していくために重要な資料である。2つほどの資料群に分かれる。事務局に保存されていた旧蔵資料と、昨年秋頃から歴代役員や関係者から長崎被災協に寄贈された資料群である。

これら資料の概略を早めに把握すべく、現在までの予備調査、リスト作成作業を行っている。準備作業として、チラシや各種印刷物についてはある程度内容的にまとまったものを一綴りと考え、Ａ４サイズの封筒にいれ、資料保存箱へ移し替え、仮収納を行った。各綴をリストづくりの際には1点として数えている。公文書館などでは一枚一枚の紙を1点に数えて目録（細目録）作成を行うこともあるが、長崎被災協の資料整理としては、資料の分量が多いこと、目録作成に時間がかかってしまい、概要の把握も遅くなること等を考慮し、こうしたやりかたを採用している[3]。このため、資料の点数といっても、厳密な点数とは言いがたい、といった特質をもつこととなる。

3、長崎被災協関係者資料

初代の長崎被災協会長であった故杉本亀吉氏の資料が家族から寄贈され、1箱分、点数でいえば26点の資料がある。新聞でも報道された[4]が、１９５３年2月の日付がある「被爆者の心身発達について」と題する謄写版の70ページ超の資料があり、城山小学校名の原爆学級に係わる調査報告書で、貴重な資料である。杉本氏個人に関しても、１９５８年2月21日の日付がある原爆医療法による認定証も残されている。

平和祈念像の製作者である北村西望が文化勲章を受章した際のお祝いへの返礼礼状や、北村から贈られた掛軸が残されており、北村との交流があったことがわかる。68年の杉本氏の日誌5冊（ノートに手書きされたもの）は、いわば業務日誌のような日々の活動の詳細が記してあり、被災協役員としての活動をうかがいしることができる。また69年の日記1冊、71年から73年、75年から77年の3年連用日記（各1冊）は、晩年に近い時期の状況を知るてがかりを与えてくれる。

次に、事務局長をつとめ、のち会長をつとめた、葉山利行氏の資料がある。3箱、88点のまとまった資料である。長崎被災協の初期からの日誌や日記類で1箱以上がある。杉本氏の日記を引き継ぐように、1969年から2000年代初頭までの諸会議の記録メモが、ノートに手書きのメモとして残されている。1969年から1977年までの議事録のような会議メモ（6点）には、長崎被災協だけでなく、他団体や関係団体、長崎県原水協の諸会議のメモも多い。中身としても私的に作成している会議録といった色合いの強いメモ（開催日時や場所から、開始・終了の時間、出席者やその発言内容まで）となっており、〃メモ魔〃と言った印象をもつほどに詳細である。1989年から2002年ころまでの会議メモ（5点）は、会議録というより個人的な備忘録的な内容でやや印象が異なる。こうした会議メモとは別に、「日記」が1971年から2001年ころまであるが、市販のビジネス手帳あるいはスケジュール帳に記載されたもので、日々の行動記録という記載内容となっている。

葉山資料には、他にも、1970年代・80年代の各種資料がのこされている。長崎被災協の評議員会資料も2点ほどあるが、1966年の日本被団協の冊子『原爆被害の特質と「被爆者援護法」の要求—被爆者救援運動の発展のために—』がおさめられているなど被団協関係の資料も数点入っている。また、1980年の原爆被爆者対策基本問題懇談会の答申やその批判に係わって、基本懇の報告概要への赤字による批判的内容の手書きの書き込みがある資料もあり、当時の状況をよく伝えている。

会長や事務局長の役員関係の資料という点では、他にも、先年死去された谷口稜曄氏の資料も1箱、寄贈されている。リスト作りはこれからであるが、1990年代以降の資料が大半であるようで、業務日誌や日記類はなく会議関係書類がほとんどのようである。

また、山口仙二氏の資料も10数点、寄せられており、今後整理していく予定である。最晩年の、日記というか血圧など健康状態をメモした手帳が数冊あり、ときおり関係者からの連絡や取材などに関するメモや感想のような言葉が記載されている。

4、旧蔵資料（事務局）

もっとも量的にも多い資料が、この長崎被災協事務局の旧蔵資料である。１９６０年頃から78、79年ころまでの事務局関係資料が７箱程度あるほか、84年ころを中心に、75年ころから91年ころの事務局資料が３箱ある。後述するようにまだ仮整理も未着手の資料がある。

長崎被災協の事務局の旧蔵資料は、長崎被災協の活動が多様であることを反映して内容的に多種多様であり、代表的な事例を記載することしかできない。以下、前者の70年代の７箱の資料から、いくつかを箇条書きで書いておく。

○長崎被災協の組織や機関運営に係わる資料

「長崎原爆被災者協議会登記簿謄本」（写し：65年）がある。「生活相談綴」は、72年の日本被団協の中央相談所での相談活動のありかたが一般的になる以前の相談活動の日誌である。66年の綴り１点、67年から71年の綴り１点、72年までの綴り１点などがある。また、「原爆死亡者弔慰金見舞金名簿」（68～72年度）もある。

被災協を構成する各地域の被爆者組織に係わる資料として、「諫早市原爆被災者協議会事業報告書」の資料のほか、「昭和39年度以降　諫早市長田地区被災協文書綴」は役員名簿や書翰などからなる資料である。県内の「昭和39・40・41年　松浦被災協文書綴」「昭和39年度　大村被災協文書綴」「昭和40年　北松原爆被災者協議会綴」のほか、長崎市近郊の「昭和39年度東長崎被災協往復文書綴」「昭和39年度　香焼被災協往復文書綴」などもある。

また、評議員会資料（第13回、76年）のほか、「長崎被災協ニュース」もいくつかの資料のなかに散在している。また、66年・68年の事務資料である「一般文書綴」といった資料がある。日常の活動内容がわかる事務日誌としては、75年９月１日から76年７月31日までの紐綴じ冊子、76年８月２日から77年４月12日までがあり、杉本資料や葉山資料の日誌類と照合していく必要があるほか、いつ頃から書式を定めた紙を台紙として記載していく様式になっていくかも確認検討していく必要がある。

○他団体との関係では、

日本被団協の総会決定集のほか、71年から73年の関

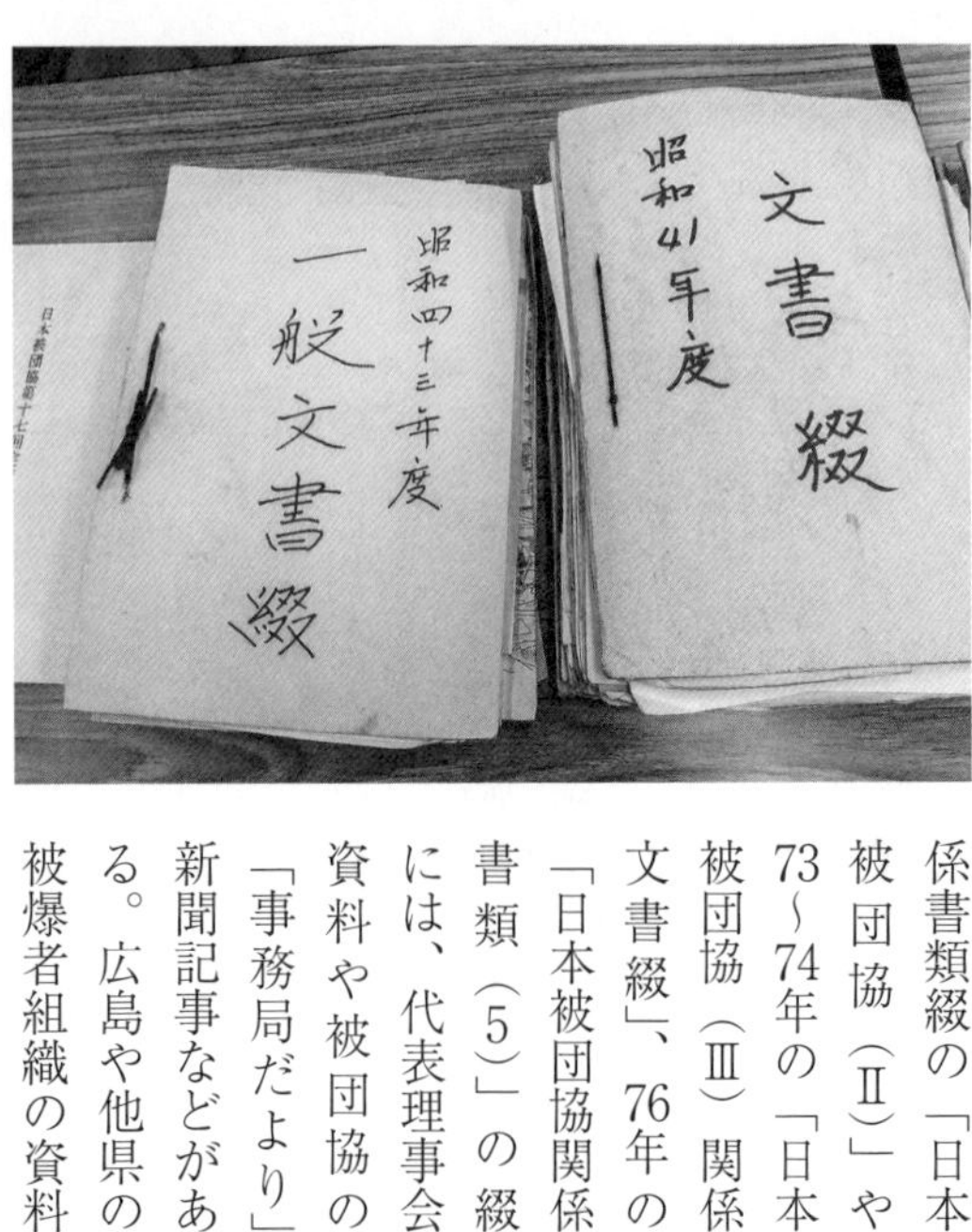

係書類綴の「日本被団協（Ⅱ）」や73～74年の「日本被団協（Ⅲ）関係文書綴」、76年の「日本被団協関係書類（5）」の綴には、代表理事会資料や被団協の「事務局だより」、新聞記事などがある。広島や他県の被爆者組織の資料もあり、近県福岡の「被爆者通信」（福岡県原爆被害者相談所など）の資料もある。

69年から72年の原水爆禁止長崎県協議会などの資料綴のほか、「長崎市原爆被爆者関係資料」、原水爆禁止高島協議会ビラ、「会計監査報告書」（原水爆禁止日本協議会）、原水爆禁止日本協議会からの通知などの挟み込みがある資料綴がある。原水禁世界大会の準備段階からの資料も、65年の第11回、69年第15回、71年第17回などの資料がある。77年の統一世界大会関係では「統一問題文書」と題した綴がある。

○行政機関関係の資料としても、

昭和51年の平和祈念式典関係資料綴のほか、原子爆弾被爆者対策協議会関連資料などのほか、１９７３（昭和48）年頃の「国立原水爆被災資料センター関係資料」という資料があり、原水爆被災資料センター設立推進全国委員会、同広島推進委員会、長崎推進委員会の資料がまとめられている。

これらのほかにも、おおよそ75年から76年の資料群で1点として一括しているが、「むつ」関係書類として、原子力船「むつ」に関する請願書や反対声明、冊子などを含む雑多な内容の書類がある。

なお、事務局旧蔵資料といえるかは微妙だが、渡辺千恵子氏の葬儀関係資料がある。93年3月に死去した際の告別式の弔電などが２００点ほど、1箱分のこされていて、発信者などによる細目録作成も終了している。

おわりに—今後の課題と期待

長崎被災協は1956年の結成だが、50年代後半以降の草創期の資料の残存は少ない状況にある。たとえば、被災協結成をよびかけた文書は複写で確認できるだけで、前述の長崎被災協の関係者資料にも旧蔵資料でも現物は確認できていない。今後、資料整理が進められたとしても草創期の資料を発見できる可能性は小さい。また、原水禁運動の分裂などにより影響を被ることになる60年代前半期の資料も少なく、資料のほとんどは60年代半ば以降の時期の資料となっている。

それでも、現在整理中の資料整理がすすめば、長崎の被爆者が歩んだ道を、被爆者が被爆者援護をどのように訴え、どういった要求をもとにお互いに結集して、行政や社会にうったえようとしてきたのか、具体的に描ける材料を手にすることができると考えられる。堅い表現をすれば、運動を成立させ展開させる原理的考え方、被爆者組織をなりたたせる組織的考え方などがどのように変遷して組織が拡大してきたのか、援護法など内実をもった法的措置をどのようにもとめていくことになるのかなど、本格的に考察することができるだろう。長崎の被爆者運動の展開だけでなく、反核平和運動の実情を資料的根拠をもって描くことができるようになるだろうと考えられる。

さて、期待もあるが、今後の課題も多く、特に仮整理も未着手である資料がまだまだあることを指摘しておかねばならない。

長崎被災協の現在の建物ができたあと(1996年)、事務所の引っ越しが行われた際に保存に回された資料であると思われるが、山口仙二会長・山田拓民事務局長の時期の資料（80半ばから95年ころまでの資料）が大量にあり、おそらく資料保存箱で7~8箱分程度がある。

この資料のほか、長崎被災協が関連した裁判や訴訟関係の書類も多くあり、3箱や4箱ではきかない分量の書類がキャビネット棚に収められたままとなっている。さらに食堂運営に関連する資料、立山荘に関連する資料、会計帳簿などの資料もある。また、被災協で有している写真も多く、2箱や3箱ぐらいはあろう。

こうした資料は、いわば紙やそれに類似した資料であるが、視聴覚関係の、扱いが悩ましい資料も多量にある。今後の整理の対象とはなろうが、被爆体験を語っている録音カセットテープ、ビデオテープなども多くあるし、16ミリ映画フィルムもある。こうした資料を劣化させずに、保全管理をしていくという課題もあることも指摘しておかねばならない。

1　「被災協ニュース」４３３号、２０１９年11月９日発行

2　松田忍「日本原水爆被害者団体協議会（日本被団協）関連文書の概要」『学苑』（昭和女子大学近代文化研究所）９３５号、２０１８年９月、等がある。

3　日本被団協文書の整理手順も同様だが、我々の方が人手がかけられないこともあり、より大雑把なやりかたとなっている。なお、２０２０年夏に報道があった広島被団協関係資料については目録が公開されはじめているが、広島大学文書館の「広島県原爆被害者団体協議会関係文書目録」は細目録として1点ごとの目録となっている。

4　西日本新聞、２０２０年1月６日記事。

佐多稲子『樹影』の哀しさと愛しさ

――長崎原爆後の社会と二人の軌跡

田中　俊廣

（詩人・活水女子大学名誉教授＝日本近代文学）

本の見返しに「田中俊廣様／佐多稲子」と、ペン字でのサインがある。奥付には、昭和60年10月、第9刷発行と。この箱入り上製本『樹影（じゅえい）』はすでに絶版になっていたのを、〈佐多稲子「樹影」文学碑建立委員会〉が、版元の講談社と交渉し増刷してもらったものの1冊である（500冊を買い取り）。その中の60冊を著者本人が自費で購入したいと希望し、建立委員の私や呼びかけ人（賛同協力者）の大江健三郎らにサインして謹呈したようであった。文庫本や全集第15巻『樹影時に佇つ』も所有しているが、本稿のために今回改めて読み返したのはこのサイン本である。

佐多稲子「樹影」文学碑は、昭和60年12月1日、長崎市の諏訪公園に建立された。除幕式には、当人の佐多稲子、文芸評論家の山本健吉や小田切秀雄をはじめ、長崎県や市の各界から、そして全国の文学や市民運動に携わる多くの参列者をえて盛会であった。式典の後、記念講演会、祝賀レセプションも開催された。

文学碑には、自然石に嵌め込まれた横長の黒御影石に「あの人たちは／何も語らなかっただろうか／あの人たちは　本当に／何も語らなかっただろうか／あの人たちは／たしかに饒舌ではなかった／それは　あの人たちの／人柄に先ずよっていた〃「樹影」より〃佐多稲子」と彫り込んでいる。作者自筆のペン書きを白抜きの文字として浮かび上がらせている。

作品冒頭の4文である。ただし、碑では句点を省略し、詩のように行分け書きに改変している。長崎市を舞台に、原爆、恋愛、芸術（絵画）、時代社会、華僑（在日）の問題等を総合的に精妙に織り込んだ長編小説のモチーフを、このプロローグ（序奏部分）は見事に象徴的に暗示している。引用部分の後は、「内側に、ある気むずかしさを持っていたのにはちがいなかったが、それは自分で、はにかんでいるような優しさがあって、この人たちのおしゃべりでないのは、たしかに先ずそういう人柄のせいだった。あるいはこの人たちは、おたがいの間でさえ、本当に自分の心の中にあるものを、言葉で明かし合ってはいなかったかもしれない」と続いていく。

この「何も語らな」い、「饒舌ではな」い、「はにかんでいるような優しさ」「おしゃべりでない」人は、声高でない自己主張が控え目な長崎市民の特質（性格）であり、このプロローグは、その内に秘められた心情や認識を『樹影』という物語で語らせたい、解き明かしたい、という作者の展望とテーマをも仄めかしている。作品中にも描かれているが、長崎において反原爆が市民運動として表面化してくるのは、戦後10年目くらいである。また文学においても、福田須磨子の詩「ひとりごと」（昭30・8）が新聞投稿として世相の注目を浴びるのも同時期であり、長崎のプロテストは広島より出発は遅れている。ジャーナリズムでは〈怒りのヒロシマ〉、〈祈りのナガサキ〉（永井隆の著作やその映画化、歌謡曲の影響による）と称されるのも、長崎の特徴や風土を反映しているのであろう。

＊　＊

佐多稲子は明治37年（1904）、長崎市八百屋町に生まれる。11歳、勝山尋常小学校5年時の途中、已む無く家族で東京に移住しなければならなかったにせよ、佐多は幼少時代、長崎の風土や人々の親愛を存分に心身に吸収していた。その詳細は『私の長崎地図』（昭23・10）に綴られている。

『樹影』の根底には、長崎の、そして二人の主人公の「饒舌ではな」い「おしゃべりでない」「優しい」人柄の内に潜む苦悩や怒り、また心遣いや優しさを代弁したい、という作者の故郷に対する親愛の情が貫流している。

また、このプロローグの静かな内省的な問い掛けの中に、実は精妙な構想が仕組まれている。「あの人たち」の繰り返しから「この人たち」へと焦点が絞られていくことである。長崎市民（原爆被災者）から、二人の主人公、つまり柳慶子と麻田晋の物語へとズーム・アップされていく。作品の中心は、独身の華僑の娘（27歳）と、妻と二人の子を持つ画家（33歳）との秘められた恋愛と、互いによりよく生きようとする軌跡である。麻田晋が原爆症と思われる肝臓癌で死去するまでの二人の十年余が主な時間軸である。喫茶店・茉莉花を経営する慶子は、長崎で生まれ育ち、日本語しか話せないことなどから、自己のアイデンティティーを確立したいと模索する（父は中国福建省出身）。麻田はD会の画家として看板業などで生計を立てながら、毎年長崎から出品する。毎回入選し会友に推挙されるが、それ以上の入賞や高い評価は得られない。貧困も重なり、画業の進展に煩悶する。二人ともに、自己をより高く形成していこうとする意志をも併せ持つ。

物語の発端は戦後3年目である。喫茶店の改装のデザインを麻田に依頼することから、二人は知り合い、共に肋膜炎で市民病院に通院することを契機に恋愛へと深まっていく。この間柄は社会的には二重に許されることではない。慶子にとっては相手は妻子ある男性、そして、華僑と日本人という関係性。華僑では同国人との結婚が望まれていた。麻田にとっても妻子との日常での葛藤、画塾や仲間の風評も負っていくことになる。この恋愛はいつまでも秘められるわけでもなく、自ずと茉莉花を手伝う二人の妹、父親、華僑の仲間にも知られていく。それでも慶子と麻田は会い続ける。それぞれが病身、原爆病への不安、生きることへの苦悩や孤独を抱えながらも、それゆえに愛の純粋さ、喜び、生きることの実感も味わっていく。社会・世間との軋轢ばかりではなく、慶子はより強く確執や嫉妬などに心乱されながらも、愛を求めようとする。

作者・佐多稲子は、二人の感情、心の深淵や微妙な襞にまで分け入り、人間存在の理想と混沌、明暗、光と陰をも描出しようとしている。

人間は内なる精神的な存在であるばかりではない。当然、時代社会や環境と関わっていかねばならない。麻田は、芸術家（画家）としてより高く深いレベルの作品を創造したいという意欲、さらには中央画壇への対抗心も持つ。そして、戦中は治安維持法によって収監されるという過去も負い、戦後は左翼（民主的）陣営のポスターを描いたりする。慶子はもっと複雑・微妙である。当初から日本で生育しながら日本人ではない、という境遇に、自己を確立できない不安を抱いている。戦後、新しい中国が生まれ、〈中共〉へのシンパシーが深まるが、それは外在的には政治思想と関わっていくことにもなる。出入国管理令〈3年ごとの指紋捺印の屈辱〉や華僑社会の中での立場の錯綜〈新と旧との中国の対立や台湾側の介入〉など、行動も制約されてくる。

物語の展開のコマを速めると、麻田の病死後、慶子は哀しみや心の空白を乗り超えるがごとく、中国語教室に通ったり、社会的活動を推進していく。喫茶店経営に加え、中華街の中に「中国書店」を開設し、「北京周報」「人民中国」などの雑誌や書籍、筆や墨なども売るようになる。そして、中国の文化大革命に呼応するがごとく、朝早くから大波止でビラ配りまでするようになる。コーヒーも豆を炒ることから始め、生クリームも手造りしないと気がすまないこだわりと一途さ。この手抜きの無い仕事に、社会的政治的活動が加わり、心身の負荷と疲労が重なり、クモ膜下出血で急死する。その関係性は明示されないが、残存放射能の街を歩き、原爆手帖も保有し、常に身体の不調をかこつ日々の中での急病死であった。喫茶・茉莉花に設置された祭壇の遺影の傍らには、朱筆で中華人民共和国と殊更書き添え、赤い表紙の「語録」も置かれていた。

＊　＊

この長編小説のクライマックスは、慶子が麻田晋の遺作と東京のD展で初対面する場面であろう。50号の2点、「木立」と「樹骨」が、その上に「黒枠にリボンを結んだ小さな麻田の写真」とともに展示されている。麻田の弟〈やはり画家〉とともに上京したのであるが、入院前の体調悪化の中、半月間で2枚書き上げたことを、慶子は全く知らなかった。それに、これまでの画風と大きく異なる作品の色彩の喪失に驚く。「そして「樹骨」は、麻田の弟が兄の枕辺で見たもので二本の樹が前面にあり、背後にもうひとつの樹を立たずませている。左右にまっすぐに張った数本の枝は一枚の葉もなく、やはり鋭どく見えた。が白と灰色だけの画面に濃淡で浮んだ三本は立枯れの樹木に見え、題名どおり骨のようにも見えた」。さらに、慶子は次のように慨嘆する。

麻田がこんな孤独な絵を描いたということに彼女は衝撃を受けていた。慶子にはそれは虚無と孤独の絵に見えた。この樹木の立枯れの中に慶子の愛は見出せない。自分は真実、麻田の愛を得ていたのだろうか。そう想うかたわらで、麻田にこのような虚無的な絵を描かせて自分は知らずにいた、と責められ、自分の麻田に対する愛は何だったのだろう、とその思いが彼女を噛んでいた。

ここは愛の不毛と解読すべきではない。画業半ばで、原爆によると疑われる病気で苦しんで死ななければならない無念さが「樹骨」を描かせている。どうしようもない虚無と孤独を抱えているがゆえに愛（相手）を求める。どのような愛でも満たされない空無があるゆえに、さらにまたより深い強固な愛を求めようとする。そのように認識しているからこそ希求し挫け、挫けまた希求し、深遠と崇高さに到達しようとする。

全21章の第17章で、二人の恋愛の道程は終わるが、それから後4章分は、慶子の生きるプロセスが展開される。先に論述したように、この部分は慶子が長崎在住の華僑として様々な困難に逢着しながらも、自らの生き方を主体的に探り推進していくエピローグ（終章）と言えよう。結果的には46歳でクモ膜下出血で急死するにせよ、麻田晋の精神や意思を内に包摂しながらの自己のアイデンティティーを確立する道程であった。このように、被爆後22年の慶子の内と外の生の行程が跡切れるところで、小説は締め括られる。

総括的に展望すれば、二人に対する佐多稲子の視線と心は温かい。作品の最終部で、稲佐の中国人墓地に眠る慶子について、次のように描く。「そこは港と街をはさんで、寺町の麻田の墓と正面に向き合う位置であった。麻田晋も、柳慶子も、長崎に生き、長崎の苦痛に挑んで死んだ。彼らの墓は、長崎市の両端に分れて、街と港をへだてて永遠に向い合う」。「両端に分れ」ながらも、「永遠に向い合う」という表現は、二人の屈曲し不自由であった社会的現実と、だからこそ愛と精神は永遠であるということの象徴と読み取ることができる。加えて、長崎の風土や諏訪大社の祭礼のおくんち、盆の精霊流し、中国風の正月と盆の儀式と慣習を織り込んでいるところにも故郷を生きる二人への親愛の証が見て取れよう。

もちろん、佐多稲子の『樹影』に込める意図はもう一つある。小説最終のフレーズは、二人の死後を生きる麻田の弟に、稲佐の中国人墓地に原爆で破壊されたままの瀟洒であっただろう巨大な墓碑を以下のように見つめさせる。「それはあの一瞬の事実を二十二年間持続して見せているひとつのものであった。枯草の中に仰向けになった石碑の細かな漢字を連ねて彫ったおもてにはひび割れの線が一本走っていた」。この表現で小説は終わる。この「ひび割れの線」は原爆の与える物理的現象ばかりではなく、被爆後を生きる身体や精神をも侵す消えることのない傷痕の亀裂である。

つまり、ここには懸命に生きる人々への深い慈しみと、それを阻み侵蝕する人間の愚行への鋭い批判が込められている。この作品は、昭和45年8月から47年4月まで「群像」に連載され、47年10月、講談社より単行本として刊行され、野間文芸賞を受賞する。作者は66歳から68歳。小説家として、『キャラメル工場から』(昭3・2)というプロレタリア文学から出発し、『くれなゐ』(昭13・9)や『灰色の午後』(昭35・5)など、夫婦や男女の愛憎の中に女性の自立を探求し続けてきた。社会派つまり民主主義文学と、愛と女性の生き方を書き続けてきたキャリアの一つの集大成が、『樹影』と言えよう。

文学碑除幕式に参列し、記念講演会の講師でもあった小田切秀雄は、この作品を高く評価している。

長崎のひとを描くことを通して、普遍的な人間性の深い真実――ここでは、画家と華僑である女主人公との一〇年にわたるひめられた恋の、はじめから終りまでを繊細微妙に追い続けることのなかに、それをむしばむ被爆者のほとんど絶対的な孤独の意識、戦前からの華僑としての被差別による屈折した孤独の内面性、これらが執拗に掘り下げられていて、従来のいかなる文学作品もこれらをここまで明らかにするということはできなかった。

(『樹影』。講談社文芸文庫解説)

小田切は他で、島崎藤村の大河小説『夜明け前』(昭10・11)について、江戸から明治期へ時代社会が大きく変動する時空を、信州の一宿場に生きる一族の転変を基点にダイナミックに描いているとし、近代文学の大きな一つの達成として論評している。『樹影』についても、同様に「まさに長崎の文学であると同時に、広く日本および世界の文学そのものであり、作家としての前述の力技とその成功からして、この作は第二次大戦後の日本および世界の文学の代表的な作品の一つといっていいであろう」と指摘している。さらに「井伏鱒二の長編『黒い雨』とこれを、原爆文学の双璧といっていいであろう」（以上、文芸文庫）と付加している。

広島の原民喜『夏の花』（昭24・2）、長崎の林京子『祭りの場』（昭50・8）も非人道性をリアルに浮かび上がらせる原爆文学の秀作である。それでも、これらは短編であり、そして何より、二作は自らの被爆体験ののっぴきならない傷痕に正面から向き合っている。『黒い雨』（昭41・10）の井伏は広島県出身であるが、東部の岡山県に接する福山市の近郊で生育する。直接の体験がなかったので原爆をモチーフにするのはためらいがあったが、重松静馬の被爆体験手記（井伏没後『重松日記』平13・5刊行）を基調に、資料集めや取材を重ねながら書き上げている。

＊　＊

『樹影』執筆には二つの困難があった。まず、単行本の「あとがき」に、さらに文庫本巻末の「著者から読者へ」にも記されているが、「描けない、というのは、自分の力不足というだけではなく、被爆というこの重い事実を、自分が負うたのでもないのに、どうして描けよう、とおもっていたのである。それを敢えて描くのは、不遜になる、というふうにさえおもっていた」（文芸文庫）という謙虚さである。もう一つは、小説の男女の主人公にはモデルがいて、二人ともに作者の知友であった。すでに、二人をモチーフにした作品には短編『色のない画』（昭36・3）、『落葉』（昭44・3）などがある。前者は、画家の遺作2点を「私」と長崎から上京した画家の弟と女性と3人で、被爆後の放射能を浴び闘病死する直前に描いた「色を無くした画」を観るモチーフ。後者は、自殺かとふと疑った「私の女友達」の急病死の葬儀参列のため、長崎へ急行する内容。二作にはプライバシーへの配慮がある。

「群像」の編集部が、『色のない画』を長編として展開させるよう勧め、長崎在住のモデルに承諾を得る配慮と手だてまでしてくれるが、結局、『落葉』の女主人公が病死してから書き始めることになる。

『樹影』の画家は独立美術協会会友の池野清、華僑の喫茶・茉莉花の店主は「南風」の林芳子である。前者は没後『池野清画集』（昭36・2、非売品）が刊行される。池野に絵を習ったグループの人々、長崎の美術関係者で刊行会を結成しての画集であった。箱入り（背は氏名をローマ字明朝体表記、表面は漢字）、本体は布装（表紙はローマ字筆記体表記）の大判で、清楚で格調が高い。絵は原色版、写真版、オフセット印刷で、佐多稲子『色のない画』が本文横組みの冊子として挟み込まれている。冊子表紙は「樹骨」を銀色のシルエットとして刷り込んでいる。絵のサイズと制作年を記した本体目次とは別に、黄色の縦長の別紙に「図版」というタイトルで目次と同様の記載の資料が挟み込まれている。画集の傍らに取り出して確認できる利便を考慮したのであろう。隅々にまで配慮の行き届いた清楚でしっかりした装幀と造本から、志半ばで病没した池野清への深い敬愛の念を偲ぶことができる。古書肆・銀河書房で入手したこの画集には、箱の背に小さく赤い絵具の線が付着している。非売のこの本の元の所有者は、刊行協力者の一人であったのか、画家とどのような関係があったのか想像するのも懐しい。なお、原画「樹骨」は、現在、長崎県美術館に所蔵されている。

今回、『樹影』を読み直して新たに注目したことが一つある。ささやかなことかもしれないが、麻田の弟と慶子が遺作の展示を観に上京したのを契機に、明らかになったことである。麻田はすでに、昭和16年の時点で会友に推薦する記録が残されていた（実績や業績によって会友、さらに高位の会員というランク付けがある）。ところが、麻田は実際は昭和20年代半ばの胸部疾患の数年間のブランク期に推されている。戦中、治安維持法によって収監されたことが、推挙の発表を留まらせたと推測できる。事実、『池野清画集』の「画歴」にも、1941年（昭16）に「独立美術協会々友に推奨される」と付記されている。ここにも、芸術に対する軍部や国家の弾圧の影響を見ることができよう。向上心、克己心のあった麻田晋（池野清）は生前に、このことを知ることができなかった。

「樹影」文学碑建立の準備会は、林芳子の妹（敏子、建立委員の一人）が店を継いだ「南風」で16回開かれた。冒頭で『樹影』サイン本に触れたが、秋月辰一郎（委員長）、早川雅之（事務局）、奥野政元、池野巖（清の弟）、山田かん等、11名の委員にも贈呈されたことであろう。その後も新刊の小説集、随筆集など次々に恵贈していただいた。また、拙詩集に対する感想や激励の葉書もいただいた。数回同席したことがあるが、80歳を超えた作家の印象は、温和で謙虚で、すっくと背骨が屹立している和服姿に気品と小説家としての年輪が感じられた。

これらの人柄は、最初は文学碑建立を辞退されたことにも窺うことができる。何回かの要請で、作品の記念碑ということで了解を得ることができた。その経緯を作者は「私は初め、その晴れがましさにうろたえた。だがそれはこの作の内容となった悲劇が、再びあってはならぬという主旨を表わすものとして見られるなら、そこには意味があろうかとおもって、自分の晴れがましさをも受けた」「『樹影』の碑は、私のためのものではなく、原爆の、人間にもたらした悲劇を指摘する碑なのである」（文芸文庫）と語っている。

この姿勢は、『樹影』刊行の翌年、芸術院恩賜賞内諾を求められたが辞退したことにも通じるであろう。佐多は昭和12年に、治安維持法によって懲役2年、執行猶予3年の判決を受ける。やがて、戦時体制への抵抗の意志は薄れ、戦地への慰問や特派員を務めたものの、戦後は反権力・民主主義的立場を貫いた。軍事国家に翻弄された無念さや怒りが政府の賞を辞退させたのであろう。

平成10年（1998）、94歳で死去。没後15年目刊行の佐多稲子文学アルバムのタイトルが『凛として立つ』（平25・8）である。温かな人柄の中心に、まさに「凛」、つまりすっくときりっと精神が屹立している作家の一生と作品群であった。

【文化祭発表】

平和って何だろう

中津市上津小学校6年生

1　ぼくたちは、10月9日、10日に修学旅行に行きました。

（ぼうしをかぶる）

2　いよいよ長崎市だね。

3　うん。吉野ケ里遺跡では、弥生時代の人たちの暮らしの様子が想像できたね。

4　思っていたよりもずっと広いムラでびっくりしたよ。

5　って、ちょっと待って、待って。

（ぼうしをぬぐ）

今日話すのは、吉野ケ里やハウステンボスじゃなかった。あ、みなさん。こんにちは。6年の榎本陽向大です。

6　小野誠榮です。修学旅行は、天気に恵まれ、とても充実した楽しい旅行でした。

7　今日は、長崎でぼくたちが知ったこと、感じたこと、そして考えたことを発表します。

（ぼうしをかぶる）

8　長崎に着いたよ。ここが、長崎原爆資料館かあ。

9　大きい建物だね。周りには、水が流れている所があるよ。

10　原爆の熱線で大やけどをして、水を求めて亡くなった人がたくさんいたからかなあ。

（ぼうしをぬぐ）

11　最初に国立追悼祈念館で、平和集会をしました。樋田小学校の6年生と一緒に平和宣言をし、折り鶴を捧げました。

12　今年は、地域の方にも鶴を折っていただきました。
川口屋さん、上津郵便局さん、折り紙を置かせてくださってありがとうございました。

（ぼうしをかぶる）

13　いよいよ原爆資料館の中に入るね。

14　うん、しっかり見て、勉強しよう。

（周りを見たり、メモをしたりする身振り）

15　ねえ、何か聞こえない？

16　ん？　なに？　ほんとだ、何か話しているみたい。
しっ、静かにして。みなさんも、静かにして聞いてみてください。

（ぼうしをぬぐ）

溶けたガラスビン

17　私が何本に見えますか？
1本？　ひとかたまり？　びんには見えないかもしれませんね。
わたしは、あの日原爆の熱線で溶かされた6本のガラスビンです。
あの日、わたしは、1本ずつの姿でお店に並んでいたのです。
原子爆弾が落とされて、わたしの周りは、3000度、いえ、4000度にもなりました。

わたしは、溶けました。

もう二度とはなれることはありません。

18

おべんとうばこ

わたしは、おべんとうばこです。
わたしのなかには、ご飯が詰まっています。
真っ黒なので、もう、食べることはできないけれど。
あの日のお昼、さとこさんは、わたしを開けて、お昼ご飯を食べるはずでした。
でも、午前11時2分、原子爆弾が炸裂したのです。
熱い熱い熱い熱い
私は、いっしょうけんめいご飯を守ったけど、ご飯は真っ黒になってしまいました。
ごめんね、さとこさん。さとこさん、どこ?
さとこさんは、もう、ご飯を食べません。
さとこさんは、死にました。14歳でした。

19

山王神社の一本柱鳥居

ぼくは、山王神社の二の鳥居です。

原爆の熱線で、上の方は焦げました。

爆心地を向いている方は、文字が溶けて、読めなくなりました。

そして僕は今、一本の足で立っています。

片方はあの日、1945年8月9日爆風で吹き飛んだのです。

20

浦上天主堂

私は、浦上天主堂です。

この姿は、1925年に完成した当時の姿です。私は、それから毎日、いつも幸せに暮らしていました。

でも、あの日、1945年8月9日、原子爆弾が炸裂したのです。

爆心地から500メートルの所に建っていた私は、このように壊れてしまいました。

人々は最初、この壊れた姿の私を、このままで守ろうとしてくれました。ほら、あの、今は世界遺産になっている広島の原爆ドームさんと同じように。

ところが、1958年、市長さんは私のことを「残すという考えはない」と、言いました。とうとう私は取り壊されてしまったのです。

1959年に完成した今の私の姿です。

でも、あの日壊され、吹き飛んで川に転げ落ちた鐘楼の片方は、今もそのまま、残っています。

（ぼうしをかぶる）

21　原爆って、ものすごい威力があるこわいものだって、改めて思ったよ。○○さん、どうだった？

22　うん、たしかに。特に「放射能」ってこわいよね。

23　みなさん、放射能って聞いたことありますか？　どんなものか、わかっていますか？

24　ぼくたちは、帰ってから、放射能のことが気になって調べました。

（ぼうしをぬぐ）

25　まず、放射能というものは、放射線を出す力のことをいいます。

26　放射線を出すモノを、放射性物質といいます。

27　図にするとこんな感じです。普通は、放射線のことを「放射能」と、いっていることが多いです。

28　放射線には、色も温度も、においも味もありません。

29　放射線の最大の特徴は、「とおりぬける」と、いうことです。

30　みなさんはレントゲンって知ってますか？レントゲン写真を撮ったことがある人も多いでしょう。

31　骨折などを見ることができます。

レントゲンは放射線のX線です。X線は、骨を通り抜けないので、骨だけが写真に写るのです。

32　放射線は人の体を通り抜けるとき、細胞に傷をつけます。

だから、たくさん浴びると危ないのです。

33　放射線を浴びることを「被曝」といいます。

被曝には、2種類あります。

外部被曝と内部被曝です。

34　外部被曝は、体の外側に放射線を浴びることです。

レントゲン撮影やCT検査は、外部被曝です。

35　内部被曝は、放射性物質を体の中に取り込んでしまうことです。

吸い込んだり、食べたりした放射性物質は、体の中からなかなか出ていきません。自分とよく似た成分の所にたまります。

36　たとえば、長崎に落とされた原爆に使われたプルトニウムは、骨にとどまります。

そして、放射線を出し続けます。つまり、ずっと細胞を傷つけ続けるということです。
37　プルトニウムは、人間が作り出した放射性物質です。
放射能の力が半分になるまでにどれくらいの時間がかかると思いますか?
2万4千年かかります。
次の2万4千年で、また半分になります。でも、なくなったわけではありません。
38　放射能の被害は、原爆が落とされて74年たった今でも、続いているのです。
39　みなさん、放射能のこと、わかりましたか?
(ぼうしをかぶる)
40　原爆っておそろしいね。
41　ほんとうに。原爆資料館で、実際に見てすごくそう思ったよ。
42　もうすぐホテルに着くよ。楽しみだなあ。
43　夜景もご飯もだし、樋田小の友だちともしゃべったりできるしね。
(ぼうしをぬぐ)
44　ホテルでは、原爆を体験した城臺美彌子さんの話を聞きました。
45　城臺美彌子さんは、6歳の時に被爆しました。おばあちゃんの家にいたそうです。

ピカッと光って気を失い、気づいたらおばあちゃんに助けられて、避難場所の山に逃げたそうです。

46　城臺さんの話の中で、特に心に残ったことを3つ話します。
47　ひとつめは、写真に写っている人の話です。
48　この写真を見てください。
赤ちゃんをだっこしているお母さんが写っていますね。
49　お母さんは、田んぼでお仕事をしていました。
原爆が炸裂して、お母さんは背中に大やけどをしましたが、走って家に帰ったそうです。赤ちゃんを家に寝せていたからです。
50　この写真は、治療の順番を待っているところです。朝行ったのに、夕方になっても順番は回ってきません。

お母さんも大やけどをしているのです。そのときの写真です。

51　赤ちゃんは死んだそうです。

（しばらく　間）

52　この写真を見てください。

弟をおんぶしている少年です。

53　唇をぎゅっと結んでいます。何をしていると思いますか？

54　少年が立っているところは、亡くなった人を燃やしている所の前です。

55　おんぶした弟は、もう死んでいるのです。

弟を燃やしてもらいに来たのです。

56　すごく悲しくて、すごくこわいはずなのに、泣いていません。

57　ものすごく姿勢がいいと思いませんか？

58　この少年は、弟を下ろすと、走っていったそうです。

59　城臺さんは、この写真をよく見ると、少年の唇には血がにじんでいて、鼻の穴には、何か詰め物がしてある……つまり、放射能を浴びたから、もう病気になっていたのではないか、と言っています。

60　二つ目は、平和の像のことです。

61　みなさん、この像を知っていますか？

知っている人は、手を挙げてください。

（少し　間）

62　ぼくは、この像が平和を祈る像だと思っていました。

ところが、城臺さんは、「本当の平和の像ではないと思う」と、言うのです。

63　この像は、全国から寄せられた募金で造られました。

当時、被爆した人たちは、生活がとても苦しかったそうです。だから、募金を薬とかに使わせてほしかったと思っていた人もいるそうです。

64　また、作者の北村西望（きたむらせいぼう）さんは、戦争中、戦争を応援する作品をたくさん造った人だそうです。

65　城臺さんたちは、この像をはじめて見たとき、今までの北村さんの作品とあまり変わらないと感じ、違うと思ったそうです。

66　平和公園には、世界のいろいろな国からの平和の像がおくられました。

67　ポルトガルからおくられた像です。

お母さんが赤ちゃんを抱き上げていますね。城臺さんは、「これだ。これが本当の平和の像だ」と思ったそうです。

68　みなさん、比べて考えてください。

なぜ、城臺さんは、そう思ったのでしょう。

69　ぼくは

赤ちゃんを　こうやってだっこできるのは、爆弾が落ちてくるかもとかの　心配をしないでいいから、安心しているからですよね。

つまり　今　これが平和だということだからではないか、と考えました。

みなさんは、どうですか?

70　最後に、城臺さんは、日本国憲法と核兵器禁止条約を教えてくれました。

71　核兵器禁止条約を知っている人は、手を挙げてください。

大人の人も、知っている人は手を挙げてください。

核兵器というのは、原爆などの放射能を持つ武器です。

72　核兵器禁止条約は、核兵器を造ったり、持っていたり、使ったりすることを禁止する国際条約です。

73　2017年7月に採択されました。

50の国が認めたら、効力を発揮します。

74　今、認める、守ると約束した国が、19です。

75　みなさん、日本は、核兵器禁止条約を守ると約束していると思いますか?

76　していると思う人は手を挙げてください。

していないと思う人は手を挙げてください。

77　ぼくは、絶対していると思いました。

だって、核兵器が使われたらこんなにひどいことが起こる、たくさんの命がなくなって、たくさんの人が苦しんで悲しんで、今もつらいおもいをしていると、知っている国だからです。

78　でも、日本は、していません。

79　みなさん、ぼくたちが住んでいる中津市。この看板、見たことがありませんか?

80　中津市は、1984年6月29日に、核兵器をなくす努力をする決意表明として、「非核平和都市」を宣言しています。

81　全国の1797の市や町が宣言しています。

82　ぼくは、

こんなに多くの町が　宣言していることを　心強く思いました。そして、ぼくたちが住んでいる中津市も　宣言しているのに　知らなかったからおどろきました。

（ぼうしをかぶる）

83　修学旅行は、充実していたね。

84　そうだね。実際に見たり歩いたり、直接話を聞いたりすることで、本や画像では分からない「気持ち」みたいなのが伝わったような気がするよ。

85　まあくん、城臺さんにもたずねられたけど、平和って何だと思う？

86　うん。友だちと　いっしょに　遊べること　かな。ひなたさんは？

87

そうだね。ぼくは、今ぼくたちが当たり前にできてることは、全部「平和」って思うよ。

みなさんは、どうですか。

城臺さんが言っていたけど、○○がないではなくて、□□があるって言う言い方で考えてみてください。

88　最後に「この時代に」という歌を歌います。5年生と一緒に歌います。

「平和って何だろう」と、考えながら聞いてください。

（歌「この時代に」）

1．おじいさんは　むかし
飛行機に乗って
戦いに出かけたよ
何の疑問も持たずに
時が変わっておじいさんは
帰ってきたけれど
たくさんの友だちが
命落としたよ

※かわいい絵をちりばめた

飛行機が夢を乗せて
大空を羽ばたくこの時代に
　ぼくは何をしよう

2. おじいさんは言った
　えらくなろうとか
　認められようなんて
　考えない方がいい
　愛するだいじなもののために
　力尽くしたら
　何も残らないのが
　当たり前だから
　人とくらべることで
　自分をたしかめるような
　にぎやかでさびしいこの時代に
　ぼくはどう生きよう
　　※くりかえし

89 これで、6年生の発表を終わります。

【編集部】

このシナリオは、2019年10月に長崎を修学旅行で訪問し、城臺美彌子さんの講話を聞いた大分県中津市上津小学校6年生の2人が、大分に帰ってから11月17日の文化祭で発表したものです。担当教員の小野万里子さんの許可を得て、ここに掲載させていただきます。掲載にあたって、明らかな誤字脱字などは修正しました。

長崎での朗読公演にまつわる話

鶴　文乃
（長崎原爆伝承作家・平和運動家）

２０１９年12月15日、国立長崎原爆死没者追悼平和祈念館（以下祈念館と表す）のイベント、「NAGASAKI LOVE & PEACE MESSAGE 2019」に、つくばから朗読で参加させていただいた。また、同17日には、浦上キリシタン資料館での朗読公演を開催させてもらった。この朗読公演が実現したのは、祈念館に所属する「永遠の会」代表の大塚久子さん、祈念館の館長さんや職員の方々、資料館の館長岩波智代子さんのご尽力によるものだった。（以下敬称略）

つくば市の朗読の会は、２００７年、私（鶴）が主催する「大人のしゃべり場」に参加した坂本節子をリーダーとして朗読部会として発足した。初めは、朗読の経験がもう20余年になる坂本一人の童話朗読から出発し、その後「しゃべり場」の仲間で朗読をやりたい者が、広島、長崎、そして福島を語り継いで、核なき平和への想いを伝えていく『想いを未来につなぐ朗読の会』として活動することになった。

つくば市は学園都市として各分野の研究所が集まっており、海外からの研究員や留学生も多い。したがって、広島、長崎の原爆体験を伝える時、単に被害の惨状だけを伝えようとしても、かえって反感を持たれることもある。アメリカが、原爆投下後、原爆投下を正当化するために、日本には、プレスコードを敷き、真相を発信することを阻止し、アメリカの一方的な「原爆投下によって多数の人命を救い、戦争を終わらせた」という宣伝を世界中に流したこと、またアジアの国々での日本軍の蛮行が原因で、原爆投下は、当然の報いだという認識がアジアの人々の心の奥に重く残っていること、などから、被爆の悲惨な状況を伝えても、素直に受け止められないのである。これまで、年１回朗読公演をつくば市内で続けてきたが、朗読の演目には神経を使う。

しかし、昨年暮れの長崎朗読公演では、加害の視点は脇におき、長崎でも、もう忘れ去られようとしている、戦後初の公立の養護施設（孤児院―向陽寮）が創設された長崎の岩屋地区と、それに隣接して、原爆投下時、救護所が造られた滑石地区の様子を、若い世代に伝えたいという思いで演目を選んだ。さらに、寮生の手記を集めた『いっしょうけんめいきょうまで生きてきたと！』という著書に、貴重な証言を残してくださった3人の寮生、橋本和明さん、岩屋向陽さん（匿名）、芦立容子さんの3人が昨年（2019年）までに亡くなり、また、滑石、岩屋地区を舞台とする拙著「ところてんの歌」に深く関わっていただいた、NHKの解説委員の早川信夫氏、長崎の証言の会の重鎮、濵﨑均先生と梢夫人が、鬼籍に入られ、鎮魂の想いもあった。朗読公演で伝えそこなったことなど含め、纏めてみた。

長崎での朗読公演第一日目

（2019・12・15、国立長崎原爆死没者追悼平和祈念館にて）

プログラム

1・小さな命を支えるのに必死だった日々　作　岩屋向陽

2・無事に引き揚げて来たものの、幼い子供3人に　作　芦立容子

3・明日が来なかった子どもたち　作　鶴文乃

岩屋向陽（手記では、Y・K）さんは、敗戦後戦場から帰還した父親が暴力を家族に振るうようになり、母親が離婚して、当時、3、4歳だった向陽さんは父親の下に残った。その後温かい家庭には恵まれず、5、6歳の頃から神社の床下や駅のベンチで眠り、物乞いをして生き延びたが、昭和23年に現在の長崎市の岩屋地区に創設された「向陽寮」（当時は、全国の戦災孤児を収容）に入寮した。向陽寮に入寮した子供たちは、幼児から中学3年生までの男子で、寮生活では、年齢の高い子が、自分より下の子の面倒を看ることになっていた。プログラム1は、寮の部屋の掃除をお兄さんたちがやってくれる間、外で待っている幼児たちが、

長崎駅から浦上駅を経て道ノ尾駅へ、緩やかな坂を上ってくる蒸気機関車を見ている様子だ。あの汽車に自分の母親や兄弟が乗ってきて、自分を迎えに来てくれると信じ「あの汽車で、母ちゃんが会いに来るとよかね」、「おい（僕）とこの母ちゃんのぼた餅はおいしかよ」など、期待する会話が繰り広げられる。そして、駅に通じる道を眺めているが誰も来ない。「誰も、来んたい」と、泣き崩れる子どもたち。この向陽さんの想い出を読んで、私は高校時代まで、向陽寮を左に岩屋山へ上るこの道を、毎日通っていたので、この子供たちの会話が交わされた風景がリアルに思い出され、当時の戦災孤児たちの心情が胸に迫り、あれから半世紀以上もたっているというのに、当時の子どもたちの心情を思うと、涙が止まらなかった。

岩屋向陽さんは、朗読するために私がペンネームとして付けた。著書には、Y・Kという匿名で勇気を振り絞って参加した。岩屋さんは、初めは手記を書くことに消極的だったが、亡くなる前、本人から私宛に感謝の手紙をもらった。しかし、ご遺族とは連絡はできなかった。この時、原爆孤児と言われる人は誰も手記を書くことには参加しなかった。

プログラム2は、私の小学校時代の同級生で、たった一人の女子の寮生、芦立容子さんの手記だ。容子さんは、満州から過酷な引き揚げ経験の末、幼い子供3人だけになって、男の子2人は向陽寮に入ることになった。容子さんは、当時の寮母餅田千代さんの計らいで、男子だけの寮だからと、女の子一人だけ引き離すのは忍びないと、寮母さんの娘さんと一緒に育てられることになった。それから約半世紀、容子さんは、自力で幸せな家庭を持って毎日を過ごしていて、手記を書くことをためらっていたが、私の説得に応じ、両親と死別した経緯と、向陽寮を出てからのつらい体験を書いてくれた。その後、地元神奈川で平和講演を引き受けるほど、生き方を変えてしまった。残念ながら昨年の7月末、息を引き取ったが、その数日前、容子さんを見舞った。意識朦朧とする中、突然、嘔吐した彼女の口唇辺りを拭こうとした私の手を止め、自分でティッシュを取りふき取った。そのとっさの行為に、他人の世話にはならず、女性ならではの困難をできるだけ自分自身で乗り越えてきた彼女の人生を感じ、胸がいっぱいになった。それに、朗読のバックを飾った映像の「ひまわりの絵」は、寮生で画家となった橋本和明さん作である。彼は、手記を纏める企画の時、「今更過去のことを暴露して何になる」と、裏で企画への参加をやめさせようとした元寮生を振り切って参加してくださった。彼の協力なしでは、あの不十分な手記(手記を書いた寮生が少ない)集も、世の中に出なかったはずだ。

プログラム3は、拙作の「明日が来なかった子どもたち」。原爆で犠牲となった浦上地区の子どもたち、浦上刑務所の中国や朝鮮の人たちのこと、そしてそこに緑豊かにどうどうと茂っていた楠など、どうか忘れないでほしいという思いで書いた作品を朗読用に纏めたものだ。この作品は、これまで「長崎の証言の会」で、発表されてきた当時の実体験の記録を参考に、浦上で犠牲になった家族、特に、殺される意味も分からないまま残酷な死に方をした子供たちのことを、人々にしっかりと記憶してもらいたいという想いを込めての作品だ。証言の中には、生き残った外国人捕虜と日本人が、お互い重症にもかかわらず、助け合った記録もある。

1945年の夏、原爆投下の長崎では、私と同じ幼児だった人たちの中には、もっと生きられるはずだった命を理不尽に絶たれるか、壮絶な人生を生き抜くかの環境を与えられた者が多かった。日本全国でも、戦後2年目、1947年になっても浮浪児が3万5千人以上もいたとされている。子供が安定した毎日を送れることが平和だということだ。

長崎での朗読公演での2日目

(2019・12・17、浦上キリシタン資料館にて)

プログラム

1・ところてんの歌(中国語版の出版を記念して)　作　鶴文乃

2・長崎の花嫁のモデル、姉　静香を見送って、ほか　作　河野和子

3・「ところてんの歌」にまつわる嘘のようで本当のお話　話　鶴文乃

ところてんの歌の舞台は、浦上から約3・5キロの地。岩屋地区は先述の向陽寮が敗戦後開設された所であり、峠を越えた滑石地区には、原爆投下直後、救護所が設置され、多くの負傷者が運ばれ、また、犠牲者

を河原で火葬したところである。２０１４年に中国語版を出版したことを機会に、この作品に関わってくださったＮＨＫ解説委員の早川信夫氏、長崎の証言の会の濵﨑均先生と夫人の梢様の追悼の気持ちを込めて朗読。早川氏は、１９９０年初版の出版の時、岩垂弘氏による朝日新聞の記事を見て、声を掛けて下さり、その年の夏、長崎に帰省した私と娘2人に丸2日同行し、この話の舞台を取材して、ニュース番組の話題のコーナーで紹介。濵﨑先生は、この本のまえがきで、丁寧な解説をしてくださり、梢夫人は、たくさんの中国版を多方面に配布してくださった。こうした方々のご協力で、この絵本は、英語版は世界20か国へピースボートなどのボランティア団体の手で、配布された。ほんとにありがたいことである。中国語版は、２０１４年12月7日付の「人民日報」で大きく取り上げられた。このことは、日本では加害問題を隠蔽しようとする人たちには、受け入れられないようだ。しかし、ヨーロッパ滞在、東南アジア滞在の経験からいうと、ドイツのように戦争中の負の遺産を認識し、謙虚にその問題に取り組むことこそ、被爆地が望む「核なき平和」に近づいていく。（残念ながら日本政府は、被爆地の願いには、無頓着で期待できない）

　この絵本は、わが子に原爆について伝える目的もあった。

　この原爆童話を上梓して、ある大手の出版社に持ち込んだ時、「内容が、原爆というリアルなできごとと、幻想的なものが混じっているので、うちでは扱えない」と断られてしまった。その幻想的なものとは、原爆投下後、火の玉が飛び交う場面のことだった。

　しかし、それは、当時幼児だった私の脳裏に焼き付いていた本当のことだったので、書き直す気など全くなかった。むしろこの部分をしっかりと記録しておきたかったので、自費出版することにした。そして絵本にするにあたって、プロの絵描きさんに依頼すれば、費用がかさむこともあって、当時中学3年生と高校2年生の娘に描かせることにした。この作業をすることによって、自分たちの祖父と伯父が原爆で犠牲になった当時のことを学ぶことができた。

　この物語の「火の玉」については、原爆投下から半世紀以上も経って、私の記憶が確かだったことが分かった。２００８年に出版した前述の向陽寮の寮生による手記の中に、私が幼い頃怯えながら見ていたその同じ「火の玉」を見ていたという証言があったのだ。それは、平田龍也さんの記憶によるもので、向陽寮のグランドから、「火の玉」を見たというのだった。それは、「はれど」の近くにあった墓の付近からで、あまりにも犠牲者が多く処理できなかった人骨から、リンが発生して炎のように飛んでいたのである。それは、広島での証言にもある。

＊「はれど」は、道ノ尾駅から、岩屋山への登山道沿いにあった井戸で、向陽寮から、すぐのところにあった。

　この「はれど」から5分も歩くと、堂尾みね子さんの自宅があった。みね子さんは、三菱兵器製作所で原爆の直撃を受け重傷を負い、約10年間の壮絶な治療を経て、東京の大手化粧品会社に勤め、日本初の女性管理職まで上り詰めた人だ。原爆投下直後、当時12歳の次兄が、リヤカーに重症の16歳の長兄を乗せて駆け付けた滑石の救護所で、みね子さんの様子を目撃している。長兄は、成す術もなかったらしく、そのまま家に帰され4日後に死んだ。父は2日後に死んでいる。

　さて、長崎での朗読の公演を終えてそろそろ半年になる今月初め、ＮＨＫ長崎の方から問い合わせがきた。向陽寮のこと、原爆孤児のこと、そして、「焼き場の少年」についての質問だった。フリーで大きな後ろ盾のない書き手の私にはできなかった、孤児たちの、特に原爆孤児たちの貴重な証言を拾ってほしい。「焼き場の少年」ついては、２００4年に「ばってんネットワーク」という長崎を伝える会報で、世界約20か国に紹介したことを話した。あの少年はどうなったと思うかという問いには、どこかで生き延びていると信じていると。というのは、私には、次兄が大火傷で蹲（うずくま）る長兄をリヤカーに乗せたまま、横たわる大勢の負傷者を前に、救護所で呆然と立ち尽くす様が、「焼き場の少年」と重なってしまうのだ。

　次兄は、少年時にあまりに厳しく筆舌に尽くし難い体験をして、原爆については一切語ろうとはしない。15歳から社会に出て母を支え家族を守り抜いてくれたが、リタイヤ後は、父と長兄が眠る墓と一緒に長崎市から居を移してしまったからだ。あの少年も同じような思いで、世の中のどこかでひっそりと生きているのではないかと。どうか、生きていてほしいという期待を込めた。若いジャーナリストの方々に今後を期待したい。

（２０２０・６・30記）

私と原爆

末永　浩
（日本平和学会員）

（1）

太平洋戦争で日本はアメリカなどの連合国に敗北した。私は少国民で国民学校4年生であった。戦後、5年生になって、疎開先の諫早の祖父母の家から長崎市へ戻った時、学校の先生達は、「日本はアメリカの科学の力に負けた」といっていた。

その科学の中には、もちろんB29爆撃機やヒロシマ・ナガサキに投下した原子爆弾が含まれるであろう。この言葉の中には、日本の軍国主義に対する反省はみじんもない。

『新しい憲法・明るい生活』という小冊子が学校で配布され、家庭に持ち帰れといわれ、それを私は今でも持っている。私はその民主憲法は、素直に受けいれられるものであった。

（2）

私たち子供は原子爆弾のことを「ピカドン」と呼んだ。ピカッと光って、ドーンと爆風がきたからだ。新聞では新型爆弾といっていた。原子爆弾と認識するのは、ずっと後のことだ。当時、ヒロシマの原爆がリトル・ボーイと呼ばれて、ウラニウム爆弾、ナガサキのがファットマンといわれ、プルトニウムが原料であることは全く知らなかった。

また、「マッチ箱の大きさ」で壊滅的な被害を受けるといわれた。

私が長崎中学校1年生の3学期の時（昭和23年）、勝山小学校（現在の桜町小）に間借りしていたのだが、教室が不足し、銭座小学校の被爆校舎にお世話になった。床板は燃え、床の穴から下の職員室にゴミが落ちた。聖徳寺の墓石が一部倒れたままになっていた。ガス会社の横から今の道路の所は水路になっていた。

（3）

私は新制中学校3年を卒業して、家が貧しかったため、昼間の高校に進学できず、夜間に学んだ。郵政省長崎貯金支局の事務職に採用され、月給は3500円だった。

1951年（昭和26年）、日本がサンフランシスコ講和条約でいちおう独立してから、原爆の写真が出版され、職場でも評判になった。私も内容を見せてもらって、初めて原爆の悲惨な状況を知った。それまでは全く知らなかった。貯金支局では庁舎の階段の所で夜になると、「助けてー」という叫び声が聞こえるとの噂があった。

私は戦争中、国民学校4年生の時、諫早市の山奥の祖父母の家に兄と疎開していて、戦後汽車が通うようになって、長崎市へ入り入市被爆した。もうその時は被爆の遺体は片づけられ、ただ一面の焼け野が原の原子野が拡がっていた。医科大学の2本の煙突のうち、1本が途中から折れ曲がっていた。長崎製鋼所の鉄骨が飴のように折れ曲がり傾いていた。

だから原爆の黒焦げの遺体の写真は初めて見たのだった。

これはアメリカ占領軍司令部が、1945年9月19日に出した「プレスコード」によって、原爆報道が全面的に禁じられていたからである。だから日本人でさえ、悲惨さを知っている人はそれを話すことも出来なかった。まして世界の人々は、ヒロシマ・ナガサキの原爆の惨状を何も知らなかった。この「プレスコード」の果たした役割は、とても大きかったというべきだろう。

その当時発行された『アサヒグラフ』（1952年8月6日号、「原爆被害の初公開」）を持っていたと思うが、本棚に見当らない。

私の手許にいまあるのは、『アサヒグラフ』（1960年8月14日、特集・二度とごめんだ）。

2冊目の『アサヒグラフ』は昭和49年7月10日発行の「特集・原爆の記録」で、谷口稜曄さんの赤い背中の写真、被爆直後の広島・長崎、原爆資料館（広島・長崎）など。

3冊目の『アサヒグラフ』は昭和57年8月10日発行の「原爆の記録・総集篇」である。この中には「第五福龍丸の記録、果てしない米ソの核軍拡」もある。

(4)

私は昭和33年、京都に転勤させてもらって、大学の3年に編入した。京都では安保闘争のデモによく参加したが、原爆を語ったりすることはなかった。

(5)

私は昭和40年、長崎県公立中学校の社会科教員として、故郷に帰ってきた。歴史分野の太平洋戦争では、当時少年であった自分のことを話し、長崎原爆についても語った。

当時、広島と長崎の教員たちが平和教育(原爆教育)を始めた。長崎では『沈黙の壁を破って』(1970年)が出版された。『継承の証を絶たず』(昭和47年)の中に私は今田斐男先生と共に「長崎県における平和教育のとりくみ」を書いた。『ながさきの平和教育Ⅲ』(昭和52年)も発行された。

『ナガサキの原爆読本』(4分冊、昭和47年)の中学用「三たび許すまじ」を、執筆・編集もした。

『長崎原爆学校被災誌』(1984年発行)で、私は、西坂、朝日、上長崎、新興善、伊良林、磨屋各国民学校の編集や執筆をした。

(6)

私が「長崎の証言の会」に参加したのは、夜間高校時代の恩師である廣瀬方人さんの引きによるものだろう。それを『長崎の証言50年』に、「長崎の証言の会、初期から事務局長時代まで」で語り、「濱崎均さん、廣瀬方人さんのことなど」を書いた。

(7)

私は『長崎原爆戦災誌』(第2巻・地域篇)の基礎資料の収集にあたった。私が担当したのは船蔵町と御船蔵町である。

(8)

私は中学教員を勤めながら、『私の原爆　平和教育』(1)の冊子を出したのは、1982年(昭和57年)で、一番新しい23冊目は2019年発行である。

(9)

私が原爆被爆体験を語り始めたのは、1974年(昭和49年)であったと思う。初めは教職員の仲間と一緒に語っていた。

その後、長崎平和推進協会が出来て、会員となり、主にその中で長崎への修学旅行の小学生・中学生・高校生に語っている。長崎市内の小・中・高校や県内、または日本各地の非核宣言都市などに呼ばれて話すこともある。大学では主に留学生に話した。2019年からは市内の大学の留学生に英語で話したこともある。2019年末で1524回である。

私が原爆遺跡巡りのガイドを始めたのは、長崎の証言の会の廣瀬さんたちとであった。これは廣瀬さんが発案し、今も続いている。その後、長崎市の長崎さるくガイドが行われるようになり、ここでも原爆平和ガイドをつとめている。1997年から2019年末迄に775回である。

(10)

私は原爆紙芝居作りもしている。最初はアメリカに語りに行く時に、「わが家の原爆体験」を作ったのが始まりで、今も続けている。

山口仙二さん、谷口稜曄さん、山口彊さん、片岡ツヨさん(以上は英語訳付)、それと下平作江さんのものは、長崎文献社から出版・販売している。他にもたくさんの被爆者の人々の紙芝居を作った。

私は旅行のたびごとに写真報告紙芝居を作った。「ドイツに学ぶ」「東北大震災遺構」「チェルノブイリの旅」「カンボジアの虐殺」「太平洋戦跡の旅、サイパン・テニアン・グアム・パラオ」「韓国平和の旅」等。

(11)

私は外国で原爆被爆体験を語ったことがある。ボリビア・サンファン学園(1997年3月17日)、フレンドシップ・センター平和交流使節でアメリカ各地(2000年9月、10月)、中国福建省泉州市、華僑大学(2004年)。

ピース・ボート被爆者地球一周の航海(2011年)では、タヒチ・パペーラ、船内、サルバドル・ピジャ、コロンビア・カルタヘナ、ラス・パルマス、アウシュビッツ、ジュネーブ、ナポリ、トルコ・イズミルで話した。

カンボジア・プノンペン大学日本語学科（２０１２年）、タイ・チェンマイ（２０１２年）。
ドイツのカールスルーエの「カール・フリードリヒ・ガウス・シューレ」の高校生（２０１６年）。

⑫

２０１９年11月24日、フランシスコ・ローマ教皇が長崎市爆心地で演説をされた。私はビニールの白いカッパを着ていたが、腰から下はずっくり濡れた。前方の右側に翻訳の字幕が出たが、それを見ながら私はほとんど、その内容に賛成だった。

⑬

コロナ禍の4月から5月にかけて、『原子爆弾の誕生（上下）』（リチャード・ローズ著、１９８８年、ピューリッツァー賞を受賞）を読んだ。（上）の本文は６８８頁、（下）は６６９頁である。

ブックカバーにはこうあった。「…原爆開発をめぐる国際政治の動きと、原爆製造を可能にした原子物理学の発展の軌跡を克明に追う一方で、アインシュタインを始めとする亡命科学者たちの原爆をつくるまでの熱狂と、原爆投下後の苦悩する姿が生き生きと描かれている。可能なかぎり、当事者に語らせる手法によって真実にせまる迫力がある、すでに古典との評価を得ている」。

老人にとっては長すぎて、読んでしまうのが大変だった。

⑭

5月には『拒絶された原爆展――歴史の中の「エノラ・ゲイ」』（マーティン・ハーウィット著、１９９７年、みすず書房、全５９９頁）をよんだ。

ハーウィットは１９８７年～１９９５年、アメリカ・スミソニアン協会航空宇宙博物館の館長であった。

「米国発の原爆展はなぜ挫折したのか？…アメリカ人の記憶のなかの原爆投下とは？我々自身の歴史観をも揺がす衝撃の問題作」（みすず書房の新聞広告）。

「ヒロシマの原爆投下50周年を記念する展示企画をめぐって、感情的愛国主義勢力の要求と、学問的客観性を重視する博物館側の主張が激しく対立し、政治的圧力も加わって展示そのものが当初の意図に反して大幅縮小を余儀なくされた結果、ハーウィットは辞任の

道を選んだ。」（監訳者あとがき）
「退役軍人の語るストーリーの基本は、広島・長崎への原爆投下は遺憾なことではあったが、原爆によって救われた日本人とアメリカ人の何百万という命の代償としては、小さな対価だったというものである」（本文、エピローグ）。
本文中に「アインシュタインのルーズベルト大統領への手紙」「陸軍長官スティムソンの予言」「広島に原爆を投下したティベッツのスピーチ」があった。

(15)
私は原爆の小説を数篇書いた。

「功兄さんと笹田くんと原子爆弾」（長崎文学第75号、2015年）、「ピカドン」（第79号、2016年）、「ピカドン・ジロウとヒロコ」（第81号、2016年）、「翼が危ない！」（第82号、2016年）、「ピカドンとジロウ一家」（第94号、2020年）。

(16)
日本の国内で一番多く行った都市は広島であろう。最初は平和教育シンポジウムで毎年のように行っていた。私が山里中学校時代、修学旅行で広島に行ったこともあるし、広島市内の中学校を迎え、平和交流会もした。

広島の原爆資料館はもちろんのこと、爆心地、原爆ドーム、本川小、袋町小にも行った。

長崎の旧制瓊浦中の江口保さんが「ヒロシマ・ナガサキの修学旅行を手伝う会」を一人でつくり、退職後、広島におられた。彼から佐伯敏子さんを紹介された。佐伯さんのことは『原爆供養塔』（堀川恵子著、2015年、文藝春秋）に出て来る。

江口さんが広島城の当時の看視所に連れて行ってくれ、当時そこにいた女性にも会わせてくれた。8月5日、納骨堂の近くで徹夜したことがあった。東白島町の円光寺にある原民喜の墓にも連れていってくれた。

江口さんが東京で亡くなった時、谷口稜曄さんと私は葬式に参列した。江口さんの著書は『碑に誓う―中学生のヒロシマ修学旅行』（1983年、東研出版）、『いいたかことのいっぱいあっと』（1998年、クリエイティブ21）。

2001年、広島を4人で訪ね、『証言2001』に記録を残した。「広島五万歩の旅」、はじめに（岡本博）、似島（末永浩）、旧陸軍被服廠・比治山・陸軍墓地（濱崎均）、悪夢の傷跡・毒ガスの島・大久野島（森口正彦）。細川浩史さん、空フミコさん、村上初市さんに案内してもらった。『広島第一高女一年六組、森脇瑤子の日記』は実兄・細川さんの編集である。

2000年、ワールド・フレンドシップセンターからアメリカに行った時は、広島からは宮本慶子さんら3人、長崎は私1人だった。

2011年1月から4月までのピースボート世界一周には、長崎から4人、広島から5人が参加した。壷井進さん（のち死亡）、平井昭三さん（のち死亡）、高橋節子さん、山中恵美子さん。

これらの広島で知り合った人々とは、今も交流が続いている。

⒄

家族について。母と妹2人は直接被爆、兄と私は入市被爆。母は1985年、上の妹はその翌年、いずれもガンで死んだ。

（2020年6月記）

表紙絵について　遺されたもの

川口　和男

〈略歴〉

1929年生

1945年8月9日、16歳の時に学徒動員先の川南工業香焼島造船所（当時、西彼香焼村）で被爆。

戦後、長崎市役所に勤めながら絵を学び、当時の風景を彩色して描き直した。

2019年6月15日没（享年90歳）

長崎市の浦上の上空に昭和20年8月9日（木）原子爆弾が炸裂した。

7万3800人の多くの市民が非情な死で亡くなった。翌朝松山町の爆心地に立って、この世の地獄を見た。あれから74年世界には1万4400発の核が存在し、核の脅威は減ることなく、ますます高まりつつある。亡くなられた多くの爆死者の無念を思うとき心が痛む。又、同じ様な爆死者を出さないことを祈る。

戦争は絶対反対！核兵器の廃絶と恒久平和を！

―――○―――○―――○―――

亡父　川口和男の最後の作品になります。父は原爆前後の長崎の様子をいくつか絵画に残してくれました。原爆という多くの命が奪われたという現実、もっと後生に訴えなければという思いがありました。父の「遺されたもの」の絵を見てその思いを少しでも感じてくれたら幸いです。

三女　櫻井裕美

「ヒロシマ」の知名度の陰で忘れられたもう一つの被爆都市「ナガサキ」

チャド・R・ディール
（訳・中村　英雄）

1945年8月6日と9日、米国が広島と長崎に原爆を投下してから75年の歳月が流れた。

日本でも米国でも諸外国でも、原爆の話は何度も蒸し返され、数えきれないほど繰り返されている。にもかかわらず、「ナガサキ」についてはほとんど知られていない。「ヒロシマ」が二つの都市が体験した未曾有の歴史の代名詞となり、同じように灰塵から蘇生した長崎の稀有な物語を覆い隠してしまった。さらに言うと、被爆のトラウマと後遺症に同等の関心を寄せるべく70年以上も苦労してきた長崎の被爆者たちの声を、「ヒロシマ」はくぐもらせてしまった。

4分の3世紀後の今、その覆い隠しの結果は明らかだ。両市当局による原爆記念に対するアプローチの違いそのものが、代名詞「ヒロシマ」の拡散を助け、広島とは別の経験として悲劇を記憶したい長崎の被爆者の心の作業を妨げた。広島市は戦後、市内を原爆によるトラウマの象徴かつ平和活動の場としていち早く再建したが、長崎市は原爆を軽視し、代わりに同市を歴史ある国際都市として位置付けるのに躍起になった。

長崎の初期の復興計画を見ると、原爆を街の特徴としては二の次に押しやろうという意図がありありと伝わってくる。これには当の被爆者たちも驚きを禁じ得なかった。代わりに、市当局の役人（その多くは被爆者なのに）は、国際貿易と文化の中心地だった、原爆以前の同市の歴史遺産を強調することを選んだ。

17世紀初頭から19世紀中頃にかけて、長崎は日本で唯一、主に中国とオランダ東インド会社との交易に開かれた港として活躍した。１８００年代後半には、造船と対西洋貿易の主要な拠点となっている。17世紀初頭から秘密裏に信仰を守り続けてきたカトリック教徒のコミュニティは、西洋では隠れキリシタンとして知られていたが、明治維新後は社会的地位を確立し、街の国際色を彩る大事な一部となった。被爆後、都市計画家たちはこうした歴史の数々を利用。長崎売り込みの第一の看板として「国際文化都市」を、第二に「被爆都市」を掲げた。

その結果、長崎市は必ずしも被爆者活動家グループを支援していない。広島が世界的な平和運動の象徴となってから数年後の１９５８年、長崎市当局は、市内の平和活動家の強硬な反対を押し切って、最後まで残ったカトリック教会の遺構「浦上天主堂」の廃墟の撤去を許可した。この遺跡は長崎にとって大事な記憶の場所であり、広島の有名な原爆ドームに匹敵する存在だった。しかし、田川務市長（当時）が率いる当局は、教会廃墟を保存する理由は一切なし、と判断。結局のところ、広島はその時点ですでに平和運動の原動力になっており、広大な天主堂廃墟は、都市景観を整え長崎を「モダンな」国際都市に改装するという市長の計画への障害物に他ならなかったのだ。

長崎市も活動家たちも原爆の歴史に配慮がない、と非難した国民の多くは、天主堂廃墟を巡る内輪での政治議論にやがて興味を失った。今でもよく耳にする謳い文句「怒りの広島、祈りの長崎」は、こうした文脈の中で生まれたものだ。このフレーズは、地元史や社会政治に対する一般的な誤解が、いかにして、「広島イコール被爆都市」の図式形成につながったか、その経緯をよく物語っている。それはまた、早い時期から広島と長崎を色分けした、いまだに根強い「カトリック的な被爆描写」を反映している。

爆心地であり、破壊が最もひどかった市の北部にある浦上地区は、イエズス会の宣教師が16世紀と17世紀にキリスト教を広めたため、原爆投下当時、日本最大のカトリック信仰の本拠地だった。ジャーナリストや長崎市、そして市内外の様々な人が原爆を「長崎の」ではなく「浦上の」悲劇として位置づけた時、キリスト教のイメージによる爆心地＝グラウンドゼロが生まれた。

同時に、カトリック信者たちは破壊に宗教的重要性を見出した。著名な被爆者、永井隆博士は、「神はカトリックの民を戦争終結のための犠牲の小羊として選んだ」と宣言している。永井の解釈は、終戦から1952年まで続いたアメリカ占領時代に出版された多数の著作を通して大勢の国民に届いた。占領当局は原爆投下に関して検閲の方針を採ったにも関わらず、米国の指導層は永井を支持した。永井の解釈は原爆投下を正当化し、クリスチャンの教えに満ち溢れた永井の著作は、戦後日本の民主化政策を補完したものだったからである。永井博士が発した「恵みと和解」の呼びかけは、終戦直後の記憶形成過程の中では長崎からの最も大きな声となり、広島で急速に隆盛した「原爆の傷跡と怒り」というコンセプトとは際立った対照を見せた。

長崎被爆者は常に困難な戦いに直面している。戦いの相手とは、広島が中心の被爆をめぐる言説。根強いキリスト教的な原爆解釈。そして、被爆者がまだ生きている直近の悲史よりも、ロマンチックな前近代の歴史を優先して都市アイデンティティを作りたがる地方自治体、すなわち長崎市の願望、である。

それでも、被爆者は、詩、散文、証言などのさまざまな表現形式を駆使して、自身の個人的な体験と社会の苦闘を関連付けるべく、記憶の整理作業に精力的に取り組んできた。両都市の被爆者は原爆の記憶を使った平和活動を行っており、しばしば連携してきた。ところが、広島の被爆者には明確な発言権が与えられているのに、長崎ではそうではない。

被爆者の中には、毎年8月に行われる長崎原爆犠牲者慰霊平和祈念式典をはじめ、公の場で話す人もいる。式典は、被爆の恐怖と核兵器の危険性を訴えるとともに、日本の保守政権を批判することにより、被爆者が平和運動を展開する貴重な瞬間を提供してきた。2010年代には、谷口稜曄ほか数名の被爆者代表が安倍晋三政権を「日本の再武装を推し進める」として非難した。平和活動を常に支援するわけではない長崎市は、式典で「平和への誓い」を発表する被爆者代表を決めるための「選定審査会」を設立することで、対応を図った。表向きには発表者の選択肢を広げるためだったが、活動家たちには批判的な声を黙らす策略としか見えなかった。

原爆が投下されてから75年。この間、被爆者のほとんどは他界してしまった。今こそ長崎に関心を向けて、「ヒロシマ」の陰で看過されていた言説を見直す時ではなかろうか。

※『TIME』誌（2020年8月6日付）より、編集部の許可を得て翻訳・転載。著者のチャド・R・ディール氏は、米国バージニア大学歴史学科准教授。著書に『よみがえる長崎：都市復興と原爆物語の形成』（*Resurrecting Nagasaki: Reconstruction and the Formation of Atomic Narratives*）コーネル大学出版会、2018年刊。

停滞・逆行する日本のエネルギー政策と環境政策

戸田　清
（長崎大学教員、環境社会学・平和学）

『原子力科学者会報』の終末時計が２０２０年1月に史上最短の「残り１００秒」と発表された大きな理由は、核兵器と気候危機であった。日本の環境政策とエネルギー政策の問題点をいくつかの事例から簡単に振り返ってみたい。原発と石炭に固執する安倍政権のエネルギー政策は、世界の流れ（とりわけ脱石炭の潮流の加速）に逆行しているといえるだろう。他方、歴代自民党行政の公害環境行政は、「公害病の厳しすぎる認定基準の継続」のように、何十年も停滞している部分があると言わざるをえない。民主党政権もそれを変えるところまではいかなかった。

世界の流れに逆行するエネルギー行政の石炭固執

17歳の環境活動家グレタ・トゥーンベリさんの「飛行機に乗らない、肉を食べない」がよく話題になる。船や鉄道の利用、ベジタリアンになることで環境負荷が減るのは本当だ。私も車の免許をとらず、携帯電話を持たず、肉や魚もなるべく食べないようにしている。食料生産の環境負荷についてはプアとネメチェクの論文が代表的な研究としてよく参照されるらしい（Poore and Nemecek 2018）。

表1に数か国の最近の電源構成を示した。米国、カナダ、日本、中国はいずれも「原発大国」である。カナダは水力資源が豊富だ。オーストラリアはウランの輸出を国策とするが、原発を持たない。中国とオーストラリアは石炭火力依存度が大きい。日本はかつて「電気の2割は原発」であったが、福島第一原発事故のあと原発依存度が減少した。しかし2％前後というのは全国の数字であって、原発依存度の高い九州電力では

最近でも3割を超えることがある。高レベル放射性廃棄物（使用済み核燃料）の「10万年管理」が日本でも2016年に正式に決まった（戸田、2017）。マドセン監督の映像で有名なフィンランドの「オンカロ」も10万年、米国とドイツは100万年である。九州電力などが400年管理し、そのあと日本政府が引き継いで10万年管理するということだが、本当に可能なのだろうか。10万年といえば大変な歳月である。現在の世界人口77億人はすべてホモ・サピエンスであるが、10万年前には複数の人類がいた。ホモ・サピエンス（アフリカ）、ネアンデルタール人（欧州・中東）、デニソワ人（アジア）、フローレス原人（アジア）である。数万年前にホモ・サピエンスとネアンデルタール人が出会って混血したと推測されている。10万年というのは大変であるが、原発を使う現在世代が将来世代と地球生態系に対して負っている義務であるから、実行せざるをえない。1950年代に原発の稼働が始まった。フィンランドは22世紀の初頭に原発の運転を終了することを想定している。脱原発政策（ドイツ、スイスなど）をとらない原発保有国の標準的な考え方であろう。現在世界で430基ほどの原発が稼働して

表1　電源構成の国際比較（2016年、発電量ベース、%）

	米国	カナダ	日本	オーストラリア	中国
石炭	31.6	9.3	33.3	63.7	69.0
石油	0.8	1.2	8.1	2.2	0.2
天然ガス	33.1	9.3	38.7	20.0	2.7
原子力	19.6	15.1	1.7	0	3.4
水力	6.3	58.1	7.5	5.9	18.8
地熱・風力他	6.7	5.1	7.5	7.2	5.0
バイオマス・廃棄物	1.8	1.9	3.2	1.5	1.2
合計	100	100	100	100	100

【出典】日本エネルギー経済研究所計量分析ユニット編『EDMC エネルギー・経済統計要覧2019年版』省エネルギーセンター2019年、232頁から算出。表に示していない発電量（テラワット時）の出所は IEA の *World Energy Balances*

いるが、22世紀には激減しているであろう。つまり「使うのが１５０年ほど、ごみの後始末が10万年以上」ということになる。学生のレポートに「原発は便利だが、事故のような危険もある」というフレーズを見かけるが、どこが便利なのだろうか。小泉純一郎元首相が脱原発に転じた理由も、福島原発事故と、「オンカロ」の見学であったという。原発の推進には、利権や、潜在的核武装の維持（核兵器を作れるというメッセージ）もかかわってくるだろう（明日香、２０１９）。

表2に示したのはよく話題になる安倍政権のエネルギー政策思想である。２０１４年の基本計画と２０１８年の基本計画で、２０３０年の電源構成の想定は変わらない。２０１８年の計画で「再エネを基本電源にする」というリップサービスが入っただけだ。２０３０年には原発30基前後の再稼働が想定されているが、無理だろう。驚くべきは、２０１５年に気候変動枠組み条約のパリ協定があったにもかかわらず、「石炭26％」の想定が変わらないことだ。多くの国は２０３０年前後に石炭０にすることを目指している。ドイツは、２０２２年の原発０、２０３８年の石炭火力０を目標としている。日本は現在も15基の石炭火力を建設中であり、石炭火力輸出の国策も継続中である（平田、２０２０、田辺、２０２０、参照）

日本の環境エネルギー政策研究所（ＩＳＥＰ）をはじめとして、国内外の環境団体の多くは「２０５０年までの再エネ１００％」を提言している（図1参照）。ＩＳＥＰの提言は２０１３年から15年にわたる「約７０００日の原発稼働ゼロ」の終わり近くに発表されたので、「そのまま原発ゼロを続けるべきだ」という前提になっている。図1の２０３０年で「化石燃料50％」の内訳はどうであろうか。現在の日本で化石燃料のうち4割くらいは石炭であるから、それをあてはめると石炭20％となり、政府の「石炭26％」よりはましだが、

表2　安倍政権による2030年の電源構成（％）の想定

	百分率
石炭	26
石油	3
天然ガス	27
原子力	20－22
再生可能エネルギー	22－24
合計	100

【出典】経済産業省『エネルギー基本計画2014』および『エネルギー基本計画2018』
https://www.enecho.meti.go.jp/category/others/basic_plan/
戸田2017『核発電の便利神話』43頁も参照。パリ協定は2015年。

図1　環境エネルギー政策研究所のエネルギー政策提言（2015年）

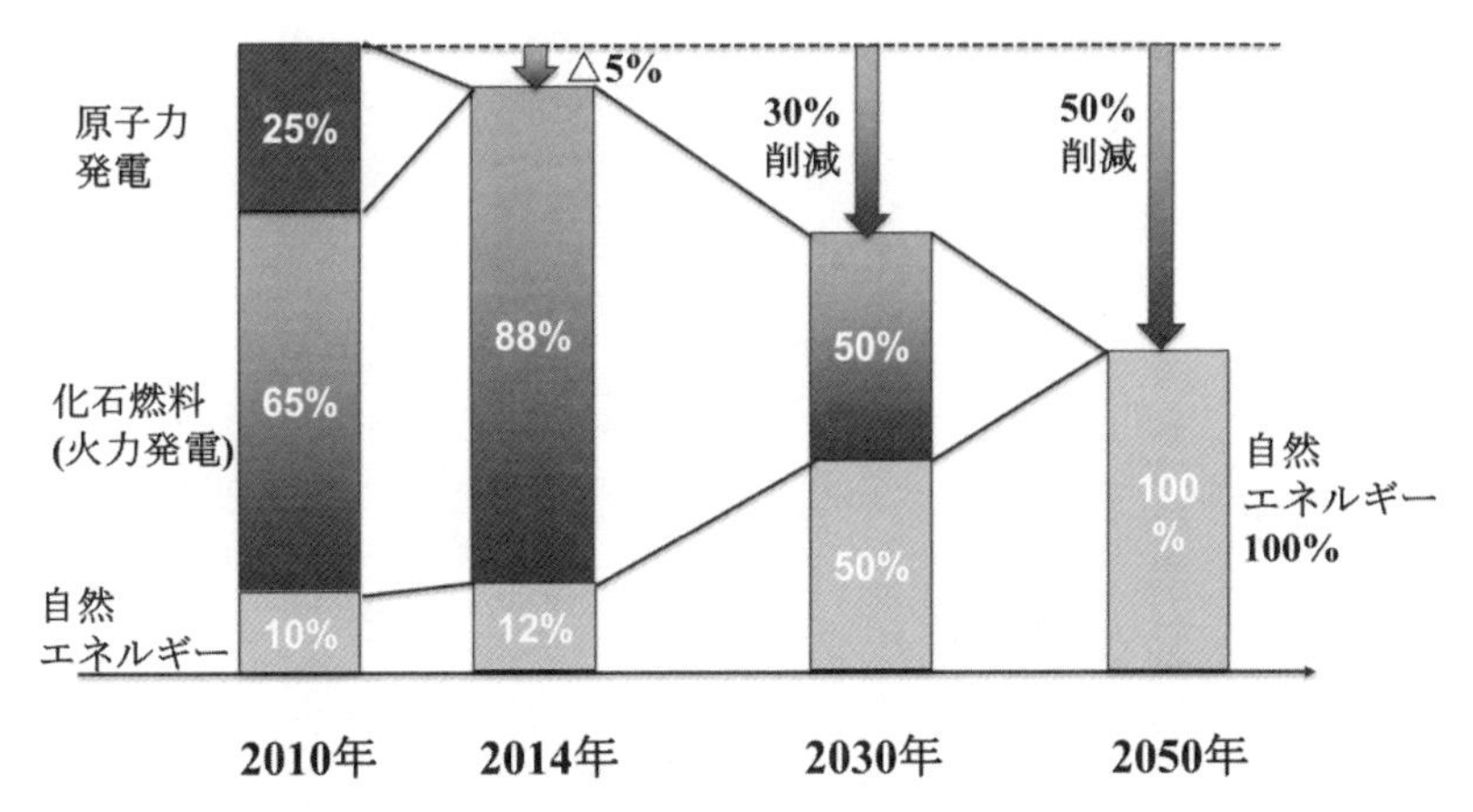

【出典】環境エネルギー政策研究所（ISEP）2015『プレスリリース　歴史的な流れに従ったエネルギー大転換を』
http://www.isep.or.jp/wp/wp-content/uploads/2015/06/ISEP-OP20150626.pdf
原発・石炭火力固執の経済産業省「エネルギー基本計画」（2014年）への対案として出されたものである。

それでも高すぎるように思われる。長崎県壱岐市などの自治体も「再エネ100％構想」を出している。原発大国フランスの大統領候補ジャン・リュック・メランションが率いる「屈せざるフランス」（La France insoumise）の政策立案に協力している環境団体「アソシアシオン・ネガワット」も、「2050年までの再エネ100％は可能だ」と主張している（表3）。バー

表3　フランスの一次エネルギーの将来構想（Association négaWatt）

Énergie primaire en TWh/a	2015	2050
Charbon　石炭	91	0
Pétrole　石油	813	0
Gaz naturel　天然ガス	504	0
Uranium　原子力	1226	0
Énergies renouvelables　再エネ	293	1001
Total	2927	1001

https://fr.wikipedia.org/wiki/Association_n%C3%A9gaWatt
「電源構成」ではなく「一次エネルギー」なので「暖房」「輸送燃料」も含むはずである。

ニー・サンダースのエネルギー政策も同様とみられる。

停滞する環境・公害行政

まず誰でも知っている四大公害病からとりあげよう。水俣病は戦前に始まるが、公式発見は1956年である。1959年にメチル水銀中毒であることがわかり、公害病の認定が始まった。認定基準は重症患者を念頭におく厳格なものであった。1971年に大石武一環境庁長官のもとで認定基準が改善され（「いずれかの症状」で認定する）、認定患者が急増した。1977（昭和52）年に石原慎太郎長官のもとで認定基準が改悪され（「症状の組み合わせ」を要する）、再び棄却が急増した。2004年と2013年の最高裁判決で「昭和52年判断条件」は批判されたが、この77年基準はいまも有効である。欧州環境庁は2013年の報告書出版に際して、水俣病の章の執筆を水俣病行政に批判的な頼藤貴志・津田敏秀・原田正純に依頼した（Yorifuji et al 2013）。71年基準の延長でやっていれば問題はなかった。77年基準は司法からも外国の政府機関からも批判されており、そもそもこの基準が必要だったかどうかが疑わしい。水俣病行政は77年以降停滞しているといってよいだろう。水俣病における医学者、法学者、政府の責任については、津田の著書を参照されたい（津田、2014）。77年基準だけではさすがに救済が不十分なので、弥縫策として1995年の政治決着と2009年の特措法が「必要」になったのである。

四大公害病のなかで一番歴史の長いイタイイタイ病が、一番認定患者数が少ない。なぜだろうか。熊本の水俣病は昭和の戦前（たぶん十五年戦争の最中）に始まった。新潟の水俣病もたぶん戦前に始まったと思われるが、公式発見は1965年だった。四日市喘息は戦後に始まった。イタイイタイ病は明治の末期に始まったとみられる。食品衛生法の観点からいうと、水俣病とイタイイタイ病は慢性化学性食中毒である。水俣病はメチル水銀中毒、イタイイタイ病はカドミウム中毒である。カドミウム慢性食中毒は、腎臓障害→骨粗鬆症を合併→骨軟化症を合併、というように進展する。イタイイタイ病の認定は、骨軟化症がある程度進んでから行われる。つまりそもそも公害病の定義がおかしい。腎臓障害だけの段階から認定されるべきであり、2013年のいわゆる「解決策」でも腎臓障害だけの人に給付金が支給されるようになった。水俣病の認定患者は3千人以上（それでも不当な棄却が多すぎる）であるが、イタイイタイ病の認定患者は200人しかいない（大半はすでに死亡）。認定患者の大多数は中高年の女性である（松波、2017）。富山以外（長崎の対馬ほか）のイタイイタイ病もなかったことにされている（戸田、2017）。

水俣病とイタイイタイ病は「化学性食中毒かつ公害病」であるが（胎児性患者であって胎盤経由で罹患した人は食中毒でない）、カネミ油症は水質汚濁を経由していないので公害でなく、「化学性食中毒」である。四大公害病の所管は環境省、カネミ油症の所管は厚生労働省である。カネミ油症は四大公害病と違って学校で教えないので、知名度（認知度）が低い。多発県の福岡、長崎でも知らない人が多い。水俣病と同じくカネミ油症でも「厳しすぎる認定基準」のため、棄却される人が多い（原田、2010年）。皮膚症状中心の1968年の認定基準を、「全身病としての実態」を踏まえて抜本的に見直す必要があるだろう。

エネルギー政策・環境政策の見直しを

世界の流れに逆行し、あるいは長く停滞しているエネルギー政策、環境政策の抜本的な見直しが不可欠であろう。このままでは自然災害が気候変動でさらに増幅され、病気などになったときの救済も不十分なままに推移するおそれがある。米国製高額兵器の爆買いや、技術的にも破綻した辺野古基地建設などをしている余裕もないはずである。

〈参考文献・映像〉

浅岡美恵「気候変動対策に背を向ける日本政府」『世界』2020年6月号
明日香壽川「原発推進　温暖化対策は建前、本音は?」『前衛』2019年8月号
気候ネットワーク『石炭火力発電Q&A　「脱石炭」は世界の流れ』かもがわ出版、2018年
田辺有輝「日本の石炭火力輸出支援と高まる国際的批判」『世界』2020年3月号（特集　もはや不可避の脱石炭）
津田敏秀『医学者は公害事件で何をしてきたのか』岩波現代文庫、2014年
戸田清『核発電の便利神話』長崎文献社、2017年
長谷川公一「脱原子力・脱炭素社会への転換」『世界』2020年4月号
原田正純『油症は病気のデパート　カネミ油症患者の救済を求め

て』アットワークス、2010年
平田仁子「すでに過去の技術となった石炭火力　日本はなぜ止められないのか?」『世界』2020年3月号
松波淳一『私説　イタイイタイ病は何故に女性に多発してきているのか』桂書房、2017年
無署名「主張　削減目標据え置き　気候の危機を直視できぬ異常」『しんぶん赤旗』2020年4月2日
ミカエル・マドセン(監督)『100、000年後の安全』(2009年制作)DVD、アップリンク、2012年
https://www.youtube.com/watch?v=kynkiBSJ9d4
環境エネルギー政策研究所　https://www.isep.or.jp/
気候ネットワーク　https://www.kikonet.org/
石炭発電所ウォッチ　https://sekitan.jp/plant-map/ja/v
原子力資料情報室　https://www.isep.or.jp/
未来のためのエネルギー転換研究グループ『原発ゼロ・エネルギー転換戦略』2020年 https://drive.google.com/file/d/1jNN8Lqr6gCrFwX4SJUNjA99q3HVoYLXC/view
IRENA(国連再生可能エネルギー機関) https://www.irena.org/
J. Poore and T. Nemecek, "Reducing food's environmental impacts through producers and consumers," *Science*, 2018. 6. 1
https://josephpoore.com/Science%20360%206392%20987%20-%20Accepted%20Manuscript.pdf
Takashi Yorifuji, Toshihide Tsuda and Masazumi Harada, "Minamata disease: a challenge for democracy and justice," *Late Lessons from Early Warnings II*, European Environment Agency, 2013.
https://www.eea.europa.eu/publications/late-lessons-2
https://www.eea.europa.eu/publications/late-lessons-2/late-lessons-chapters/late-lessons-ii-chapter-5/view

菅政権のエネルギー政策や公害環境政策も基本的に安倍政権の政策を継承していると思われる。菅政権の最初の大きなスキャンダルは、日本学術会議の推薦名簿のうち6人に対する任命拒否であった。従来のエネルギー政策や環境公害政策と今回の任命拒否の共通点は「学問の軽視」である。さまざまな政策分野に対する市民の監視が引き続き必要だ。【10月4日付記】

広島平和宣言

1945年8月6日、広島は一発の原子爆弾により破壊し尽くされ、「75年間は草木も生えぬ」と言われました。しかし広島は今、復興を遂げて、世界中から多くの人々が訪れる平和を象徴する都市になっています。

今、私たちは、新型コロナウイルスという人類に対する新たな脅威に立ち向かい、踠いていますが、この脅威は、悲惨な過去の経験を反面教師にすることで乗り越えられるのではないでしょうか。

およそ100年前に流行したスペイン風邪は、第一次世界大戦中で敵対する国家間での「連帯」が叶わなかったため、数千万人の犠牲者を出し、世界中を恐怖に陥れました。その後、国家主義の台頭もあって、第二次世界大戦へと突入し、原爆投下へと繋がりました。

こうした過去の苦い経験を決して繰り返してはなりません。そのために、私たち市民社会は、自国第一主義に拠ることなく、「連帯」して脅威に立ち向かわなければなりません。

原爆投下の翌日、「橋の上にはズラリと負傷した人や既に息の絶えている多くの被災者が横たわっていた。大半が火傷で、皮膚が垂れ下がっていた。『水をくれ、水をくれ』と多くの人が水を求めていた。」という惨状を体験し、「自分のこと、あるいは自国のことばかり考えるから争いになるのです。」という当時13歳であった男性の訴え。

昨年11月、被爆地を訪れ、「思い出し、ともに歩み、守る。この三つは倫理的命令です。」と発信されたローマ教皇の力強いメッセージ。

そして、国連難民高等弁務官として、難民対策に情熱を注がれた緒方貞子氏の「大切なのは苦しむ人々の命を救うこと。自分の国だけの平和はありえない。世界はつながっているのだから。」という実体験からの言葉。

これらの言葉は、人類の脅威に対しては、悲惨な過去を繰り返さないように「連帯」して立ち向かうべきであることを示唆しています。

今の広島があるのは、私たちの先人が互いを思いやり、「連帯」して苦難に立ち向かった成果です。実際、平和記念資料館を訪れた海外の方々から「自分たちのこととして悲劇について学んだ。」、「人類の未来のための教訓だ。」という声も寄せられる中、これからの広島は、世界中の人々が核兵器廃絶と世界恒久平和の実現に向けて「連帯」することを市民社会の総意にしていく責務があると考えます。

ところで、国連に目を向けてみると、50年前に制定されたＮＰＴ（核兵器不拡散条約）と、３年前に成立した核兵器禁止条約は、ともに核兵器廃絶に不可欠な条約であり、次世代に確実に「継続」すべき枠組みであるにもかかわらず、その動向が不透明となっています。世界の指導者は、今こそ、この枠組みを有効に機能させるための決意を固めるべきではないでしょうか。

そのために広島を訪れ、被爆の実相を深く理解されることを強く求めます。その上で、ＮＰＴ再検討会議において、ＮＰＴで定められた核軍縮を誠実に交渉する義務を踏まえつつ、建設的対話を「継続」し、核兵器に頼らない安全保障体制の構築に向け、全力を尽くしていただきたい。

日本政府には、核保有国と非核保有国の橋渡し役をしっかりと果たすためにも、核兵器禁止条約への署名・批准を求める被爆者の思いを誠実に受け止めて同条約の締約国になり、唯一の戦争被爆国として、世界中の人々が被爆地ヒロシマの心に共感し「連帯」するよう訴えていただきたい。また、平均年齢が83歳を超えた被爆者を始め、心身に悪影響を及ぼす放射線により生活面で様々な苦しみを抱える多くの人々の苦悩に寄り添い、その支援策を充実するとともに、「黒い雨降雨地域」の拡大に向けた政治判断を、改めて強く求めます。

本日、被爆75周年の平和記念式典に当たり、原爆犠牲者の御霊に心から哀悼の誠を捧げるとともに、核兵器廃絶とその先にある世界恒久平和の実現に向け、被爆地長崎、そして思いを同じくする世界の人々と共に力を尽くすことを誓います。

令和2年（2020年）8月6日

広島市長　松井　一實

長崎平和宣言

私たちのまちに原子爆弾が襲いかかったあの日から、ちょうど75年。4分の3世紀がたった今も、私たちは「核兵器のある世界」に暮らしています。

どうして私たち人間は、核兵器を未だになくすことができないでいるのでしょうか。人の命を無残に奪い、人間らしく死ぬことも許さず、放射能による苦しみを一生涯背負わせ続ける、このむごい兵器を捨て去ることができないのでしょうか。

75年前の8月9日、原爆によって妻子を亡くし、その悲しみと平和への思いを音楽を通じて伝え続けた作曲家・木野普見雄さんは、手記にこう綴っています。

　私の胸深く刻みつけられたあの日の原子雲の赤黒い拡がりの下に繰り展げられた惨劇、ベロベロに焼けただれた火達磨の形相や、炭素のように黒焦げとなり、丸太のようにゴロゴロと瓦礫の中に転がっていた数知れぬ屍体、髪はじりじりに焼け、うつろな瞳でさまよう女、そうした様々な幻影は、毎年めぐりくる八月九日ともなれば生々しく脳裡に蘇ってくる。

被爆者は、この地獄のような体験を、二度とほかの誰にもさせてはならないと、必死で原子雲の下で何があったのかを伝えてきました。しかし、核兵器の本当の恐ろしさはまだ十分に世界に伝わってはいません。新型コロナウイルス感染症が自分の周囲で広がり始めるまで、私たちがその怖さに気づかなかったように、もし核兵器が使われてしまうまで、人類がその脅威に気づかなかったとしたら、取り返しのつかないことになってしまいます。

今年は、核不拡散条約（ＮＰＴ）の発効から50年の節目にあたります。

この条約は、「核保有国をこれ以上増やさないこと」「核軍縮に誠実に努力すること」を約束した、人類にとってとても大切な取り決めです。しかしここ数年、中距離核戦力（ＩＮＦ）全廃条約を破棄してしまうなど、核保有国の間に核軍縮のための約束を反故にする動きが強まっています。それだけでなく、新しい高性能の核兵器や、使いやすい小型核兵器の開発と配備も進められています。その結果、核兵器が使用される脅威が現実のものとなっているのです。

〝残り100秒〟。地球滅亡までの時間を示す「終末時計」が今年、これまでで最短の時間を指していることが、こうした危機を象徴しています。

3年前に国連で採択された核兵器禁止条約は「核兵器をなくすべきだ」という人類の意思を明確にした条約です。核保有国や核の傘の下にいる国々の中には、この条約をつくるのはまだ早すぎるという声がありますす。そうではありません。核軍縮があまりにも遅すぎるのです。

被爆から75年、国連創設から75年という節目を迎えた今こそ、核兵器廃絶は、人類が自らに課した約束〝国連総会決議第一号〟であることを、私たちは思い出すべきです。

昨年、長崎を訪問されたローマ教皇は、二つの〝鍵〟となる言葉を述べられました。一つは「核兵器から解放された平和な世界を実現するためには、すべての人の参加が必要です」という言葉。もう一つは「今、拡大しつつある相互不信の流れを壊さなくてはなりません」という言葉です。

世界の皆さんに呼びかけます。

平和のために私たちが参加する方法は無数にあります。

今年、新型コロナウイルスに挑み続ける医療関係者に、多くの人が拍手を送りました。被爆から75年がたつ今日まで、体と心の痛みに耐えながら、つらい体験を語り、世界の人たちのために警告を発し続けてきた被爆者に、同じように、心からの敬意と感謝を込めて拍手を送りましょう。

この拍手を送るという、わずか10秒ほどの行為によっても平和の輪は広がります。今日、大テントの中に掲げられている高校生たちの書にも、平和への願いが表現されています。折り鶴を折るという小さな行為で、平和への思いを伝えることもできます。確信を持って、たゆむことなく、「平和の文化」を市民社会に根づかせていきましょう。

若い世代の皆さん。新型コロナウイルス感染症、地球温暖化、核兵器の問題に共通するのは、地球に住む私たちみんなが〝当事者〟だということです。あなたが住む未来の地球に核兵器は必要ですか。核兵器のない世界へと続く道を共に切り開き、そして一緒に歩んでいきましょう。

世界各国の指導者に訴えます。

「相互不信」の流れを壊し、対話による「信頼」の構築をめざしてください。今こそ、「分断」ではなく「連帯」に向けた行動を選択してください。来年開かれる予定のNPT再検討会議で、核超大国である米ロの核兵器削減など、実効性のある核軍縮の道筋を示すことを求めます。

日本政府と国会議員に訴えます。

核兵器の怖さを体験した国として、一日も早く核兵器禁止条約の署名・批准を実現するとともに、北東アジア非核兵器地帯の構築を検討してください。「戦争をしない」という決意を込めた日本国憲法の平和の理念を永久に堅持してください。

そして、今なお原爆の後障害に苦しむ被爆者のさらなる援護の充実とともに、未だ被爆者と認められていない被爆体験者に対する救済を求めます。

東日本大震災から9年が経過しました。長崎は放射能の脅威を体験したまちとして、復興に向け奮闘されている福島の皆さんを応援します。

新型コロナウイルスのために、心ならずも今日この式典に参列できなかった皆様とともに、原子爆弾で亡くなられた方々に心から追悼の意を捧げ、長崎は、広島、沖縄、そして戦争で多くの命を失った体験を持つまちや平和を求めるすべての人々と連帯して、核兵器廃絶と恒久平和の実現に力を尽くし続けることを、ここに宣言します。

2020年（令和2年）8月9日

長崎市長　田上　富久

長崎原爆朝鮮人犠牲者追悼早朝集会メッセージ

ワールドメータ統計によれば八月八日の世界の新型コロナウイルス感染者数は一千九百万人を超え、七十二万人が死亡しています。中でもアメリカでは五百五万人の感染者で一六万三千人が死亡しました。

ニクソン大統領時代の国務長官で一九七九年米中国交正常化に貢献したヘンリー・キッシンジャー氏は四月四日のウォール・ストリート・ジャーナルへの寄稿文で、「新型コロナウイルスが終息しても、世界は以前と全く違う所になるだろう」とし、「米政権はウイルスから米国民を守り、新しい時代を計画する緊急の作業を開始しなければならない」と強調しました。

世界保健機関（WHO）は、三月一一日、中国武漢で発生した新型コロナウイルス感染症（COVID－19）が世界中に伝播しその流行を「パンデミックだ」と発表しました。発表と前後して「検査、検査、隔離そして追跡」というウイルス感染の封じ込め対策を世界各国に警告しました。

WHO警告を巡り世界は二つに分かれ始めました。警告に沿った台湾、ベトナム、韓国、中国、インド共和国ケーララ州、コスタリカなどはいったんは封じ込めに成功し、経済、交易活動を再開しました。

成功の特徴は徹底した検疫を行いながら、感染を陽性者個人の責任にはせず、食事から生活まで社会的に保護することで、感染拡大を抑えたことでした。隔離ではなく実質的な保護に特徴がありました。

初期の対策に失敗したイギリス、アメリカ、日本などは「検査と隔離」を断念し、集団免疫理論に依拠するのみとなりました。新型コロナウイルスの猛威に翻弄され、為す術無く、自国での感染拡大とヨーロッパ諸国、アフリカ、南アメリカ諸国へ感染被害の波を大きくしました。

パンデミックでは不可避な感染の問題を個人の責任に押し付け、不行跡をあげつらい、社会的差別を生みだしました。コロナ感染者を保護し癒やそうとするのではなく、差別し迫害する現実に、朝鮮人差別を克服できない日本社会の宿痾を見ます。

世界の製薬会社・メガファーマはコロナウイルスのワクチン開発競争を始めました。現在は世界中で一〇〇を超える研究チームや企業がワクチン開発を競い、少なくとも数十件が臨床試験の段階に入っています。裕福な国同士はワクチン独占協定を結んでいます。W

HOはワクチンが開発されても小さく貧しい国々がコロナの犠牲にされることを訴えてきました。

WHOとゲノム（遺伝情報）解析に携わる医学者は、効果的なワクチンが開発されない可能性や、開発されても数カ月程度の限定的な効果しかない可能性を挙げました。コロナウイルス感染症自体がまだ不明な点が多く、ウイルスがタンパク質とRNAから出来ているために、突然変異が起きやすく、ワクチンで免疫が出来てもヒトからヒトへ感染する過程で耐性力をもったウイルスに変異していく可能性が高いといいます。

結局、感染拡大を防ぐためには、検査・接触者追跡・社会的距離を実践するしかありません。それも世界中で実践しなければ、常に変異を繰り返すコロナパンデミックに襲われ続けることになります。

コロナウイルス発生前に世界経済は大恐慌に陥っていました。商品の生産と国際間の交易が停滞した途端、資本の過剰が暴露され、恐慌、大不況に突入し、失業者が溢れ始めました。同時に新型コロナウイルスのパンデミックがアメリカ・トランプ政権を危機に追い立てました。

マイク・ポンペオ米国務長官は七月二三日、カリフォルニア州のニクソン大統領記念図書館で「共産主義の中国と自由世界の未来」と題した演説を行い、中国への強硬姿勢を鮮明にしました。そこでニクソン大統領以降の中国への従来の関与政策は失敗だったとしました。そして、七月二一日にはテキサス州ヒューストンの中国領事館の閉鎖を要求し、ホワイトハウスは二四日までに同領事館の閉鎖を発表しました。アメリカ企業に対しても中国との分離（デカップリング）を要求しました。

アメリカ・トランプ政権はキッシンジャー氏の警告を無視し、新型コロナウイルスのパンデミックと経済不況の原因の一切を中国政府とWHOに転嫁しました。

二〇〇八年リーマンショック経済恐慌を契機にアメリカ、EU諸国は経済の停滞と国家財政破綻の危機を抱え込みました。他方、中国は豊富な労働力人口を元に世界中の余剰資金を集め、世界の工場として経済発展を遂げ、第二位の経済大国、軍事大国として急速に台頭していきました。

アメリカ・オバマ政権は「アジアリバランス」なる中国包囲戦略をとり、トランプ政権は「アメリカ第一主義」を掲げ、主に中国を相手にした貿易戦争をしかけ、WTO（世界貿易機関）を無力化しました。第二次世界大戦の焦土の中から生みだされた数々の国際紛争防止システムが破壊されていきました。中国をソ連に代わるアメリカの新しい主敵にした「冷戦」の構造はコロナパンデミック以前に築かれていました。

米中間の「新しい冷戦」は、かつての米ソ冷戦、米ロ間の戦略核による戦争ではありません。アメリカはこの間有人飛行ロケットを発射出来ず、宇宙飛行はロシアのロケットに便乗してきました。対する中国は独自技術で有人宇宙ロケットを成功させ、月の裏面への無人宇宙船の発着陸を成功させました。ロケット発射技術はアメリカを上回っています。その技術は核兵器を含むミサイル兵器に関して中国がアメリカを凌駕していることを示しました。

これからの戦争は、無人攻撃機、巡航ミサイル、超高速ミサイルに核弾頭を搭載した先制核攻撃能力の競い合いになるとみられます。

米国とロシアが進める新戦略兵器削減条約（新START）は来年に期限切れを迎えます。米国とロシアの核弾頭保有数は現在、それぞれ少なくとも五〇〇〇発とされます。ストックホルム国際平和研究所（SIPRI）は、中国は推定約三二〇発としています。トランプ大統領はこれまで再三、中国に新STARTへの合流を呼びかけていたところ、中国は米国が核兵器の保有数を中国と同一の水準に削減するのなら交渉に加わると一貫して拒否しています。

中国の主張には同意できません。いかなる国もいかなる核武装も行うべきではありません。しかし、最初に原爆を投下し、世界最大の核保有国であるアメリカを追求しない「核兵器廃絶運動」は説得力がないのも確かです。

日本政府は六月一六日、秋田、山口両県への配備を進めてきた地上配備型迎撃ミサイルシステム「イージス・アショア」計画停止を発表しました。計画停止について河野太郎防衛相は「技術面とコスト面を考えて最終的に決定した」と表明しました。「迎撃ミサイルシステム」そのものが技術的未完成の欠陥兵器でした。GSOMIA（日韓秘密軍事情報保護協定）に基づき韓国に配備されたTHAADなど中国・ロシアのミサイル監視情報の提供が無ければ「イージス・アショア」は役に立ちません。「徴用工問題」を巡る日韓間の対立によって常にGSOMIAは破棄の危険に晒されています。ここでも安倍政権の朝鮮・韓国に対する差別排外主義が自家中毒となって自己破産を遂げました。

　ところで、政府の「イージス・アショア」配備計画停止を受けて、自民党国防部会は敵基地攻撃能力の確保を提言しました。中国やロシアの指摘通り「イージス・アショア」はミサイル迎撃とは名ばかりで、最初から先制攻撃用のミサイル発射システムでした。


　アメリカではコロナ感染による犠牲者は黒人やラテン系が多くを占めます。それは貧困層の労働者が地下鉄で職場に通い、運転手、掃除夫、理容師、食事の配達、医療看護師の労働で富裕層の在宅、テレワークを支えているからです。コロナパンデミックは人種差別に基づく犠牲を増幅させました。

　五月二五日、アメリカ・ミネアポリスで白人警官が黒人のジョージ・フロイド氏を殺害しました。その映像がSNSで世界中に広まりました。黒人の若者たちの都市暴動がアメリカ全土で発生しました。続いて一〇代、二〇代の若者による「ブラックライブズマター」（黒人の命だって大切だ）がアメリカ全土からイギリス、イタリア、フランス各地へ自然発生的に広がりました。抗議デモの参加者の六〇％以上を白人の若者が占めました。黒人への人種差別を土台に繁栄が築かれた四〇〇年以上のアメリカを始めヨーロッパの主要国の歴史を問い直す運動として浸透しています。

　トランプ大統領は「ブラックライブズマター」をアメリカ国家を転覆させる反逆者としてアメリカ連邦軍に鎮圧出動を命じようとしました。ところがマーク・エスパー国防長官、マーク・ミリ統合参謀本部議長が反旗を翻し、軍は国内の政治対立に関与すべきではないと出動を禁じました。一一月アメリカ大統領選挙に向け、アメリカは分裂を深くしています。


　世界中の核兵器を一掃するには朝鮮人被爆者問題の解決から始めるべきだと毎年八月九日に早朝集会を営んできました。コロナパンデミックと世界経済恐慌はかつての第二次世界大戦前を彷彿とさせるような状況を造り出しました。戦争の危機の訪れを痛感いたします。改めて反戦反核を誓いたい。

　本日は早朝にもかかわらず多数のご参加をいただきありがとうございました。

二〇二〇年八月九日

長崎在日朝鮮人の人権を守る会　　柴田利明

原爆忌俳句

――第67回長崎原爆忌平和祈念俳句大会作品抄――

〈一般の部〉

八月の誰も降りない縄電車　田口　辰郎（大分）
被爆の日ひたすら雑巾がけをする　中尾よしこ（長崎）
どの石も児の顔原爆資料館　藤澤美智子（長崎）
Tシャツの胸の「ゲルニカ」原爆忌　井　蛙（長崎）
兜太の蟹いまだかつかつ爆心地　有村　王志（大分）
真っ黒で真っ白な記憶原爆忌　坂本しのぶ（長崎）
碑に休む蝶は燃えた子爆心地　渡辺をさむ（鳥取）
端居してうしろ戦前かも知れず　安部　拓朗（愛媛）
黙祷し生きて八十路のサクランボ　古賀　愛子（長崎）
遺骨抱く母に抱かれたやうに抱く　花井かほり（長崎）
八月を曲がりきれない路面電車　中尾よしこ（長崎）
焼香のしんがりにつく黒あげは　髙平　保子（長崎）

〈ジュニアの部〉

語り部の出だしの掠れ原爆忌　渡邉　美愛
原爆忌まだ濡れている水彩画　吉田　真文
原爆忌影からたくさん声がする　瀧下　祐成
被爆者の声がだんだん消えていく　宮木　俊輔
火葬待つ少年背負う長崎忌　下司　青葉
慰霊碑や蝉一匹の留まりぬ　小野　芽生
朝焼や被爆マリアの白き頬　山内　那南
原爆忌写真の中の祖母は赤子　小林　陸人
原爆忌冷たい水を眺める日　井口　楓
幾万の無念彷徨う原爆忌　石井　胡桃
深海か或いは八月の校庭か　野村　隆志
抗え抗え夕焼に食われるぞ　田中　千晴

カステラとファットマンと風鈴　森田　悠元
これからは僕らがつなぐ原爆忌　井上　孔太
如己堂に眠る博士や長崎忌　井島希乃歌
黒い雨知らずに浴びし夏帽子　藤川　詩音
八月のだんだん熱い発動機　金子　亮太

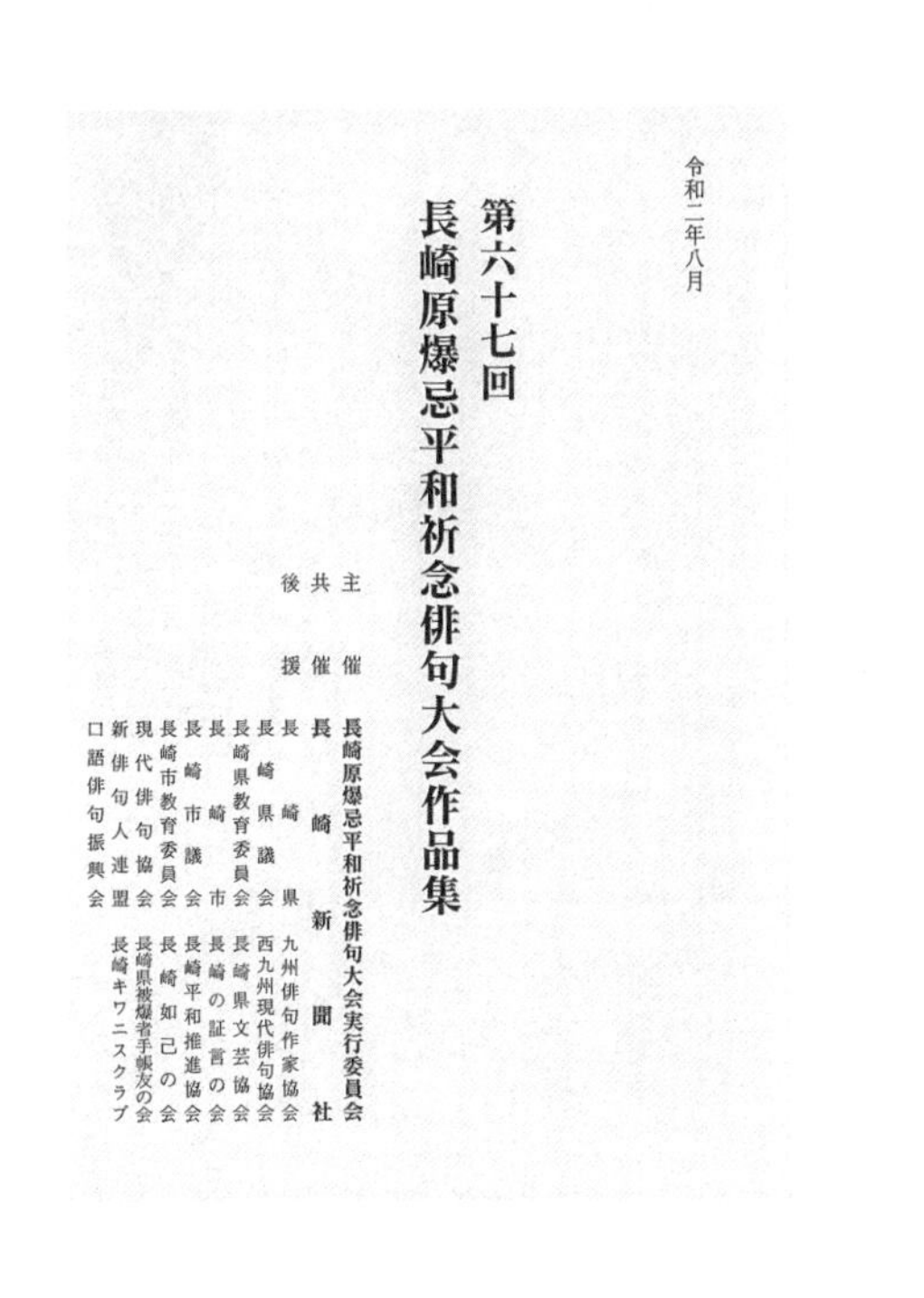

令和二年八月

第六十七回
長崎原爆忌平和祈念俳句大会作品集

主催　長崎原爆忌平和祈念俳句大会実行委員会
共催　長崎新聞社
後援　長崎県　九州俳句作家協会
長崎県議会　西九州現代俳句協会
長崎県教育委員会　長崎県文芸協会
長崎市　長崎の証言の会
長崎市議会　長崎平和推進協会
長崎市教育委員会　長崎如己の会
現代俳句協会　長崎県被爆者手帳友の会
新俳句人連盟　長崎キワニスクラブ
口語俳句振興会

※被爆後75年目を迎えた原爆忌平和記念俳句大会も67回目となりました。「長崎の証言の会」もこの趣旨に賛同して、「長崎の証言の会賞」の盾を贈っています。今年は、コロナウィルスの感染拡大防止のために、当日大会は残念ながら開催できなかった、とのことでした。

'20 夏・新刊紹介

『「核廃絶」をどう実現するか』
土山秀夫
論創社
2,000円＋税

筆者は医師で元長崎大学長、2000年、NGO組織「地球市民集会ナガサキ」の委員長として平和活動を展開し、日本学術会議や世界平和アピール七人委員会の委員長として活動された。本書は、2010年来、「核兵器・核実験モニター」や長崎新聞、「長崎の証言」等に連載した論考を纏めた書である。

「核兵器の非人道性と安全保障」では、世界で唯一の戦争被爆国と言いながら、米国の核の傘に依存しつつ、核兵器製造の経済的・技術的潜在能力を維持しようとの姿勢があると分析している。また、原子力平和利用の政策で、原発稼働で生じる放射性廃棄物は、青森県六ヶ所村へ集めて処理して再利用する計画だが、1989年以来不具合で運転はできなかったと指摘している。

（森口　貢）

『核のある世界とこれからを考えるガイドブック』
中村桂子
法律文化社
1,500円＋税

核兵器とは何か―日頃、原爆・平和問題に関わっていても、改めて聞かれると言葉に詰まるところがある。本書を読むと、そんな「抜け」に気付かされる。「マンハッタン計画に20億ドルが投じられ、単純計算すると長崎原爆には550億円（現在の貨幣価値で5500億円超）がかけられた」とか「誤作動で核攻撃が引き起こされそうになった」とか、長崎大学の授業での質疑応答から生まれた本だけあって、「へー」「知らなかった！」と興味を引くトピックが散りばめられている。世界の核情勢を知識として身に着けることで、核なき世界に向け「どうすればいいのか」と若者たちを自ら考えさせ、具体的な行動につなげようとする教員の熱意が伝わる。もちろん、若者だけでなく市民誰もが「入門書」として、あるいは活動や研究の心強い味方として手元に置きたい。

（橋場紀子）

『ピース・アルマナック2020
―核兵器と戦争のない地球へ』
ピースデポ・アルマナック刊行委員会編
緑風出版
2,200円＋税

「市民の手による平和のためのシンクタンク」を標榜するNPOピースデポが、これまで発行していた年鑑『核軍縮・平和』に替わって今年から発行を始めた年鑑である。

「第1章核軍縮・不拡散全般」「第2章核軍縮・不拡散：国連など多国間会議」「第3章核軍縮・不拡散：米国、ロシア、中国」「第4章核軍縮・不拡散：朝鮮半島および中東」「第5章日米安保体制および自衛隊」「第6章自治体および市民」「第7章通常兵器など」に分けて、主としてこの1年間に出された一次資料をまとめた資料集となっている。各章の頭に付された「解題」と、各資料に付けられた「ガイド」を読むと、わかりやすい。

他に、高原孝生氏の文章「ウイルス禍の都市に平和を希求する」、核問題に関する2019年の日誌も。

（山口　響）

『なぜ原爆が悪ではないのか
―アメリカの核意識』
宮本ゆき
岩波書店
2,900円＋税

筆者は広島出身で、シカゴ市のデュポール大学で被曝被害と倫理に関する講義を行っている。その米国では、原爆投下に際して「原爆投下は正当」と答えた割合が56％（２０１５年世論調査）で、その内65歳以上では70％、30歳までは47％である。国会議員レベルで「原爆投下は悪かった」という現役の議員は未だいないし、最ハト派のクシニッチ議員でも原爆投下そのものの善悪は問うてはない。ここに米国の原爆論説の核心があると言う。「原爆は50万人の米国人の命を救った」という「神話」の言説は、21世紀の若い世代にも一定数流布しているそうだ。自衛、自由の論理から、銃規制の条例は憲法違反とした。自らの命を守る権利と武器携帯の権利は、核兵器に結びついている。この書では、更に多方面に渡って、米国の核兵器は有効との見解を考察している。

（森口　貢）

『広島 復興の戦後史
―廃墟からの「声」と都市』
西井麻里奈
人文書院
4,500円＋税

新進気鋭の学者・西井麻里奈氏による書。これまでの研究は、復興の具体的な営みを捉えないまま、広島の戦後史を描いていると批判する西井は、原爆の廃墟を区画整理しようとする当局から立退きを求められた人びとがしたためた陳情書に着目する。

西井によれば、原爆の廃墟からの復興は、単に原爆による破壊だけが問題となるのではなく、原爆投下に先立つ戦前戦中からの連続性や、復興に続く高度成長との関係も問題にしなくてはならない、という。自分たちの生活の基盤を奪おうとする「復興」計画に対して、人びとが何を思い、自らの主張の正当性をどのように立て、どう行動しようとしたのかが、陳情書を通じて浮かび上がる。単に復興計画を支持したのでも、計画に反発したのでもない、無数の「声」が交錯する広島の状況がわかる好著。

（山口　響）

『マスコミ・セクハラ白書』
WiMN 編著
文藝春秋
1,600円＋税

この本は第1章私たちのこと（第一部　聞く、第二部　語る）、第2章コラム、第3章メディアアンケート（86社中65社から回答）からなっている。編著者のWiMNとは「メディアで働く女性ネットワーク」の略で、18年5月、全国の新聞、通信、放送、出版、フリーランスで働く人が結成したものだ。第1章では、語り手がこれまで受けたセクハラ（当時はセクハラとは感じていなかった事例も含めて）を告発するとともに、なぜその様な事態が生まれ、どうすればよかったのか等が理路整然と著され、これから働く人のためにという姿勢が見られる。さらに続くコラム、アンケートから、働く女性全体の問題として、また社会問題としての「セクハラ」を考えさせられる。

セクハラ問題意識の共有のために、女性だけでなく男性にも読んでいただきたい本である。

（一瀬智子）

●長崎の証言の会・案内

1　長崎の証言の会の目的と性格

1967年11月、厚生省が発表した原爆白書の「健康、生活の両面において、国民一般と被爆者との間にはいちじるしい格差はない」という結論に対する批判を動機として、私たちは自主的な実態調査、証言運動を開始し、以来52年、一貫して原爆被爆者の立場に立つ反核の証言と告発を進めてきました。

この運動の目的は次のとおりです。

(1)核兵器禁止・廃絶と世界平和の確立。

(2)被爆者の救援と国家補償にもとづく「援護法」の実現。

(3)被爆体験・戦争体験の継承、被爆者を中核とする国民的、国際的連帯の強化。

この3つの課題の実現のために、語りべ活動、証言記録の収集、平和教育、文化活動、調査研究、証言集の刊行などを進めていく。

2　『証言』と『ナガサキ・ヒロシマ通信』

年刊の総合誌**『証言―ナガサキ・ヒロシマの声』**と季刊の**『ナガサキ・ヒロシマ通信』**を発行し、会員と読者へ配布します。

このほか、**『証言双書』**など個人または複数名の証言記録集を発行します。

3　新会員の募集と入会手続

この会の目的に賛成し、所定の会費を納めた人は、だれでも会員になれます。現在、証言運動の持続と前進のために、新しい会員を募集中です。多数のご参加を訴えます。

入会ご希望の方は、①氏名、②年齢、③職業（勤務先）、④現住所、⑤所属団体またはサークル名等を記入のうえ、会費をそえて事務局へお申し込みください。

〈会費〉(1)一般会員年間5000円。(2)賛助会員年間一口5000円以上（いずれも『証言』と『通信』を直送）。(3)『通信』のみ1500円。

〈事務局〉

〒852-8105

長崎市目覚町25-5　長崎の証言の会

（電話・FAX）095-848-6879番

振替　01800-1-4420

＜長崎の証言の会会則より＞

この会は、私たちと私たちの家族や友人、知人たちが受けた戦争と原爆の残虐性と非人道性を告発・証言し、一切の核兵器の禁止・廃絶と世界平和の確立、被爆者の救援、被爆体験の継承と連帯の強化をめざして、思想や党派のちがいをこえた自主的民主的市民運動をすすめる。（第二条、目的）

●『証言第35集』原稿募集

1945年8月の体験を中心に、それまでの生活、その後の75年の年月、そして現在もっとも強く感じていることなどを書いてください。とくに原爆があなたに与えた影響や、それにどう対決してきたかを、家族や友人たちと話しあいながらまとめてください。

戦前、戦中、戦後をふり返り、未来を見つめる証言、遺言として、ご応募ください。

①私の被爆体験とこの75年の記録。

②被爆者の家族、友人としての証言。

③被爆語り部活動、平和教育・文化活動など草の根の平和運動、国際連帯と原水禁運動等の記録、被爆実態調査、平和研究論文。

④被爆体験記等の読書感想、書評・紹介。

[原稿枚数その他]

①400字詰め15枚以内（それ以上も考慮します）②手記、聞き書き、エッセイ、ルポ、詩、句、絵画、写真、マンガ、その他ジャンルと形式は自由。③誰でも投稿できます。（被爆体験の有無を問わない）

[送り先]　長崎市目覚町25-5、長崎の証言の会事務局　TEL・FAX095-848-6879　**[締切]**　2021年6月末日

編集後記

諫早の昭和堂本社で最終校正作業をしながら編集後記を書くことがこのところの習わしになっている。

まずは、発行が例年より2か月近くも遅れてしまったことをお詫びしなければならない。言うまでもなく原因は新型コロナウイルスの拡大である。現在の被爆者は高齢の方ばかりなので、聞き取りに出かけることには慎重にならざるを得ない。本誌のために新たに聞き取りができた被爆証言は、残念ながら例年よりも少なくなっている。また、本誌の多くの原稿の内容からも明らかなように、原爆体験の継承や反核・平和をめぐる動きも明らかに停滞している。

しかし、そうした中でも、多くの方々の協力を得て、何とか2020年内に発行することができた。つい先日（10月24日）、核兵器禁止条約の批准国が50に達して、いよいよ来年1月22日に条約が発効することになった。明るい話題の少なかった今年にあって、編集の最後の段階でこういううれしいニュースが飛び込んできたのも、何かのめぐりあわせだ。

あらためて、本誌の制作にご尽力いただいた多くの方々、とりわけ、無理なスケジュールにいつもお付き合いいただいている昭和堂の皆さんに感謝を申し上げたい。

（山口　響）

証言2020　ーナガサキ・ヒロシマの声（第34集）

発行日	2020年12月15日
編集者	長崎の証言の会
発行所	長崎の証言の会 〒852-8105 長崎市目覚町25—5　電話・FＡＸ(095)848-6879 振替　01800—１—4420
印刷所	㈱ 昭 和 堂 〒854-0036 長崎県諫早市長野町1007-２　電話(0957)22-6000
発　売	汐文社 〒102-0071 東京都千代田区富士見１—６—１富士見ビル１Ｆ 電　話(03)6862-5200 ＦＡＸ(03)6862-5202

（ISBN　978-4-8113-0232-4）